I

Tim Krohn

Quatemberkinder

und wie das Vreneli die Gletscher brünnen machte

Roman

Diogenes

Die Originalausgabe erschien 1998
im Eichborn Verlag, Frankfurt am Main

Umschlagillustration: Giovanni Segantini,
›Il castigo delle lussuriose‹, 1891 (Ausschnitt)
Foto: Copyright © Board of Trustees of the National Museums and
Galleries on Merseyside, Walker Art Gallery, Liverpool
Umschlaggestaltung nach einer Idee
von Christina Hucke

*Der Pro Helvetia und dem Kanton Glarus
sei für die Unterstützung zu diesem Buch gedankt.*

Für Sabina

Veröffentlicht als Diogenes Taschenbuch, 2010

Diogenes Verlag AG Zürich
www.diogenes.ch
50/10/36/1
ISBN 978 3 257 23961 4

Inhalt

Drittes Buch

Erstes Buch

Das lockend Füchsli

Der Melchior, genannt der Melk, war ein Quatemberkind. Das wird nur wenigen etwas bedeuten – sagen wir also, er sei ein trauriges Kind gewesen, ein weitsichtiges. Ein Kind, das Dinge sieht, die anderen verborgen bleiben.

Der Graaggen Fidel zum Beispiel denkt, wenn er beim Einnachten von der oberen Weide heim auf den Talboden läuft, an eine warme Milch im Kacheli, vielleicht ans Musizieren mit Frau und Kind, manchmal, wenn es in einem Jahr enger wird, rechnet er auch an Milchabrechnung oder Kästeilet. Worüber der aber immer zu studieren hat, er nimmt die steile Flanke im Nu und denkt sich nichts dabei und jodelt stets schon im Hof ein erstes Musikalisches.

Der Melk ist da anders. Der kann, wenn er nachts das Dutzend Schritte vom Stall ins Hüttli tut, nicht sicher sein, dass er vor dem Morgengrauen seine Ruhe findet. Dem streicht eines Abends eine Katze um die Beine und tut ihm schön, und danach findet er plötzlich den Weg nicht mehr und irrt umher mit leerem Kopf, bis es ihm endlich einfällt, den linken Schuh mit dem rechten zu vertauschen und so den Zauber zu bannen – da ist er aber schon zwischen Fittereggli und Sittli und drei Stunden von zu Haus. Der nimmt winters den gleichen Weg wie alle Fabrikkinder, und wie das Grüppli zum Dorfbrunnen kommt, tanzt darin splitternackt der Geist eines Älplers den Alt-Schottisch und maulörgelet dazu, den sieht aber niemand als der Melk.

Quatemberkinder leben inmitten der Menschen und doch in einer anderen Welt. Denen sind Geister und Hexli und Schrättli so selbstverständlich wie anderen das Nachtgebet, vieles dafür bleibt ihnen fremd, was jeder sonst im Dorf für gottgegeben hält. Gewissheit um ein Kacheli mit warmer Milch zum Beispiel oder dass der kürzer Weg auch stets der gschwinder sei, kann es für ein Quatemberkind nicht geben. Das wird nie sein Heimetli haben und Frau und Kind in alle Ewigkeit und den Segen des Herrn Pfarrer. Das lebt zusammen mit Wassernixli und Hornmelkern in Geissengestalt und mit zum Leben erweckten Heubaben, das ist so seine Gesellschaft – von denen lernt es, was es zum Leben braucht, und denen schuldet es am Ende seinen Tod.

Nun ist es allerdings nicht so, dass irrende Seelen und Toggeli und Geister in Tiergestalt nur den Quatemberkindern erschienen. Wer immer in die Alpen steigt, wie sie um die alten Orte Uri und Schwyz herum stehen oder im Glarnerland, der kann vor dem geschundenen Ochs nicht sicher sein, der seine Haut am Schwanz nachzieht. Dem begegnet auf seinem Weg eine Riesin mit reichlich zwei Mass Salz in Säcken auf dem Kopf, die strickt beim Aufstieg noch an einem roten Socken, und mancher ist schon im Schreck ob ihrem Anblick zu Tal gestürzt. Selbst den kopflosen Schimmel hat auch der eine oder andere Fremde talwärts traben sehen, von der Mugiweid in der Stotzigwaldrisi nach Netstal herab durch die Blänklirus, wo er dann nachts die Fensterläden aushängt. Und ein Toggeli oder ein Schrättli hat schon fast jeder auf sich gespürt, das sich ihm in kalten Bergnächten warm und schwer auf die Brust legte und ihm die Luft abdrückte. In den Alpen gibt es mehr Leben als nur die Menschen, das Veh und die Gämsen, das ist bekannt.

Vieles, wenn nicht das meiste, bleibt gewöhnlichen Menschen aber verborgen, und wer kein Quatemberkind ist, wird mir kaum Glauben schenken, wenn ich von einem Boz erzähle, das sich zum Abendbrot die eigenen Haxen röstet, oder von einer russischen Popentochter, die weit ins Glarner Gebirge ins Bad Stachelberg reist, um dort ein Mann zu werden, und der Melk verkauft ihr zu diesem Zweck noch seine liebste Kuh.

Manch einem mag aber auch aufgehen, dass er am End selber ein Quatemberkind ist und es nur noch nicht wusste, und er wird sich daran freuen, wie der Melk mit einer Heugabel gegen das Mendrisch kämpft und einem lieblichen Echo verfällt, das ihm als Nebelchen mit goldenen Fussstapfen erscheint, wie ihn ob einem brünnigen Gletscher ganz fürchterlich das Sehnen überkommt und wie er einen Venediger zum Freund gewinnt und den Hörnlimann zu Diensten und das Vreneli zu seiner Lehrmeisterin, und wie die Vriinä ihm nicht nur das Zaubern beibringt, sondern auch Sachen, von denen ich gar nicht erzählen kann – sonst schimpft man mich schon einen Säuniggel, bevor das Buch noch recht begonnen hat.

Ihren Anfang nimmt diese Geschichte aber lange Jahre bevor der Melk geboren wurde. Als da die Pest ins Glarnerland kam, lebte in Glarus einer, der hiess Fränz und sollte dereinst dem Melk sein Vater werden – das dauerte jedoch noch einen Weil, denn was das Weiben anging, war der Fränz mit dem Glück nicht gesegnet. Nicht, dass er ein wüster Burscht gewesen wäre. Es war nur so, dass er schlecht haushalten konnte, und mit weniger als einem halben Batzen im Sack wird noch dem gattligsten Mann das Weiben schwierig. Und als der Fränz nach langem Geläuf endlich weit draussen im Sanktgallischen eine meinte gefunden zu haben, erschrak sein Meitli in der Hochzeitsnacht so sehr darob, dass die Männer anders sind als die Frauen, dass er es noch in derselben Nacht zurück nach Flums zu seinen Eltern bringen musste. Danach wollte er nur noch ledig bleiben.

Dann kam aber jenes Pestweib ins Tal, eine eigenartig altväterisch gekleidete Jumpfer mit einem Nastuch um den Kopf und langen Zähnen und gespaltenen Kuhfüssen, die bezog ein Hüttli zu Mitlödi und pässlete den jungen Burschten ab, und wen immer es in sein Hüttli schleiggte, der erfiel nicht lang danach dem Schwarzen Tod. Einer der Ersten, denen die Jumpfer begegnete, war aber der Fränz, und da er mit Gott und der Welt seit der verdorbenen Heirat schon im Argen lag, drängte es ihn gar nicht, vor dem Pestweib zu verspringen wie die anderen, sondern es packte ihn wie eine Wut die Lust, etwas zu probieren und sich mit der Jumpfer anzulegen und sie zu überlisten.

Und so tat er dem Pestweib lieb und als well er ettis mit ihm angattigen, und bald ging er bei ihm aus und ein. Und das Pestweib hatte seine Freude am Fränz und liess ihm seine Gesundheit und langte fast keine anderen Burschten mehr an, und am End wurde es so vertraulich, dass es, als es einmal einen Brei gekocht hatte und ihn zum Auskuhlen vor der Küche auf das Fenstersims stellte, dem Fränz verriet, dieser Brei sig ein Zauberbrei, und mit dem Auskuhlen käme der Frost über das Tal und zerstöre die ganze Ernte, und danach müssten alle fort von ihren Höfen, und sie beide hätten das Glarnerland für sich allein.

Der Fränz hockte an dem Abend noch einen rechten Weil mit dem Pestweib in der Stube und schwatzte mit ihm, als ginge ihn der Frost überhaupt nichts an. Endlich sagte er aber, ihm drücke der Ranzen, und ging vor die Tür, und danach schlich er unter das Fenster und schob die Schüssel mit dem Brei in die Küche zurück und zog das Fenster zu. Und dann höselete er davon, so schnell und so lange ihn seine Beine mochten tragen, bis über den Höch Turm und auf den Gross Chilchberg hinauf.

Als er anderntags herabgestiegen kam und nachsah, was der Brei wohl gewirkt hatte, war der Frost auch wirklich im Hüttli einbeschlossen geblieben, und das Pestweib war in seinem Bett festgefroren und hart wie altes Brot, und der Fränz brauchte nur noch den Doktor Tuet von Glarus zu holen, und der nähte dem Pestweib zuerst den Hinder ans Bett und machte ihm dann mit einer Medizin den Garaus, und so hatte der Fränz die Pest im Land besiegt.

Recht froh mochte er darob aber nicht werden, denn wo er die Breischüssel berührt hatte, war ihm noch in der Nacht eine Pestbeule gewachsen. Nun war der Doktor Tuet aber ein Zauberdoktor, und weil er dem Fränz zu danken hatte, musste der Fränz nicht ins Bett und bittere Kräuter gegen den Tod schlucken, sondern der Tokter hiess ihn nur gad die Beule abschneiden und daheim in ein Loch in der Wand sperren und das Loch vernageln, und wenn er emal die Zeit heig, käme er vorbei und zaubere sie ordentlich und für immer aus der Welt. Und so tat der Fränz und blieb gesund

und half fortan dem Doktor Tuet, die anderen zu heilen, die die Jumpfer betääpelet hatte, und sammelte ihm Korallenbeeren und Bockswurzel und Enzian und Strenzen für die Medizin, und bald lag niemand mehr mit der Pest im Bett.

Der Fränz war jetzt fast eine Berühmtheit, und nachdem er auch das Sparen gelernt hatte, heiratete er schliesslich noch ein zweites Mal, und zwar eine Bristerin. Die war zwar anders als die Meitli aus dem Glarnerischen und wurde von vielen ein fremder Fötzel genannt, aber sie war auch schön und schaffig, und sie ass vom Brot lieber das Weiche und der Fränz das Harte, und mit einem Wort hatte er am Anneli und es an ihm eine rechte Freude, so dass das Anneli ihm bald einen Fridli gebar und nicht lang danach den Melk.

Das Einzige, was dem Fränz in seinem Glück manchmal zu schaffen machte, war die Beule in der Wand, die wegzuzaubern der Doktor Tuet nie die Zeit finden wollte, und mehr noch das vernaglete Loch, das nämlich dem Anneli wiederum so gar nicht gefallen mochte und vor dem es oft in einem Anfall wie vergelstert stand und den Fränz anflehte, doch endlich die eichenen Bolzen aus dem Brett zu ziehen und durch solche aus Eisen zu ersetzen, es bekäm von Eichenholz das Kopfweh. Damit machte es den Fränz aber fast närrisch, damit und mehr noch mit einer Frage, die es ihm in seinen Anfällen immer wieder stellte und die den Fränz zu stigelisinnig dünkte, als dass er ihm auch nur einmal geantwortet hätte – was das Anneli ihn nämlich fragte, war nichts anderes, als wem jetzt eigentlich die beiden Buben, der Fridli und der Melk, gehörten.

Weil beides, das sonderbare Fragen wegen den Buben wie auch sein ohnmächtiges Tun wegen den eichenen Nägeln, das Anneli aber nur alle Quartal überkam, wollte der Fränz gern damit leben, und so war der Melk bald dreijährig und der Fridli noch eine Handbreit grösser, und immer noch waren die Nägel in der Wand. Dann stand aber das Anneli eines Tages wieder vor dem Brett und flamänderte, und da war der Fränz das ebige Gestrütt endlich leid und holte beim Schmied zwei Eisenstifte und grüblete die hölzigen Bolzen aus der Wand.

Als das Anneli dann aber mitten in sein Werken auch fragte, wem denn wohl diese beiden gschpässigen Buben gehörten, hatte der Fränz im Versehen gerade das Brett von der Wand gehebelt, und in seinem Ärger mochte er nicht mehr aufs Maul hocken wie alle Male dervor, sondern meinte unleidig, das Anneli sell jetzt nicht so dumm tun, das wisse es doch, dass der Melk und der Fridli je zur Hälfte ihrer beider siged. Und kaum hatte er das gesagt und war noch auf dem Boden das Brett am Suchen, da sprang die Beule aus dem Loch und dem Fränz geradewegs ins Gesicht hinein, und der Fränz beinlete Hals über Kopf und schreiend zum Doktor Tuet, und hinter ihm her beinlete der Melk und glaubte an ein Wettlaufen und fing an tun wie närsch, als der Vatter ihn nicht wollte gewinnen lassen, und höslete ihm schluchzend weiter nach.

Wie der Doktor Tuet aber abends mit dem Melk auf dem Arm in die Hütte kam, um dem Anneli Bescheid zu geben, der Fränz hätte dann die Pest nicht überlebt, da fand er das Hüttli leer und verlassen und nur auf dem Tisch noch die eine Hälfte vom Fridli hocken. Mit der anderen war das Anneli auf und dervon und wurde im Tal nie wieder gesehen.

Danach wurde der Doktor Tuet den Buben ihr Vormund. Den halben Fridli konnte er nicht retten, der blieb ihm schwächlich und anfällig für jeden Muckenschiss und starb endlich an der Englischen Krankheit.

Der Melk dagegen hatte geschickte Hände, er hatte eine Ader für das Veh, und er ass nicht viel. Dem Doktor Tuet war es daher ein Leichtes, ihn zu verdingen, und so hütete der Bub sommers Kälbli auf der Allmend und in den Ställen krankes Veh, mistete dem Iseli und anderen Bauern, half heuen und beim Ausbessern der Ställe für den Winter, oder dann sammelte er dem Doktor Tuet wie schon sein Vater ein gesundes Kraut von den Bergen. Winters kam er in eine Tuchfabrik, dort schaffte man für die weite Welt und fertigte Türkenkäppli und indonesische Faselettli und persischen Möbelstoff und Glarner Nastüechli, und der Melk verteilte dem Drucker die Farbe im Chassis und putzte die Druckmodel, oder er brachte die bedruckten Bahnen zum Trocknen auf den Turm. Dann wieder half er auf einem Hof bei der Fuhr von Brennholz, und zu misten gab es im Winter mit allem Veh im Tal nochmals so viel wie im Sommer, und zum Lohn gab es ein Bett im Heu, in der Wärme bei den Kühen. Denn der Doktor Tuet sorgte zwar dafür, dass der Melk zu schaffen hatte, aber so weit ging seine Sorge nicht, dass er ihm auch eine Kammer bereitet hätte. Wer den Melk dingen wollte, der musste ihm schon Schlafstatt, einen Kanten Brot und ein Tassli Milch stellen und winters eine warme Suppe, und darüber sollte auch ja keiner verhandeln, wollte er, dass der Tokter ihm auch weiterhin die rechte Medizin verordnete.

Nur hin und wieder packte den Doktor Tuet das Senti-

Senntenbauern auf Fessis, ein Zubrot. Der Fessisbauer war aber ein so Ruucher und fremdelete so sehr, dass die Leute sagten, er wäre noch ein Nachfahr von den Wildmanndli, und im Vreneli stecke drum ein akkurates Wildmanndli-Enkelkind.

Von der Vriinä verzellten die Leute aber überhaupt vieles. So hiess es, sie liebe in ihren jungen Jahren schon eine Gämse wie anderes Weibervolk einen Mann. Andere sagten, das Gämsi sig sein Geschwister, und das Vreneli halte es hoch auf dem Fryberg versteckt, damit die Jäger es nicht totschössen, und heig ihm ein Ei aus reinem Kristall an einem sammetigen Bändel um den Hals gehängt. Dann wieder hiess es, die Vriinä könne man mängsmal in den Fessisseelein baden sehen – und weil das so appartig zum Gschauen sig, heig vor nicht langer Zeit ein Zusenn aus dem Bündnerischen dem Vreneli, wie es so am Baden war, das Gewand gestohlen und das Vreneli päcklet und an sich gezerrt und wie verruckt abgeschmüüselet. Darauf soll es den säben Zusenn aber überall so grüüli gebissen haben, dass er meinte, er müsse verbrünnen, und sich mit der Milch von einer Kuh, die ihm am Weg stand, heig vom Gebrünne wellen loswaschen und mit einem Vehstriegel losstriegeln, und am Schluss heig er sich im Plangen nach Erleichterung gar in die wilde Sernf gestürzt und sig versoffen.

Vielleicht von Fessis her oder von hier oder da und bestimmt aus der Fabrik war das Vreneli auch dem Melk bekannt. Weil der es sich aber nicht gewohnt war, dass man etwas anderes von ihm wollte als saubere Arbeit, und er von keinem mehr erwartete als ein »Mach säb, und machs höfäli!« und ein »Das isch dis Beggäli, und dettän im Eggli chusch nächtigs ruäbä«, hatte er die Vriinä, die solches zu ihm nicht sagte, nie gross geachtet. Eigentlich kannte er nicht mehr als ihren Namen, und auch den nur deshalb, weil bei mängem Gewiechs und Weibergeschnurr, das über den Druckboden zu hören war, der Kolorist neben ihm pfutterete: »Ninnt mich numä wunder, für was das Vreneli nuch glohnet wird!«

Aber sie wurde gelohnet, und der Melk wurde es auch, und so lang war es ihm gleich, was für eines das Vreneli war, und er merkte bis in den Frühling hinein nicht, dass die wilde Vriinä ihm zum Gefallen schon fast gsunntiget in die Fabrik kam, zwar mit baren Wädli und Füssen, aber im Gestaltröckli und mit geglätteter Schoss, und gar nicht so verrupft und dreckig, wie man sich eine Wildmanndli-Enkelin vorstellt, die durch die Finger pfeift und am liebsten einer versprengten Geiss nachsegglet. Und dass sie ihm in der Znünipause und beim Lohnfassen Augen machte, merkte er auch nicht – es sagte ihm aber auch keiner ettis.

Was dem Melk am End das Herz pöpperlen machte und ihn z'Nacht im Heu ins Träumen brachte, war drum auch nicht die Vriinä, das war ein Füchsli. Das lag abends, wenn die Fabrikbuben über das Brückli ins Oberstübli des Torschliessers gingen, wo sie ihr Lager hatten, auf einer Holzbeige und sah den Buben nach, und vor allem dem Melk. Der aber hatte bald heraus, dass eines kein normales Füchsli sein konnte, wenn es so einfach verbutzte, dass die Buben Schneeballen nach ihm warfen und es zu fangen versuchten, und wenn es mit zwei Sätzen so weit versprang wie die Buben mit zwei Dutzend und doch gad wieder stehen blieb und sich nach dem Melk wandte, der nicht mit den Buben gesprungen war, sondern noch am Brückli stand, und ihm ins Gesicht lugte, dass es dem Melk so recht bsunders zumut wurde.

Das ging so nicht alle Abende, aber auch nicht zu selten, und mit der Zeit begann der Melk auszuschauen, wenn er aus der Druckerei kam, und er war enttäuscht und fast schon tuucht, wenn kein Füchsli zu sehen war, und werweisste ganz für sich, ohne jemanden zu fragen, was es mit diesem Füchsli wohl mög auf sich haben, das ihm so gut gefiel, mit seinen ganz besonderen Augen und seiner Frechi und dem glänzigen Pelz – und das Vreneli in der Fabrik mochte er ob all dem Werweissen erst recht nicht achten.

Dann warf einmal einer der Buben einen Stein und traf das Füchsli am Pfötli, dass es einen traurigen Wiechs abliess und ganz tschienggig ins Bachtobel floh, und danach kam es nicht mehr zum Brückli, und der Melk hielt vergeblich nach ihm Ausschau.

Vom selben Tag an war auch das Vreneli verschwunden, das fiel dem Melk aber nicht weiter auf. Die erste Zeit hatte er seinen Kummer um das verletzte Füchsli, und dann kam von einem Tag auf den anderen der Föhn und mit ihm der Frühling, und der Doktor Tuet nahm ihn aus der Druckerei und verdingte ihn als Vehbub an eine Alpgeteilschaft. Es sig an der Zeit, sagte er zum Melk, dass er einen Beruf lerne, und mit ihm seinem Gespüri für das Veh sig doch das Sennen gad das Rechte.

Das Tunscheli auf Chäseren

Dass sie mit dem Melk einen glücklichen Griff taten, wussten auch die von der Alpgeteilschaft, der Doktor Tuet musste drum auch nicht lang stürmen. Der Gilg Tschudi, der in dem säben Jahr der Alpvogt war, kannte den Melk vom Hüten auf der Allmend her und wusste, dass der, wenn er auch noch ein Kind war, so doch fast jede Kuh im Dorf beim Namen nennen konnte und ganz bestimmt bei ihrem Besitzer – und das war mehr, als er von den Sennen erwarten wollte. Denn weil er für die Dräckloch Alp keinen einheimischen Senn hatte finden können, hatte er in seiner Not so geschleckte Fötzel aus dem Bernischen müssen dingen, die nicht nach dem Zustand der Weiden und nach dem Vehbestand fragten, sondern als Erstes nach der Löhnung. Und da war einem erfahrenen Bauern wie dem Tschudi doppelte Vorsicht gad das Mindeste, denn ein Senn, der nicht von der ersten Melketen an weiss, welche Kühe wie viel Milch gegeben haben, kann schliesslich am End vom Alpsommer auch keine gerechte Kästeilet vornehmen.

Der Tschudi nahm sich drum dem Melk auch mit eigeten Händen an, er nahm ihm sogar den Hirteneid ab, obwohl der Melk nur gad der Vehbub war, für die Alpauffahrt vertlehnte er ihm ein Sennenhempli und gattlige Schuhe, die ersten ledrigen, die der Melk seiner Lebtig an den Füssen hatte –

und überhaupt tat er alles, dass der Melk denken sollte, die Dräckloch Alp sig auch ein bitzeli seine eigete Alp, und den Sennen auch gehörig auf die Finger lugte.

Bevor die Dräckloch Alp bestossen werden konnte, musste aber noch der Aufstieg von umgelitzten Tänndli und Lauischutt geräumt werden, und auf der Alp selbst waren die Weiden abzuschönen und die Zäune zu richten, und schliesslich hatte man dem Käser eine neue, drehbare Betze zum Hängen des Käschessi versprochen.

Und so stiegen die Bauern der Alpgeteilschaft früh im Maien zum gemeinsamen Alpwerk z'Berg. Die neuen Sennen waren auch dabei, zu sehen waren sie aber nicht lange. Erst zmittst im Tag, als er schon seit mänger Stund den Steinbruch von der Nachtweide las, entdeckte sie der Melk, wie sie mit einer Gutteren Fendant hinter einem Felsen hockten und auf ihre Anstellung tranken und kuderwelsche Lieder sangen. Später halfen sie doch noch einen Zaun aufrichten und taten, als gmerkten sie die Blicke der Bauern nicht, dann mussten sie aber beizeiten wieder ins Tal, man erwarte sie noch daheim im Bernischen, sagten sie, und nur der Koch blieb mit den anderen auf der Alp und schaffte schweigend nach, was Senn und Zusenn versäumt hatten.

Der Alpvogt sprach danach kein Wort mehr. Überhaupt war es kein Heimkommen, wie es sonst nach einem Alpwerk üblich ist. Statt zünftig einzukehren und das Tagwerk zu begiessen, nahm der Alpvogt die Bauern mit sich heim, danach war er für einige Tage verreist. Er sig auf Biel gefahren, hiess es, die leidig Anreisung mit den faulen Sennen klären, mehr erfuhr der Melk nicht, und fragen und gwündern mochte er nicht. Als aber kurz darauf die Sennen wieder auf

Glarus kamen und ohne Fendant und ohne den Melk ins Dräckloch stiegen, das danach so pützlet dalag und auf die Sömmerung wartete wie ein mehrbesseres Milädi, da konnte sich auch der Melk vorstellen, was für ein Donnerwetter der Alpvogt zu Biel abgelassen hatte.

Die Alpfahrt wurde trotzdem ein Fest. Der Melk durfte vorweg laufen, der Alpvogt ernannte ihn kurzerhand zum Geissbub, und so führte er die Herde an, sennisch gekleidet, als wäre es ihm aufgeschneidert, mit Käppi und wadenlangen Socken, er kam sich ordeli busper vor. Hinter dem Melk und seinen Geissen lief dann der Senn im nägelineuen Feststaat und mit Blumen auf dem Hut, der duftete und glänzte und sah drein wie sein eigetes Helgeli, und neben ihm ging ein Trachtenmeitli, die Tochter vom Graagen Fidel, und gleich dahinter kamen die zwölf Treichelkühe mit dem Treichelgeläut und Blumen um die Hörner, und die Leitkuh hatte gar einen geschmückten Tannenbaum an einem Melkstuhl auf den Grind gebunden. Hinter dem Treichelzug kamen der Zusenn, so schmöggig wie der andere, und der Alpvogt und danach die ganze Herde, neben der die Bauern der Alpgeteilschaft hergingen, alle in Tracht oder zum mindesten gsunntiget, und den Abschluss machte der Koch auf seinem Wagen, auf dem er neben dem Käschessi und dem Salz und anderem, was es zum Käsen und zum Kochen brauchte, auch ein paar Säuli schoffierte. Der Koch fuhr auch sennisch, nur ohne Schmöggiwasser.

Die Fahrt begann am frühen Morgen, und bis weit hinter die letzten Häuser stand Volk am Weg oder lief ihnen nach und hielt mit einem Bauern einen kurzen Schwatz im Gehen, und die Meitli gafften nach den Sennen und gigelten und bewarfen die Kühe mit Blumen, und immer wieder reichte einer ein Fläschli oder einen Schoppen, und dann wurde es noch lustiger. Und das Veh war bald noch überstelziger als die Leute und verwarf die Grinden, und mehr als einmal wollte ein Chueli in seinem Übermut in einen Garten einbrechen und dort den Salat wegfressen.

Als nach Riedern der bewaldete Stotz kam zum Bluttenen hinauf und unter dem Schlattberg vorbei, wurde es ruhiger, da war bald nur noch das Geläut zu hören und derhinder das Schnaufen vom Veh und ganz vorn diggemal der Melk, wenn er fluchend einer Geiss nachsprengte, die wieder die schnellste sein wollte. Und mit dem Einnachten erreichten sie den Rhodannenberg, dort durften die Tiere verschnaufen und saufen, und die Rhodannenwirtin schenkte Weisswein aus und gschprächlete ettis mit den Bauern, und der Koch reichte vom Wagen herab Schnäfel Brot und Käs. Dann ging es aber weiter, das Klöntal derauf, und bald kam der See, über den ein liisliger Luft ging, und die Kühe dampften und schnauften, und dem Melk wurde ganz weh in der Brust, so warm war ihm von den Tieren und vom Schweigen.

Kurz nach Mitternacht waren sie am Hinder Klöntal angekommen, und die Sennen und der Alpvogt beschlossen, die Herde ein paar Stunden ruhen zu lassen. Der Melk lehnte an ein Chueli, das im Gras lag, und sann darüber, dass er es doch gut getroffen heig und dass die Sennen sich jetzt viel schaffiger und verständiger zeigten, und dass mit sertigen lieben Chueli und Geissen der Sommer nicht anders werden konnte als prächtig. Dann schloss er die Augen und pfuuste halb weg, bis er vom Koch geweckt wurde, weil es über dem Glärnisch zu blauen begann und der Melk geheissen war,

Holz zu holen und Kaffiwasser. Der Melk setzte das Wasser auf, während der Koch, der ein Welscher war und Schangschagg hiess, nochmals Brot in Schnäfel schnitt. Wie der Melk aber feuerte und dem Rauch nachsah, fielen zeismal von einer Felswand neben dem Melk Knochen herab, erst ein paar Rippen und danach grosse Beinknochen und Armknochen und ganze Füsse und Hände und schliesslich noch mit einem schweren Chlapf ein bleicher Schädel, und die setzten sich am Boden von selber zusammen und waren am End ein ganzes Totengeripp, das aufstand und den Melk aus seinen Löchern angaffte, ob traurig oder ob im Spott, das wusste er im Schrecken nicht zu sagen, und sich noch schüttelte und gleich darauf wieder in die Luft stieg und verschwand, über das Veh hinweg dem See zu. Dann kam der Koch und tat, als heig er nichts gesehen, und warf nur das Bohnenmehl ins Wasser und hiess den Melk ein Auge haben, dass es nicht zu heftig strodle, und die Bauern streckten sich und kamen ans Feuer, und mit ihnen auch der Alpvogt. Zuerst war der Melk der Meinung, er allein heig das Geripp gesehen, es war ihm ja nichts Ungewohntes, dass er solche Sachen sah. Jedenfalls machte er das Maul nicht abenand, sondern trank sein Kaffi und sammelte die Geissen.

Dann aber, als der Kochwagen entladen und die War auf die Rösser verteilt war und es weiterging der Rosstaler Chlön nach Chäseren zu, dem Under Stafel von der Dräckloch Alp, merkte er, dass der Alpvogt ihm nicht mehr von der Seite wollte, und nach und nach bändlete der ettis wie ein Gespräch oder ein Verhör an, ob der Melk auch beten gelernt heig und ob er imstand sig, den Alpsegen und den Englisch Gruss auszurufen, falls er sollte gmerken, dass den fremden Fötzeln daran selber nicht gelegen sig, und ob er auch wüsste, was tun, wenn die Herdstatt verhext würde und die Milch anbrenne oder beim Käsen nicht mehr dicke oder wenn der Nidel ums Verroden nicht zu Anken well werden. Und bis sie auf Chäseren anlangten, wusste der Melk, wie man das Chämi mit Katzenschwänz ausfegt und von eichenen Nägeln im Feuerloch, die die Milch verderben, und dass man die Schelle der besten Milchkuh ausglühen muss, wenn das Ankenfass verhext ist, und den Englisch Gruss hatte er auch noch ein paarmal zusammen mit dem Alpvogt hergebetet. Wenn aber gar nichts helfe, sagte der Tschudi zum Schluss, als sie auf Chäseren anlangten und das Veh zum Melken in den Stall führten und der Zusenn bereits unter dem Käschessi feuerte, dann sell der Melk zum Senn von der Silberen Alp, der wüss in jedem Fall, was zu tun sig.

Dann ging der Alpvogt melken, und seit da, und auch hinterher bei der Mehlsuppe im Hof, sprach er zum Melk kein Wort mehr, und als der ihm das Sennische und die Schuhe zurückgab und höfeli die Hand reichte, sah er ihm nicht einmal mehr ins Gesicht, sondern tat ganz, als sig ihm ettis gar nümmen recht, schwatzte weiter mit dem Iseli Bauern, nahm sein Bürdeli und drückte am End dem Melk die Hand, als kenne er ihn nicht.

Dann musste der Melk das Veh auf die Weid bringen. Und wie er schon ein rechtes Stück Wegs von der Alphütte war, sah er zurück und sah die Bauern sich auf den Abstieg machen und den Alpvogt, wie er noch gschwind auf einen Hoger stägerete und von dort den Segen über die Alp ausrief, zmittst im Tag und so laut, als müsse das für den ganzen Sommer langen.

Die ersten Tage auf Chäseren vergingen danach, ohne dass noch etwas Besonderes geschehen wäre. Schon als der Melk am ersten Abend das Veh zur Melketen durab zum Stall trieb, sah er allerdings, weshalb der Senn, den die anderen den Stecken This nannten, darauf bestanden hatte, einen Koch mitzunehmen, er konnte selber nämlich gar nicht käsen. Das musste der Koch, der Schangschagg, für ihn tun, und von dem erfuhr der Melk auch, dass der Stecken This nämlich im Bernischen nur Küher im Flachen gewesen war und gar kein rechter Senn, und nichts als Sauerkäs gemacht und geanknet hatte.

Statt zu käsen, hütete der Stecken This daher mit dem Melk das Veh, und zwar so, dass er mit der Herde auf der Weid blieb und der Melk den versprengten Chueli und den Geissen nachsteigen musste. Ausser am ersten Tag, da war der Senn auch zum Hüten noch zu müde gewesen, nach der langen Zügleten, da hatte er erst in der Hütte einen Nugg gemacht und war vor der Abendmelketen nicht mehr aufgestanden.

Wie der Stecken This seine Arbeit machte, war aber nicht dem Melk seine Sache. Er selber stand in der späten Nacht auf und holte die Kühe von der Nachtweid, dann half er melken, siebte und vermass die Milch und leerte sie ins Käschessi, in dem der Koch schon mit dem Erwellen der entrahmten Milch vom Vorabend begonnen hatte. Der Zusenn, der Gunggel Sepp, fütterte derweil die Schweine, danach war seine Sach das Zigern und das Fegen der Geschirre, da gab der Melk schon den Kühen und Geissen ihr Salz zu lecken. Dann gab es auch für die Alpmannschaft den Zmorged, den hatte der Schangschagg bereitgestellt, ehe er noch das Käsen angegangen war, und nach dem Zmorged trieb der Melk gemeinsam mit dem Senn das Veh auf die Weid, und der Gunggel Sepp feuerte dem Käser nach, spaltete Holz, schönte das Bödeli vom Steinschlag von der Nacht ab oder zerschlug Mistschollen.

Den hellen Tag verbrachte der Melk dann damit, die jungen, unerfahrenen Chueli von den stotzigsten Stellen abzuhalten und ein Aug auf die Geissen zu haben, wenn sie meinten, den Milchplanggen Stock erobern zu müssen. Nachchräsmen musste er ihnen nicht, die kamen schon, wenn er sie rief.

Sobald die Sonne hinter die Lang Wand wollte, trieben der Melk und der Stecken This die Herde wieder vom Schlattalpli oder vom Zeinenstafel zu den Hütten. Der Schangschagg hatte inzwischen die Morgenmilch verkäst und noch etwas geanknet und den Znacht gereiset. Vor dem Essen musste aber erst wieder gemolken werden, das brauchte einen Weil bei hundert Stück Veh, und der Schangschagg machte sich an den Abendkäs, und danach brachte der Melk das Veh auf die Nachtweid, dann erst gab es den Znacht. Und tüüf in der Nacht stieg der Melk noch auf einen Büchel, der nicht weit von der Nachtweid stand, und liess von dort einen Heuerlig für den Silberen Senn ab, und der gab mit einem Juuchzer Antwort, so wussten sie beide, dass auf der anderen Alp alles am Leben war. Und zuletzt sang der Melk noch den Alpsegen und den Englisch Gruss ab, danach ging er in die Hütte zurück, wo der Koch noch den Käs am Einreiben war und die anderen bereits im Nest, und dann ging der Melk auch abliggen. Nur mängsmal setzte er sich mit dem Schangschagg noch veraussen auf den Trog, und sie gschauten den schwarzen Himmel, loseten den Chlepfen der Kühe von der Nachtweid herab und dem Liseren der Alpgeister und sannen beide über ettis nach, der Schangschagg auf Welsch und der Melk auf Tüütsch.

Nach einigen Tagen oder Wochen, als er sah, wie friedlich die Tage für den Stecken This verloffen, der meist mit einem Margritli im Maul in der Wiese lag und faulenzte, und dass auch der Melk auf der Weid nicht viel mehr tun musste, so brav folgten ihm die Tiere, da fand der Gunggel Sepp, das Holzspalten und Suufi zu den Sauen tragen sig eine Arbet, die ein Jüngerer besser mache, und wollte mit dem Melk abtauschen. Dem Stecken This war eines wie das ander, mit dem Gunggel Sepp konnte er auf der Weid gar noch einen Jass klopfen, und weil den Melk noch niemand das Neinsagen gelehrt hatte, galt die Sache als abgemacht, und der Melk blieb die nächsten Tage in der Hütte beim Schangschagg, der bleich war wie seine Käsli, und lernte die Molke zu Ziger verarbeiten und wie man Lab ansetzt und dass die Milchgebse im Welschen Biorä heisst und was eine Trangschgaiee ist – nach einer Flätteren hinter die Ohren, als er statt der Käsharfe die Kelle holte, vergass er das nicht mehr. Er half dem Schangschagg beim Pressen und Wenden der frischen Käslaibe, erwellte die Schotte, die nach dem Zigern übrig blieb, kochte darin die Kästücher aus und hängte sie zum Trocknen unters Vordach und putzte die Brenten und Trichter und den Brecher und die Siebe und überhaupt die ganze Ledi und danach das Chessi selber und den Kästisch, und dann fing er auch schon an mit Znachtkochen. Nach dem Znacht aber wurden wieder zwei Käs gemacht, und danach musste wieder gwaschen und gefiglet sein, und wollte er alles genau machen, blieb ihm kaum die Zeit, noch vor dem Schlafengehen den Milchtrichter zu packen und auf dem Büchel den Alpsegen abzusingen. Es war wirklich die härtere Arbeit als das Vehgaumen.

Aber auch dem Gunggel Sepp lief es nicht, wie er es sich vorgestellt hatte. Dass ein Veh einem Gaumer nur folgt, wenn es anderes als einen Gingg in den Ranzen erwarten kann, wollte ihm nicht in den Kopf, und mit dem Stecken This einen Jass klopfen tat er genau einmal, danach konnte er den Nachmittag lang den Geissen nachsteigen und musste am End doch noch den Melk holen, dermit der sie ihm wieder einfange.

Als der Melk am säben Abend mit der letzten Geiss heim zu den Chäserenhütten kam, sah er auf einem grossen Stein am Bachufer ein schwarzes Möggli und einen Rauch, und in der Hütte warf der Gunggel Sepp mit den Gebsen ummenand, statt sie zu fegen. Wie der Melk die Geissen nachzählte und sah, dass noch immer ein Gitzi fehlte, wollte er gad in der Hütte Bescheid sagen, dass er noch einmal zum Nebelchäppler hinauf würde. Da kam aber der Gunggel Sepp z'fluchetsen aus der Hütte und verschwand im Saugaden, und der Schangschagg, der nämlich schon Tüütsch konnte, wenn es anders nicht ging, berichtete dem Melk mit käsweissem Gesicht, er müsse nach dem letzten Geissli nicht mehr suchen. Der Sepp heig vorhin das Gitzi vertwütscht, wie es auf das Hüttendach gestägeret sig, und heig ihm nach müssen und sig dabei vertschlipft und ab dem Dach gefallen und danach derenweg gällig gewesen, dass er das Gitzi genommen und mit Tannenharz bestrichen und es noch lebig ins Feuerloch gehalten heig. Am Schluss heig er es dann z'brennetsen über das Bödeli gejagt, und beim Bach zu sig das Tierli endlich verrochen.

Der Gunggel Sepp blieb danach einige Tage gällig, und das Veh überliess er wieder dem Melk. Das Zusennen wollte ihm aber deshalb nicht besser passen als dervor, und immer öfter hörte man ihn rüsslen, auf eine Alp gehöre ein Weibervolk, das das Putzen und Fegen mache, das sig keine Arbet für einen Mann. Einen Weiberschoss auf der Alp hätte indes auch der Stecken This gern gesehen, und zuletzt stieg er gar ins Tal durab, um ein Meitli zu dingen. Die wenigen Batzen, die er und der Gunggel Sepp dafür gesammelt hatten, langten ihm dann aber nur für eine Nacht mit einem Weibervolk in der Mühle zu Mollis, und davon hatte der Gunggel Sepp nichts als den Schaden, und der Stecken This musste ihm nach einem wüsten Streit seine Batzen ersetzen, sonst wäre es ihm in der Nacht nicht viel anders gegangen wie dem Gitzi.

Der Melk war froh, dass er die Tage wieder mit dem Veh verbringen durfte und weit weg vom Alpboden, und nachts blieb er meistens auch gleich vor der Hütte. Den Sennen war das nicht unrecht, bei ihren Suufsünntig störte es nur, wenn einer nicht mittat, derzu kam, dass einer einenweg nüchtern bleiben musste wegen dem Veh, und schliesslich und endlich galt der Melk als ein Schnudergoof, der wusste ja nicht einmal, was die Sennen meinten, wenn sie von einem Futz sprachen oder von vöglen, und warum sie überhaupt ihre Namen hatten und was die hiessen.

Der Schangschagg wollte zwar auch nicht wissen, was ein Futz ist, dafür soff er umso besser, und als Koch hatte er den Chrüüter unter Verwaltung, und dann konnte er nach einer

Gutteren Pflümli oder Chrüüter ganz grün werden, was den Sennen chogengut gefiel, und so soffen die Sennen zu dritt, und der Melk wachte dem Veh.

Als die Sennen in einer Nacht wie oft kein Ende fanden und es wieder mit nichts anderem als mit dem Vöglen haben wollten und sogar den baren Hinder im Trog kühlten und mit ihrem Geschrei den Melk nicht schlafen liessen, da begann der Stecken This endlich in seiner Gaudi, Hudlen zusammenzusuchen. Und gleich darauf beteiligte sich auch der Gunggel Sepp an der Arbeit, und während der Koch für die beiden Bernischen mitsoff, werkten die Sennen an einer Hudlenbaabe, die ihnen das Weibervolk ersetzen sollte.

Dazu waren sie sich zeismal auch nicht mehr zu schade, eine Nadel in die Hand zu nehmen, um den mit Heu ausgestopften Ranzen zu verbüezen. Danach machten sie dem Dittitolgg Brüste, mit Geissenblateren, die sie mit Wasser gefüllt hatten, dann musste ein Milchtrichter in die Hose genäht werden und dann hinten in die Hose noch ein Sock. Und ganz am Schluss besannen sie sich, dass die Baabe auch noch einen Tschüder sollte haben, und der Gunggel Sepp meinte, er müsse sich als Künstler versuchen, und machte aus Stroh und Kuhdreck einen richtigen Weibsgrind mit dicken Lippen und mit Äugli aus Bachkieseln und mit einer Nase, die er aus dem Dreck herausdrückte, und mit Ohren aus Ziger und einer Frisur, für die er mängem Chueli die Haare vom Schwanz abschnitt.

Bis der Gunggel Sepp aber damit fertig war, war der Stecken This schon lange auf dem Heuboden am Pfuusen, und dann fand auch der Schangschagg, nachdem er erst grün und dann wieder weiss und dann noch blau geworden war, dass er jetzt besser ins Tril läge, und liess den Gunggel Sepp allein. Der mochte so aber nicht gogen pfuusen, das sig kein rechtes End für einen währschaften Suufsunntig, meinte er. Und so pröblete er halt allein, wie der Dittitolgg zu gebrauchen sig, und vöglete ihm eines und grochzte und schnob, als sig er am Verräblen. Danach spürte er aber noch einen Hunger und setzte sich mit einem Mocken Käs zur Baabe und fütterte sie, und erst, nachdem es ihn gekehrt und er über den Dittitolgg gebrochen und zu ihm auf Tüütsch wie der Herrn Pfarrer gesagt hatte: »Dadermit bischt du jetzt getauft, jetzt heissischt du Tunscheli!«, wurde es ihm langweilig, und er kroch auch ins Tril.

Der Melk, der nicht weit von allem an der Hüttenwand gelegen hatte, war gottenfroh, als endlich die Ruhe einkehrte, und schloff tiefer unter die Decke und wollte noch zwei Stunden pfüüselen, bevor er das Veh zum Melken holte. Da zupfte es ihn aber am Hempli, als er gad am Einschlafen war, und wie er sich umtrüllte, war es dem Gunggel Sepp seine Hudlenbaabe.

»Hä nuch nüd gnuäg kha«, sagte die gar nicht ruuch, eher schüchtern, und langte dem Bub an den Hosenstall.

Der Melk sagte aber: »Itz lass der Seich!«, und gab dem Tunscheli einen Schupf und kehrte sich der Wand zu. »Gang zum Sänn, wännd witt vöglä, ich chu das nüd.«

Darauf fragte das Tunscheli den Melk, wo dann ächt der Senn zu finden sig, und der Melk wies ihm den Weg und schloff noch tiefer unter die Decke. Er dachte dann noch, dass er niemals im Leben well vöglen, dann nuggte er endlich ein.

Die ermolkene Lisä

Danach kamen sonnige und friedliche Tage. Der Melk führte das Veh immer weiter ins Ruchband hinein und fast bis zum Glärnischfirn, wo noch viel saftiges Mutteri zu fressen stand. Der Senn liess ihn jetzt meistens allein mit Gaumen, denn die Tiere blieben dem Melk geduldig und machten keine Sperenzli wie unter dem Gunggel Sepp, und unterwegs fand der Melk noch Zeit, Rafauslen und Katzenschwänz zu sammeln, die er dem Doktor Tuet im Herbst gegen ein paar Batzen bringen wollte, und in die Sonne liggen und mit einem offenen Aug ein Schläfli machen und nachholen, was er in der Nacht versäumt hatte, mochte er auch noch.

Das Tunscheli blieb und wurde eines von der Älplerfamilie. Die ersten Tage wollten Senn und Zusenn sich gar nicht beruhigen und vögleten es ein nach dem ander Mal und hörten nicht auf, einander und dem Schangschagg und dem Melk, wenn er zur Hütte kam, und gar dem Veh und dem Echo zu verzellen, dass das Tunscheli es schon eine Saugüeti mäch, das müsse man probiert haben. Es probierte dann aber niemand als die beiden Sennen.

Das Tunscheli konnte allerdings noch mehr als nur vöglen, es half bei der Melketen und beim Fegen und Putzen und machte am End all das, wozu der Zusenn zu überwerket oder zu faul war. Im Melken war es bald das Tifigste, und beim Abschönen der Weiden genügte ihm ein Tschutt, um die herabgerollten Steine wieder auf den Berg zu schaffen. Nur Käsen mochte es nicht, und der Schangschagg hätte es auch nicht gelassen, dafür kochte es den Fänz und machte den Ziger, und beim Znacht langte es noch dem Melk an den Laden und meinte, er wäre halt schon ein ganz Appartiger und ob es ihm nicht beibringen sell, wie es gech mit dem Vöglen. Aber der Melk wollte das nicht lernen, und das Tunscheli hatte auch gar nicht gesprengt tun wollen, es sig ihm halt numen ein bitzeli traurig z'gmuet, wo es doch zum Vöglen gemacht sig, und es brauchte vom Melk mehr Worte, als er seiner Lebtig hintereinander gesagt hatte, um dem Tunscheli zu erklären, dass er es trotzdem recht gern möge leiden, nur halt auf eine andere als die bernische Art, und dass es in jedem Fall einen Fänz zu machen wisse, wie er ihn noch nicht mängs Mal gegessen heig.

Mit dem Tunscheli war auf der Alp vieles zum Besseren geraten, alle Arbeit war beizeiten gemacht und ordentlich, und ohne dass der Gunggel Sepp einen Lätsch herauszuhängen brauchte und übers viele Schaffen chienen, und säb wiederum verbesserte dem Schangschagg und dem Stecken This ihre Laune. Dazu kamen das schönste Brachetwetter und gesunde Tiere, und wäre nicht das mit dem verbrannten Gitzi gewesen, das dem Melk nicht aus dem Kopf wollte, und das Gefühl, da sig ettis nicht recht, wenn man mit einer Hudlenbaabe zusammen alpnete, da müsse noch ettis nachkommen, der Melk wäre so zufrieden gewesen, wie er es sich im Maien bei der Alpzügleten, nachts das Klöntal herauf, geträumt hatte.

Einmal kam auch der Alpvogt auf Chäseren und konnte nichts anderes sehen, als dass alles zum Besten ging. Das Tunscheli sah er nicht, das blieb im Tril versteckt, und auch von der fehlenden Geiss bemerkte er nichts, und der Melk fand, es sig nicht an ihm, das anzumelden. Ein Chueli, die Lisä, gab fast keine Milch mehr, daran war aber nichts Besonderes, wenn es auch zuvor die beste Milchkuh gewesen war, sertigs kam vor. Der Tschudi hiess den Sennen in der Sache erst einmal abwarten und stieg mit ihm in die Planggen, um den Grasstand zu beschauen. Als sie wieder herabkamen, hiess es dann, es sig jetzt an der Zeit, den Ober Stafel zu bestossen.

Der Alpvogt packte noch aus, was er mitgebracht hatte, einige Mocken Dörrfleisch und ein Öpfelbeggeli, das die Haushälterin vom Doktor Tuet dem Melk geschickt hatte, und zwei Flaschen Wein und Gemüse aus dem Tal für die Gesundheit. Dabei stellte er fest, dass die Vorräte auf der Alp über die Massen geschwunden waren, daran war das Tunscheli schuld, das für zwei ass, aber das wusste der Alpvogt nicht und hiess den Koch haushalten. Danach trank er noch ein Gläsli auf das allgemeine Wohl und stieg wieder talwärts, und das Tunscheli kam vom Heuboden herab und frass dem Melk, der ihm ein Bissli hatte geben wollen, fast das ganze Chüechli weg.

Am anderen Tag zügleten sie mit dem Dittitolgg und allem auf den Dräckloch Stafel. Vorweg lief der Melk mit den Kühen und Geissen, dann kamen der Senn, der die Sauen leitete, und der Zusenn mit Melkschemeln und Sägetsen. Zuhinterst dann schuhneten der Koch mit Mehl und Salz und das Tunscheli, das das grosse Käschessi auf dem Kopf trug und überhaupt die ganze Käsledi, und derzu im Maul noch ein Kälbli am Genick, das war bald hinter der Alp gestürchelt und mochte seither nicht mehr selber beinlen.

Als der Zug den Dräckloch Stafel erreicht hatte und sie aufs Bödeli kamen, sah der Melk schon von weitem einen auf dem Hüttendach stehen, der hatte ihnen gewartet und chlepfte mit einer Geisslen, dass die Gitzi im Schreck gad ab wollten. Der Melk konnte sie nur mit Müh und Not und Pfutteren und Steinewerfen zusammenhalten, und in seiner Verruckti warf er auch einen Stein nach dem säben auf dem Dach, da fiel der herab und stand da als schlohweisse Geiss mit armlangen Hörnern und gesenktem Grind, als wollte er seine Hörner dem Melk in den Ranzen stossen. Gleich nahm aber der Melk dem Tunscheli den Feuerhaken ab und hätte ihn der Geiss über den Grind geschlagen, da war die im selben Augenblick verschwunden.

Die Sennen hatten nichts gesehen, die sagten nur: »Spinntsch du, was witt du mit em Füürhaaggä? Witt i dr Nasä grüblä, dä nimm dr Finger.« Allein das Tunscheli lachte mit dem Kälbli in der Schnurre und sagte durch die Zähne zum Melk, der auf dem Dach heig ihm doch numen wellen grüezi sagen, sie siged drum miteinander bekannt, und stellte das Kälbli ab und trug das Käschessi ins Hüttli. Der Melk wäre aber am liebsten gleich hindertsi wieder ins Tal durab, wenn das ihre Begrüssung auf Dräckloch war.

Dann war es aber auf der Alp so schön, dass er den Empfang bald vergessen hatte, mit den hohen Wänden vom Pfannenstock und mit dem Bös Fulen, der geschichtet war wie sein Öpfelbeggeli, und noch am ersten Tag sah er einen

Steinadler fliegen mit einem Mungg zwischen den Tääpen, und Gämsi waren am Pfannenstock, und die Planggen waren dick bewachsen mit Mutteri und Chammblüemli und mit Blumen, die der Melk noch nie gesehen hatte, nicht einmal beim Doktor Tuet, und von der Brunalpelihöchi her ging ein Luft, der war gad wie ein Küssli, und keines vom Tunscheli.

Und ausserdem hatte der Melk im Dräckloch bald einen Freund. Wenn er nämlich das Veh auf die erste Plangge trieb, gleich ob dem Dräckloch, musste er nur eben den Hoger empor über die Waldgrenze, da kam er zwischen Chratzerengrat und First auf eine Ebene, auf der lag zmittst darin das Silberenseeli. Mit dem Veh durfte der Melk nicht dorthin, die Ebene gehörte schon zur Silberen Alp. Im säben Seeli musste man aber so schön können bädelen, dass er endlich gar nicht anders konnte und das Veh auf dem Bugg stehenliess und hinüber expresste, um numen gschwind einen Gump ins Wasser zu tun und etwas zu verkuhlen. Da hörte er von der Lecki her einen scharfen Pfiff, dass er schon meinte verhöselen zu müssen. Dann kam aber nur ein Bub heran, wie der Melk einer war, das war der Balzli und Schafgaumer von Hinder Silberen, und der hiess den Melk in aller Ruhe bädelen und das Veh auch gad um den Rangg nehmen, dass er es im Auge heig, weil ihm sig das gleich, er hole auch seine Schafe, und dann könnten sie miteinander pläuderlen, sie wären schon genug allein. Und so holte der Melk seine Herde, und von da an kam er fast alle Tage, hielt seinen Schwatz mit dem Balzli, schloff aus den Kleidern und bädelete mit ihm, und das Gras stand jeden Tag so gesund und jümpferlig, dem Melk wollte es scheinen, sein Veh heig am Vortag gar nichts ab der Weid gefressen.

Der Balzli war aber eines aus einem Dutzend Geschwister von Heimspinnern aus Leuggelbach, von denen waren acht noch lebig. Und wenn er auch zu Allerseelen geboren war, so war er doch kein jämmerligs oder verschupfts, wie die Allerseelenkinder gern sind, sondern recht gneischtig und spinnig, eines, das immer das Kalb machen musste und so viel zu verzellen hatte, dass ihm das Maulwerk ging als wie ein Örgeli.

Und wie der Melk einmal von dem verhexten Geissbock auf dem Hüttendach berichtete und elend besorgt tat, mochte der Balzli drum auch nur lachen und meinte, das wäre eben das Mendrisch gewesen und so Züügs heig es hier oben hampflenweise, das well gar nüüt bedeuten. Und danach wusste er zu verzellen, wie er selber einmal nachts noch mit dem Gleck für die Schafe veraussen gewesen war, da sig unweit der Silberenhütte, vorn bei den beiden Teichli, einfach ein Tisch im Dreck gestanden, an dem hätten vier altmödige Herren gesessen, die hätten Perücken auf dem Kopf getragen und einer einen Schatthut wie ein Wagenrad, und die hätten dort gejasset. Er aber heig einen Griff in den Futterkübel getan und vom Salz über die altmödigen Herren geworfen und sig ab, ohne noch einmal zurückzulugen – und wie er später, nachdem er den Schafen das Gleck gebracht heig, wieder an dem Ort heig vorbeimüssen, siged die vier Herren alle verschwunden gewesen, und numen die Hampfle Gleck heig er noch am Boden gefunden und zmittst darin eine alte Münze von barem Gold. Seit due, sagte der Balzli, täged sie die Stelle dort auch die Lecki nennen, wegen dem Gleck am Boden, und die Münze hätte er dem Melk auch gezeigt, er hatte sie nur nicht bei sich, sondern drum vergraben für später.

Und sertigs hatte der Balzli noch vieles zu berichten: von einem Specht, dem er fered das Nestloch mit einem Tannzapfen verschlossen hatte, da hatte der Specht ein Zauberwürzeli geholt und dermit das Loch geöffnet. Oder von einem Stein, der die Sachen dem Aug entschwinden liess und den der Balzli fand, wie er einmal im Wasserspiegel ein Nest auf einem Ast sah, und von blossem Auge war der Ast aber leer. Da war der Balzli eben auf den Baum gestiegen und hatte ein Rabennest erfühlt, das konnte er numen gad im Spiegel im Wasser sehen. Darin fand er aber einen Stein, der machte unsichtbar, was auch mit ihm in Berührung kam, und so auch den Balzli selbst, wie er ihn heimtrug. Das heig dann ein Geschrei gegeben, als er in der Tür stand und mit der Mueter redete, und keiner konnte ihn sehen. Den Stein wie auch das Würzeli hatte der Balzli aber nicht mehr, sein Vatter sig derenweg hässig geworden, sagte er, was er da alles heimbringe, er heig beides gleitig in den Brunnen geworfen, wo es gad mit einem elenden Chlapf versotten sig.

Der Melk wusste nie so recht, was er dem Balzli glauben sollte, aber wenn der auch vielleicht in mängem ein Preesi war, so war es doch schön, am Seeli zu liegen und ihm zu losen und an einem Halm zu käuen und die Sonne auf das bare Fudi scheinen zu lassen. Und wie der Balzli so lustig verzellte, sah der Melk auch seine eigeten Geschichten zeismal ganz anders, und bald schien ihm fast nichts mehr so richtig traurig, ausser vielleicht noch dem säben mit dem Gitzi, das der Gunggel Sepp verbrannt hatte. Sonst aber fühlte er eine Leichte, dass er dachte, ein Engeli müsse sich so fühlen oder ein Amseli, und auf jeden Fall sig das ettis anders als das wüste Dingelen vom Gunggel Sepp oder vom

Stecken This, und die mochten ihn da gad dauern mit ihrem ebigen Gefluch und dem Plangen nach einem Weibervolk. Dabei müssten die nur einmal die paar Schritt den Hoger hinauf zum Balzli und an die Sonne tun, zum die Seligkeit spüren –

Wenn der Melk dann aber wieder zum Dräckloch Stafel durab musste, der schon lang wieder im Schatten lag, kam ihm schon mit den ersten Schritt das Frieren. Und wenn er das Veh zum Melken in den Stall trieb und den Lätsch sah, den der Zusenn machte, weil es jetzt werken hiess, und den Stecken This, der die Lisä mit einem Tschutt begrüsste, weil sie wieder ein halbleeres Euter von der Weid brachte, dann war der Melk sich wieder sicher, dass hier ettis des Tüüfels sein müsse, und mochte auch nicht mehr glauben, dass den Sennen am Silberenseeli würde wohlen, und sich selber wünschte er nur noch weit weg von allem.

Dann hatte der Melk einmal, als er mit dem Veh unterwegs war, seinen Zmittag im Hüttli vergessen und liess, als die Sonne zuoberst stand, die Herde dem Balzli zur Aufsicht und segglete schnell aufs Alpzimmer zurück. Und wie er auf dem Weg in die Chuchi durchs Fensterloch in den Stall lugte, sah er dort auf dem Melkschemel das Tunscheli sitzen, das hatte einem Melkeimer ein Nastuch an den Griff gebunden, und daraus molk es nun Milch, den halben Kübel voll, und danach soff es in einem alles aus.

Der Melk mochte daderzu nichts sagen, er holte nur sein Brot und ging wieder bergzu. Oben langte er aber der Lisä ans Euter, und das war leer wie frisch gemolken. Und nachdem der Balzli der Lisä ihre Zitzen abgeschleggt hatte, war auch er sich fast sicher, dass da noch ein Tropfen Milch gewesen sig, und dabei mögte er doch schwören, die Lisä heig, seit der Melk davongesprungen war, niemand angetääpelet gehabt.

Am Abend, als der Gunggel Sepp mit dem Tunscheli ins Tril gelegen war und der Schangschagg noch nach Chäseren durab geloffen, wo er jetzt jeden Tag die gelagerten Käs kehrte und abrieb, da ging der Melk zum Senn. Der hockte noch auf dem warmen Müürli, rauchte die Pfeife und drückte Süüren aus, und der Melk verzellte ihm, was er gesehen hatte.

Der Senn sagte aber nur: »Ho? Das wett i aber au gsih!«, und stand auf und ging in die Hütte und rief den Dittitolgg vom Boden herab und meinte: »Du, dr Melk verzellt, du chusch es Nastuäch melchä, das wett i aber gsih, das.«

Da lief das Tunscheli gad in den Stall, einen Melkeimer zu holen, und machte vor dem Stecken This, was es schon am Mittag gemacht hatte, und nicht weniger als einen halben Kübel voll. Als der Senn es aber fragte, von welchem Chueli denn jetzt die Milch gekommen sig, meinte es in einer Chogenstölzi: »Das isch der Lisä iri Milch gsii. Ich chu das aber mit jedem Chuäli.«

Der Senn fand aber noch immer nichts Unrechtes an der Sache, ihn packte vor allem der Gwunder, wie das Tunscheli so viel Milch aus der Lisä hatte mögen melken, wo doch gad erst Melketen gewesen war. »Oh«, sagte das Tunscheli darauf, »wännt witt, ich chu nuch mih usäholä.« Und dann molk es weiter, noch einen halben Eimer voll. »Es isch ebä schu es guäts Chuäli, d Lisä«, sagte es dann, »itz sett i dänn aber öppä hörä, sust gahts irä schlecht.«

Der Senn wollte davon jedoch nichts wissen. »Lass gsih, wivil us dem Cheib usämög«, befahl er, und das Tunscheli molk weiter. Wie der Eimer schon fast überleeren wollte, sagte es noch einmal: »Itz muäss i dänn aber würggli hörä!« Doch was das Tunscheli da trieb, war dem Stecken This bares Gold. »Wiiter, numä wiiter!«, rief er drum. »Es macht au nüüt, wänn ds Chuäli Schadä ninnt.«

Das Tunscheli molk also weiter, bis plötzlich ein Brünneli Blut aus dem Nastuch geschossen kam, und danach rünnte das Blut noch und noch, eine ebige Schwetti, und von der Nachtweid hörten sie ein meineidiges Brüllen. Aber den Dittitolgg hatte jetzt der Haber gestochen, und er hörte nicht mehr auf melken, bis auf der Weid die Lisä ganz blutleer zusammengebrochen und ab dem Hoger troolet war.

Die nächsten Stunden verbrachten sie damit, die tote Kuh auf den Vorder Gassenstock zu ziehen und sie in ein Tobel zu werfen, weil der Senn nicht wusste, was er sagen sollte, wenn etter die Lisä so verdörrt beim Hüttli sah. Nur das Tunscheli half nicht mit ziehen, das sah zu, wie sie chrampften, und hatte die ganze Nacht zu lachen.

Das Mendrisch kommt zurück

Von dem Tag an war das Tunscheli nicht mehr das Gleiche. Schon davor war es immer dicker geworden, aber jetzt frass es wie durch ein Gadentor, und auch nicht mehr manierlich, und dem Melk langte es an den Gunggel, dass kein höfeligs »Gu weg!« mehr genügte, es brauchte jetzt schon einen zünftigen Knoden auf den Kopf, dass das Tunscheli sich verrodete. Dazu leistete es sich jederzeit gern ein gfürchigs Gschpässli, so ging es mängsmal zum Melken in den Stall, und man sah von ihm nur die Schuhböden.

Sie waren aber noch nicht länger als zwei Wochen auf dem Dräckloch Stafel gewesen, da kam das Wetter. Schon den ganzen Tag war es zu greifen gewesen, der Luft schmöggte anders und war schwer wie saure Milch, und der Balzli hatte schon am Mittag zum Melk gesagt: »Schmöggsch, wes digget?«, und war früher vom Silberenseeli alpzu gegangen.

Am Abend wurde es kalt, und der Melk musste zum Schlafen hinein aufs Tril züglen, und in der Nacht dann traumte ihm, drei Mannen kämen an sein Nest. Einer säblete ihm mit einem Messer den Scheitel auf, der zweite leerte Kohlen hinein, und der letzte zündete am End die War an. Wie der Melk aber mit einem grüüligen Kopfweh vertwachte, glaubte er, er heig verschlafen, so hell kam es von draussen herein, und so tifig es ging, schloff er in die Hosen, sprang das Leiterli vom Boden durab und expresste zur Tür, da war es draussen tiefe Nacht. Aber der Schnee lag schon fast kniedick, und die Kühe waren von der Nachtweid auf das Bödeli gekommen und lugten dem Melk vergelsteret entgegen.

Es war noch zu früh im Jahr, von den Wildheuplanggen war noch nicht geheuet, und der bitz Heu vom Vorjahr, der sich noch fand, langte höchstens für die Geissen. Die Kuhherde musste daher auf den Under Stafel, und weidli, denn noch immer foggte es vom Himmel, dass man nicht vom Hüttli bis zum Stall sehen konnte. Und so schnallten die Sennen sich die Gräppli an die Schuhe, riefen dem Dittitolgg und führten das verängstigte Veh talwärts, so sorgsam es im Pressant ging, und auch der Schangschagg lief mit, der musste auf Chäseren die Käs pflegen. Der Melk blieb darum allein auf der Alp, ihn hiess der Stecken This die Sauen und die Geissen hüten und die neuen Käs.

Und bald stand er auf dem Bödeli und gschaute, wie der Zug mit den Kühen und den Sennen und dem Tunscheli im Gfogg verschwand, und einen kleinen Weil hörte er noch die Chlepfen von den Chueli wie durch ein dickes Tuch. Als die Herde um den ersten Rangg sein musste, hörte der Melk aber schon nichts mehr und stand im Schneestüüben und hatte rings um sich eine Totenstille. Einmal schellete noch das Glöckli einer Geiss im Stall, aber wie die erst ihr Plätzli gefunden hatte und abgelegen war, war auf der Alp ein Schweigen, das hatte der Melk noch nicht erlebt.

So hockte er auf das Müürli und sass nur da und liess es auf sich niederschneien und losete dem Schweigen und fand erst, dass es recht tötele. Mit der Zeit fand er es dann aber nur noch friedlich und stellte sich vor, so zu sterben als ein Hügel unter dem Schnee, nichts als ein kleines weisses Hüüfeli in den wilden Bergen, nicht einmal ein bunter Tolggen in der Natur, numen gad ein blasses Hüüfeli Schnee, das man schon vom First herab nicht mehr würde erkennen können. Asenweg sterben, das dachte der Melk sich als ein Gfell, das er sich gern verdient hätte, hätte er nur gewusst, wie man das tat.

Einen Weil dachte der Melk daran, wie lange es wohl dauere, bis er erfrieren würde, und beschloss, es zu versuchen, und hockte sich zurecht, wie er sich wünschte, dass man ihn dereinst finde, falls man ihn je täg finden und nicht der Schnee auf ebig über ihm bleiben, wie es durchaus geschehen mochte so hoch in den Bergen. Dann war ihm aber etwas gar wohl so im Schnee, und er versuchte zu frieren und etwas nachzuhelfen mit Verkuhlen, und endlich litzte er sogar noch die Ärmel vom Tschoopen hinderen, aber es blieb ihm eine Wöhli, gad als wie im Doktor Tuet seiner Küche.

Dann aber schweiften dem Melk seine Gedanken ab, und er dachte an die, die er zurücklassen würde. Zuerst an die Kühe und ob von denen das eint oder ander sich an ihn erinnern würde, wenn statt seiner der Gunggel Sepp es auf die Weid brächte. Dann kam ihm der Doktor Tuet in den Sinn, aber eher als der würde noch die Haushälterin an ihn denken – und da kam ihm gad ein kleines verspätets Gopfertoori über das halbe Öpfelbeggeli, das ihm das Tunscheli weggegessen hatte. Das fand er dann wiederum keinen Gedanken, der ihn ein Erfrieren im Schnee verdienen machte – sollte drum das Tunscheli das halbe Beggeli haben, er hätte ihm, wie er so nachdachte, auch das ganze nachwerfen mögen. Der Balzli, sann er dann wieder denen nach, die er auf der Erde zurücklassen würde, war einer, der ihn missen dürfte – allerdings würde im nächsten Jahr ein anderer der Gaumer auf der Dräckloch Alp sein, mit dem war es dem Balzli vielleicht ein gad so schönes Bädelen, und solange der andere die Schnurre nicht abenand tat und brav den Balzli verzellen liess, war dem vielleicht der eint so lieb als wie der ander.

Jetzt begann der Melk sich aber zu wundern, dass er von niemandem so recht ettis Gutes möge denken, und sann, dass er es womöglich anders anstellen müsse, wollte er nicht plötzlich schlecht dastehen vor dem Herrgott, und am End war es geschickter, er studierte darüber, wem er wohl nützen konnte mit seinem Tod. Dem Alpvogt sicher nicht, der würde vor schlechtem Gewissen sich eher noch die Haare ab dem Grind rupfen, dem war ja schon nicht wohl gewesen, wie er den Melk auf Chäseren zurücklassen musste. Den Sennen dängg aber auch nicht, denen war sein Tod weder von Nutzen noch von Schaden: Solange die den Dittitolgg hatten, der ihnen alle Büez tat, merkten die gar nicht, ob sie noch einen Hüter hatten – wobei der Tunsch nie das Veh gehütet hatte, das wäre noch ums Probieren, ob der das konnte. Immerhin dem Tunscheli selber, dem mögte es recht sein, wenn er stürbe, danach hätte es für einen zu fressen mehr.

Über dem Grüblen war dem Melk aber ganz unbemerkt das feierliche Gefühl abhandengekommen, er war nur noch einer, der lag im Schnee und hatte Hunger. Da konnte er auch schnell in die Hütte laufen und sich einen Zmorged machen ohne allen Pressant, und dann konnte er den Sauen ettis zu fressen geben, danach liess es sich immer noch im Schnee liegen und sterben. Und so stand er endlich auf, putzte sich ab und ging Holz auflegen.

Wie er dann in der Hütte hockte, das Kaffibeggeli vor sich, und das Muhen und Dampfen und Chlepfen der Chueli misste, da fühlte er erst eine Leere und Traurigkeit, da war das dervor im Schnee ein Gschpass dagegen.

Nachdem er schon am Mittag die Käs gewendet hatte und den Säuli verdünnte Milch zu saufen gegeben und den Geissen vom Heu nachgeschoppet, bestritt der Melk den restlichen Tag mit Nichtstun. Er sah aus dem Fensterloch in die Weisse, und irgendwann neuslete er ettis in den Sachen der anderen, fand aber nichts Besonderes ausser dem Schmöggiwasser der Sennen und einem Büechli, in dem der Koch mit einer Sauschrift ettis notiert hatte. Der Melk konnte aber nicht mehr entziffern als alle Seite einen Monat und ein Jahr, und beim letzten, da war der Melk noch ein kleiner Südergoof gewesen.

Dann hockte der Melk sich auf einen Schemel beim Feuerloch und wartete darauf, dass etwas sich ereigne. Er wusste nur selber nicht, was, und so ereignete sich auch nichts, ausser dass der Tag dreimal so lang geriet wie ein gewöhnlicher, und schliesslich ging der Melk sogar ins Tril liegen, so ratlos war er vor dem Nichtstun und ohne seine Chueli.

Als er wieder vertwachte, war es dunkel geworden, und nur der Schnee schien durch die Spalten im Holz. Und dann hörte der Melk in der Hütte ein Schnaufen, das von unten aus der Käschuchi kam, dazu böckelete es durch den Rost vom Heuboden herauf bis ins Tril, und wie er durch einen Schlitz im Boden durab gügslete, sah er am Feuerloch das Mendrisch vom ersten Tag, das kauerte da und stöcklete mit seinen Hörnern in der Glut, um ein Feuer zuweg zu bringen.

Der Anblick vom Mendrisch verschreckte aber den Melk so sehr, dass ihm vom Magen her ein Görps hochkam, und der Görps verschreckte dann das Mendrisch. Das richtete sich auf und blinzelte empor mit nassen Augen, weil es mehr Rauch als Feuer entfacht hatte, und schnaufte noch meineidiger und fing an, mit seinem ebigs langen Gehörn durch den Rost zu stossen, dass der Melk tanzen musste, wollte er nicht eines zwischen die Rippi. Das Mendrisch hörte aber nicht auf zu stossen, und endlich nahm der Melk eine Heugabel und stiess seinerseits nach dem Mendrisch, und so stupften sie hin und zrugg und gumpten ummenand, bis der Melk im Schweiss bächnass war und das Heulen zuvorderst hatte. Aber keines breichte das andere, und keines mochte aufgeben – das heisst, der Melk konnte nicht, sonst wäre es mit ihm zu End gewesen, und das Mendrisch, das einfach hätte aus dem Türloch können höselen, oder was immer ein Mendrisch macht, wenn es ab will, das wollte nicht, das stiess lieber den Heuboden z'hudlenfetzen und verstank die Hütte.

Das Stossen und Widerstossen ging darum Stund um Stund an und bis es tagete und zeismal der Balzli in der Hütte stand. Den hatte der Silberen Senn gesandt, damit er nachsehe, ob man auf Dräckloch z'schlag käme mit dem Schnee, und der pfutterete das Mendrisch gad an, was z'Gottes Namen es Sausiech im Dräckloch Hüttli heig verloren und werum es seinen Fründ, den Melk, derenweg plage, statt ihm seinen Frieden zu lassen.

Da verwandelte das Mendrisch sich in einen Mann, der trug zwar immer noch Hörner, aber reden konnte er zum mindesten und pfutterte gleich zurück, dass das nämlich eine Sach sig, die gech den Balzli gad gar nüüt an.

Den Balzli focht das aber wiederum nicht an, der hockte vor den Tisch und langte sich eine Gebse ab dem Gestell und sagte: »Wännd ä Furz chasch dur ds Griffloch vu derä Gebsä ziäh und ä Chnopf drii machä, dä luun i di mit em Melk älleigä, sust aber nüd.«

Das Mendrisch lachte und meinte: »Es gilt!«, und kauerte siegesgewiss über die Gebse. Danach liess es einen Furz um den anderen und versuchte, ihn zu päcklen und durch das Griffloch zu ziehen, aber so ein Furz erwies sich selbst für ein Mendrisch als zu flüchtig und zu schliferig, und es geriet immer mehr ins Schwitzen, das war es dann aber auch, was es erreichte.

»Wart«, sagte der Balzli schliesslich verbärmstig, »ich gibä dr äs bitzäli Suufi mit Chäslab, das gitt di fetterä Fürz.«

Das Mendrisch rupfte ihm die Suufi nur gällig aus der Hand und leerte sie in einem Gutsch hinab. Danach konnte es aber gar nicht mehr aufhören zu furzen, das Lab gärte in seinem Ranzen und blies das Mendrisch auf wie eine Geissblateren, und so jääblete es und flehte den Balzli um Hilfe an, bis der ein Nachsehen zeigte, die Heugabel ab dem Tril holte und das Mendrisch hiess, es sell dermit in den Schnee gehen und sich die Gabel in den Ranzen hauen, dann täg es ihm dann schon wohlen. Das Mendrisch dankte dem Balzli höfeli und drückte sich z'jameretsen und z'furzeten aus der Tür und schob durch den Schnee. Dort endlich haute es sich die Heugabel in den Ranzen, gad als wie der Balzli es geheissen hatte – und da verjagte es das Mendrisch mit einem Gewaltschlapf, dass nichts mehr von ihm blieb als ein paar Fetzli im Schnee.

»Sodäli!«, sagte danach der Balzli und machte dem Melk

erst einmal ein Kaffi und zwang ihn, zu höcklen. Und dann meinte er, der Melk sell sich nicht alles gefallen lassen, wie lange er denn noch heig mit dem Mendrisch wellen stupfen.

Da sah der Melk den Balzli erst gross an –, wenn einer war wie der, dachte er, da war das Leben ja ein Schleck –, und dann kam ihm einfach das Heulen, so endlos lang, dass der Balzli dazwischen schon den Geissen und Sauen gelugt hatte, und wie er zurückkam, wollte der Melk schon wieder anfangen, da ging der Balzli gad noch die Käs wenden. Danach nahm er ihn hinaus in den Schnee auf einen Gang zum Chratzerenfurggeli, und dort fragte ihn dann der Melk, was einer wohl machen müsse, damit er jemanden heig, der ihn vermisse nach dem Erliggen.

Wie der Melk am Abend wieder ins Hüttli kam, war es mit dem Geisterlen aber noch nicht vorbei.

Dabei hatte der Melk den Heimweg mit einem ganz neuen Mut unter die Böden genommen. Der Balzli hatte ihm lang erklärt, wie man es macht, nicht dass die Welt um einen briegget beim Erliggen, sondern so, dass ein sertiges Studieren um ein Erliggen und Vergehen sowieso hinfällig wird. Wie man mit einer grossen Schnurre durch die Welt muss, das vor allem, das galt dem Balzli als das Wichtigste, mit grosser Schnurre und wachem Grind, und immer ohne Angst. Schiss, sagte der Balzli, Schiss sig ein Gugus, mit einem Gagg in der Hose heig noch keiner ettis Rechts angattiget.

Dann hatte er dem Melk verzellt, wie er im Herbst zu Leuggelbach einem versprungenen Schaf nach sig und dabei zu einem Haus gekommen, von dem wisse man, dass es dort des Tüüfels sig. Er aber heig bei sich gedacht: »Das will i mit eigetän Augä gsih, was da der Tüüfel z'meldä het!«, und sig zur Tür hinein, die aufging gad von selbst und ohne ein Tönli, wie mit Melkfett gesalbet. Im Hüüsli heig aber ein Tisch gestanden, gedeckt mit Beggeli und Öpfel und Fänz, und hinter dem Tisch ein grosses Himmelbett. In das sig er gad gestiegen und heig fuul getan, da sig aber einer gekommen, wie es sein muss, mit Rossscheichen und einem Grind auch wie ein Ross und einem Schwanz als wie ein Ochs, der sig am Tisch zuechen gehockt, heig den Löffel in die Hand genommen und mit einer Gelle gerufen: »Tischet isch, fählt numä nuch der, wo dettän im Bett liit!« Und während er das sagte, heig der Horämelchi den Balzli gepackt und daderfür gar nicht vom Tisch hoch müssen, der heig ihn mit einer Hand am Arm hoch gelupft und ihn neben sich auf den Schemel gehöckt, und dann heig er ihm befohlen: »Itzed iss!« Er aber heig frech gemeint: »Ich hä nüüt iibrogget und tuä nüüt uusbroggä«, und so sig es dem Horämelchi gad gleich gewesen, er heig selber zugelangt und alles allein ausgefressen. Dann sig der Horämelchi aufgestanden, vors Haus gegangen und mit Pickel und Schaufel zurückgekommen, und dann heig er ihn geheissen die Gerätschaft in den Keller tragen. »Ich hä nüüt ufäträit, ich trägä au nüüt abä«, antwortete aber der Balzli, und der ander musste alles selber in den Keller tragen, und der Balzli sah ihm noch zu dabei. So sig es fortgegangen: Sollte der Balzli graben, meinte er, er heig nüüt eingegraben, so well er wohl nüüt ausgraben, und hatte der Horämelchi ein schweres Chessi aus der Erde gehoben und der Balzli sollte es hinauftragen, fand er, was er nicht heig durab getragen, trage er dängg auch nicht derauf. Am Schluss heig der Horämelchi aus dem Chessi einen Haufen

Gulden genommen, auf dem Tisch drei Hüüfeli gemacht und den Balzli geheissen, eines dervon auszulesen, aber das rechte, die zwei anderen siged denen, die der Horämelchi beraubt, und denen, die er erwürgt heig, und lese der Balzli einen von den säben Haufen aus, dann sig er selber des Todes und müsse ihm künftig zu Diensten sein. Der Balzli aber verzellte, er heig sich nicht lang mit Werweissen aufgehalten, sondern graadwegs die Arme auf die Tischplatte gelegt und alle drei Hüüfeli in einem zu sich gezogen. »Eis wird schu das recht si«, heig er zum Horämelchi gesagt, »und a dän Armä gib i dä schu selber zrugg, was nä zuächunnt!« Da heig der Horämelchi keine Macht mehr über ihn gehabt, und der Balzli heig alle Gulden eingesackt und sig heimgegangen. Das Geld heig er aber tatsächlich den Armen gegeben, numen gad so viel heig er behalten, dass sie diheimed ohne Hunger heiged durch den Winter mögen. Und noch mehr dertige Geschichten berichtete an dem Tag der Balzli, in denen immer er der Held war, bis es dem Melk im Kopf surrete und er gewiss war, mit dem Bösen auf dieser Welt könne es ein jeder aufnehmen, heig er numen zur Zeit das Rechte auf der Zunge und, wie es der Balzli gesagt hatte, keinen Gagg in der Hose. Endlich waren sie aber oben auf dem First angekommen, und der Balzli hatte sich ausgeschnurret, und so standen sie lange wortlos und gschauten den weiten weissen Glärnischfirn, und der Melk malte sich aus, wie er es dem nächsten Mendrisch täg geben, das ihm well frech kommen, und dabei wohlete es ihm gar ordeli.

Dann sagte der Balzli: »Gsihsch dettä dr Zeinäfurggel ob em Bächifirä? Dettä hän i schu mängsmal äs Füchsli gsih durä laufä, gad ob üücherem Stafel durä.«

Ein Füchsli hatte der Melk auf seinem Stafel noch nicht gesehen, und so sagte er verwundert: »Ja säg!« Danach sagte er aber nichts mehr, denn es war ihm gleich das liebe Füchsli vom Industriebach zu Glarus in den Sinn gekommen, und mit dem im Kopf war ihm nicht nach Reden.

Der Balzli dagegen wollte nicht gleich wieder aufs Maul hocken, jetzt, wo schon einmal ettis gesagt war, und meinte: »Ja, und em Fessisbuur sis Vreneli hän i au erscht gad letschti dettä gsih ummä hüänderä.« Und dabei lugte er dem Melk ganz gwünderig ins Gesicht, ob sich darin wohl ettis zeige.

»So«, sagte der Melk aber numen, »ja, das kännän ich au.« Es war ihm das Vreneli aber viel weniger interessant als das Füchsli, und daran änderte es auch nichts, dass der Balzli noch meinte, es heig ihm geschunen, das Vreneli heig den Dräckloch Stafel im Aug gehabt.

Das mutige Füchsli ging dem Melk aber nicht mehr aus dem Kopf, so wie es den Schneeballen getrotzt hatte – ein so feines, zerbrechliches wie das säb, das machte ihm gad noch mehr Eindruck als wie der Balzli mit seiner grossen Schnurre.

Der Silberen Senn, bei dem der Melk dann noch eine Mehlsuppe bekam, weil der Balzli ihn gern vorführen wollte und dem Senn zeigen, dass er einen Freund hatte, und dem Melk, wie gut er sich mit seinem Senn verstand, fand auch wirklich nichts zu flamänderen, weil der Balzli so lang weggeblieben war, sondern sagte numen: »Bisch zrugg?«, und hörte sich an, was der Balzli vom Mendrisch zu verzellen hatte.

Zum Melk aber sagte er schliesslich, anders als der Balzli: »Heb du numän ä chläi Angscht, das isch schu recht. Ä gsunti Angscht het schu mih errettet wiä nä faltschä Muät us dr Dümmi usä.« Und etwas Ähnliches sagte er nochmals, als sie in der Tür standen, und versprach, am ander Tag täg wieder einer von ihnen vorbeilugen, es sig denn, der Melk schicke früh einen rechten Juuchzer vom Dräckloch herüber. Das wäre ihnen sonst das Zeichen, dass es dem Melk wohl sig und er keine Hilfe brauche.

Und so freundlich entlassen und die warme Suppe im Bauch, und mit den Gedanken beim Füchsli, war es dem Melk tatsächlich gar nicht unheimlich zumut, als er im Eindunkeln zum Hüttli kam. Als Erstes gab er gleich den Geissen ein Fuder Heu und den Sauen vom Milchwasser, davon stand noch im Stall, und dann verzellte er ihnen noch, was alles er an dem Tag erlebt hatte und dass sie keine Angst zu haben bräuchten, dass er sie schon beschützen well. Und so leistete er den Tieren Gesellschaft, bis es Nacht war, dann wollte er in die Hütte einkehren.

Wie er aber über das Bödeli ging, sah er, dass in der Hütte das Feuer brannte, und wie er durch das Fenster lugte, waren darinnen drei Mannen am Käsen, die hatte der Melk seiner Lebtig noch nie gesehen. Einer von den Mannen aber trüllte sich gad zum Fenster hin, wie der Melk da stand und güslete, und sagte, der Melk sell doch in ds Gotts Namen ins Hüttli kommen und nicht in der Nacht verfrüüren, und dann hielt der ihm sogar die Tür auf, und so lang warteten die anderen zwei mit Käsen und sahen zu, wie der Melk in die Hütte kam und auf einem Stuhl Platz nahm, den der erste ihm hingestellt hatte. Dann wandten sie dem Melk den Rücken zu und käseten weiter und kümmerten sich gar nicht darum, als der Melk nach einem Weil zum Versuch bemerkte, auf diesem Stafel sig eigentlich schon einer Käser und der sig gewiss auch alle Augenblick vom Stall zurück. Und weil sie so überhaupt keinen Wank machten, sagte der Melk auch nichts weiter, sondern begnügte sich halt wieder mit Lugen.

Der Melk lernt jodlen

Von den drei Mannen war einer chölig wie der Chämifeger, mit schwarzem Gewand und kurzem schwarzem Chruselihaar, der hatte gad ein Lab zubereitet, das statt grün rot geworden war, und das leerte er in die handwarme Milch. Die rührte ein anderer mit der Käskelle von unten nach oben auf, wie man es beim Käsen halt macht, nur war der barfuss und auch sonst halb blutt und füürzündgüggelrot am Körper und mit einem gnuuschigen roten Bart bewachsen. Der Rote brachte dann die Milch ins Kreisen und liess die Kelle darauf schwimmen und mittrüllen und beobachtete, wann die Kelle anhielt und die Milch gedickt hatte, und währenddem gab der dritte, ein weisser, fast durchscheiniger, weisser noch, als der Schangschagg einer war, dem Melk endlich Antwort und meinte: »Das muss itz ebä sii.«

Dann war aber die Milch schon geronnen, und der Rote langte mit der baren Hand ein Stückli glühende Kohle aus dem Feuer, das hielt er in den Bruch und zog es weiss mit Milch belegt wieder heraus und sagte: »Se bong«, und der Weisse langte zur Käsharfe.

Das ganze Vorkäsen ging derenweg geschwind und so ring, dass der Melk im Staunen ganz vergass, sich zu ängstigen. Die drei Käser taten aber auch nicht, als müsste der Melk Angst vor ihnen haben, erst als der Rote einen Husten bekam und ein bitzeli Blut ins Chessi speuzte und danach unversehens fragte, ob eigentlich das Mendrisch auf der Alp gewesen sig, verschrak der Melk zünftig und fühlte einen Chrott im Hals. Aber sofort besann er sich, wie der Balzli mit dem Mendrisch asenweg mutig getan hatte, und beschloss, so mutig sig er jetzt auch, und berichtete, dass es da gewesen wäre, nächtig, aber jetzt sig es wieder gegangen. Da spuderte der Rote ein zweites Mal ins Chessi und sagte: »Ja, mir händs gsih.« Es schien ihm aber gleich zu sein, dass das Mendrisch in Möggli vor der Hütte lag.

Inzwischen hatte der Schwarze den Bruch verschöpft und das Wärmere dsunderobsi getan und das Kalte abgesenkt, und dann hatte der Weisse die Trangschgaiee gepackt und die Käsmasse in Würfel geschnetzlet und den Bruchwerfer in das Chessi gehängt, dass sich beim Rühren mit dem Tannwipfel nicht der ganze Käskuchen nur im Kreis drehte, sondern auch zerteilt wurde, und dann rührte er wieder im Chessi, und was der Schangschagg in zwanzig Minuten nicht fertigbrachte, das hatte der Weisse im Hui gemacht und die Körner zerrührt und hängte das Chessi wieder über das Feuer. Danach langte der Schwarze nochmals ins Chessi, prüfte die Hitze und langte eine Hampfle Bruchkörner heraus, die trotz dem Weissen seinem Rühren nicht recht mehlig geworden waren.

Während sie darauf warteten, dass der Bruch die rechte Wärme bekam, tranken sie Wein, den hatte der Rote aus dem Sack genommen, und der Schwarze fragte den Melk, ob er auch well, und wie der Melk nicht wollte, fragte er noch, wie es denn mit dem Dittitolgg ginge und ob der auch höfeli täg. Der Melk wusste nicht recht, wie er darauf antworten sollte, ihm schien, der Käser wisse mehr als er, und so sagte er nur, er heig ihn jetzt einen Weil nicht gesehen. Dann fiel ihm ein, dass der Weil numen gad einen Tag lang war, und hoffte, dass der Käser das nicht auch wusste wie das säb mit dem Mendrisch und dass er jetzt bös zündete oder dass er dachte, der Melk sig ein Lügner. Aber der Schwarze nickte nur und meinte gar nichts mehr.

Der Rote nahm derweil das Kessi wieder vom Feuer und rührte mit der blossen Hand so gschwind, dass die Körner sich in der Mitte zu einem Hügeli häuften, und dann verlangte der Weisse nach einem Kästuch, das der Melk holen musste, und mit dem Kästuch fuhr er über den Chessiboden und hob den schweren Bruch heraus und drückte mit der Hand dagegen, dass die Molke nur so durch das Tuch strodlete. Den Bruch im Kästuch drückte er dann in den hölzernen Järb und knetete noch daran herum, dass der Käs seine Form bekam, und glättete das Tuch, und zum Schluss, als es ans Pressen ging, päcklete er den schweren Käs im Järb wie nichts, legte ihn auf den Stuhl und hockte einfach darauf und legte die Ellbogen auf den Tisch und nahm sich noch Wein. Kaum hatte der Rote aber seinen Käs unter dem Hinder, liess der Schwarze den Melk nach einem Kästuch springen und machte graduus dasselbe wie zuvor der Weisse, nur war der Bruch, als er ihn aus dem Kessi hob, brandschwarz. Und dann kam der Rote an die Reihe, und dem sein Bruch war tüüf rot, und die Schotte kam durch das Tuch geronnen wie bares Blut.

Danach höckleten sie alle drei auf ihren Käsen und soffen eines und fragten den Melk noch, ob er einmal well Senn werden und was für einer, eher wie der Stecken This einer oder wie der Silberen Senn, worauf der Melk meinte, er well gar nüüt werden, als Gaumer gefalle es ihm gad am besten. Derzu sagten die Käser dann nichts mehr, dafür wussten sie noch von der toten Lisä und fragten, ob der Melk sie täg missen, und das tat der Melk schon ordeli, und die Käser sagten, es sig aber auch eine elende Schädi um die schöne Kuh. Dann standen sie auf von ihren Käsen und nahmen sie aus dem Järb, da waren die schon hart und trocken wie richtige fertige Käs.

Dann sagten sie zum Melk, eines müsse er noch für sie tun, er sell von einem Käs ein Möggli probieren, dervor könnten sie nicht gehen. Er sell sich aber recht gut bsinnen, von welchem Käs er wähle, denn davon hänge ettis ab – was, das wollten sie nicht sagen. Der Melk musste allerdings nicht viel überlegen, er sagte gleich: »Wänn schu, dänn nimäni vum wiissä, der bin i gwännt«, und da hauten ihm die Mannen auf die Schulter wie einem von ihnen und meinten, das sig recht gewählt so, vom anderen würde er zum mindesten grüüli das Ranzenpfeifen überkommen haben, wenn es ihm nicht vielleicht gar gegangen wäre wie dem Mendrisch und es ihn graduus verjagt hätte. Dann gab der Weisse ihm ein Möggli, das er mit dem Handmesser aus dem Käs gestochen hatte, und das ass der Melk, und es war einfach nur wie ein guter Alpkäs, nichts anderes.

Als der Melk gegessen hatte, sagte der Weisse aber, jetzt müsse der Melk noch einmal wählen, er heig jetzt nämlich ettis zugut und könne aussuchen, ob er künftig well können jodlen oder Geige spielen. Das war dem Melk ein bitzeli gschpässig, wollte der ihm jetzt noch das Musizieren beibringen. Aber er sagte, für das Jodlen heig er wohl nicht gad die Stimm, aber für eine Geige ganz bestimmt nicht das Geld, drum well er, wenn schon, lernen jodlen. Kaum hatte er das aber gesagt, buckleten die drei Sennen ihre Käs und wünschten dem Melk ein Bhüetdigott und gingen aus der Tür, und der Weisse klopfte ihm wohl noch einmal freundlich auf den Rücken, aber Gesangsstunden gab er ihm keine.

Der Melk hockte danach noch ein Ziitli auf seinem Schemel und mochte gar nicht glauben, dass die jetzt einfach so gegangen waren, und wartete, ob noch ettis käme. Es kam aber nichts, nur endlich der Morgen, und da begann der Melk das Wegräumen der Käsledi und ging hinaus um Wasser für die Kästücher, denn sie in der Molke auszuwaschen, wie er es gelernt hatte, das traute er sich nicht, obwohl die Molke jetzt wieder hell war wie sonst auch und nicht mehr blutig rot oder schwarz, aber geheuer war es ihm eben doch nicht.

Wie der Melk aber aus der Hütte trat, blies ihm ein warmer Luft entgegen: Der Föhn war über den Tödi gekommen und schmolz den Schnee weg, dass der Melk fast zulugen konnte, und gleich darauf kam auch die Sonne warm und leuchtig vom Zeinen her über den Grat. Und wie der Melk auf den Hoger beinlete, um dem Silberen Senn den vereinbarten Juuchz zu senden, wurde daraus kein Juuchz, sondern der schönste Jodel, dass der Melk gar nicht mehr aufhören konnte, und das Echo hatte noch mehr Freude als der Melk und jodlete ihm siebenmal zurück.

Danach konnte er es den ganzen Tag nicht lassen, der Silberen Senn selber musste am End auf den Vorder Gassenstock stapfen, wo der Melk im Pflotsch stand und übers Tal jodlete, und dem Melk das Musizieren verbieten, weil ihm die

Schafe nicht mehr mögten fressen, die würden nur noch nach dem Gassenstock gaffen, denen gefalle dem Melk seine Musik asenweg gut.

Am Mittag war der Schnee an den windigeren und sonnigen Stellen schon geschmolzen, und der Melk erwartete die Sennen mit dem Veh zurück. Als sie aber bis in den Nachmittag hinein nicht gekommen waren, dachte er sich, dass vielleicht im Loch zu Chäseren der Föhn nicht so zu merken war und der Stecken This nicht wusste, dass auf der Dräckloch Alp schon wieder Sommer war, und er beschloss, hinabzusteigen und dem Senn das Wetter zu melden.

Wie er aber gad den ersten Stotz hinter sich gebracht hatte, kam ihm die Herde entgegen, und hinter den Kühen kamen der Stecken This und der Schangschagg. Nur war jetzt der Stecken This so grün im Gesicht wie sonst nur der Schangschagg, und der Schangschagg selber war derenweg eingefallen im Gesicht, dem lampte die Haut wie tot vom Backen. Und als der Melk fragte, wo sie denn auch den Gunggel Sepp gelassen hätten, lugte der Stecken This ihn wie abgelöscht aus dunklen Höhlen an und zeigte durab auf Chäseren und meinte mit ruucher Stimm, der blutig Flären dort auf dem Dach vom Alphüttli, das sig der Gunggel Sepp oder was von ihm übrig sig.

Erst nachdem das Veh gemolken und auf die Nachtweid gebracht war, erfuhr der Melk mehr. Schon auf dem Weg von der Dräckloch Alp auf Chäseren hatte das Tunscheli je längers, je stigelisinniger getan und nach den Kühen geschuttet und zmittst im Schnee ums Verräblen mit einem der Sennen wellen vöglen, dass es selbst dem Gunggel Sepp ganz gschmuuch wurde. In der zweiten Nacht hatte es dann wieder eine Kuh ermolken gehabt und ihr Blut gesoffen, und so hatte der Stecken This, als es heute an den Aufzug zum Dräckloch ging, beschlossen, der Dittitolgg müsse auf Chäseren bleiben oder besser noch ganz ab der Alp. Das Tunscheli hatte zwar gad jämerligs angefangen zu brieggen und versprach, es well keine Kuh mehr ermelken und nur noch vöglen und sonst gar nichts, und sogar das nur noch ganz wenig. Der Stecken This hatte sich aber nicht erweichen lassen, und so meinte das Tunscheli am End, wenn nur der Gunggel Sepp noch einmal mit ihm ins Tril zu liggen käme, dann ginge es danach von selber auf ebig ab der Alp. Und so war der Gunggel Sepp noch mit dem Dittitolgg zurückgeblieben, als der Stecken This und der Schangschagg das Veh gereist hatten und zum Dräckloch aufstiegen. Nachdem er aber auch nach wohl zehn Minuten nicht wieder aus dem Hüttli gekommen war und auch nicht antwortete, als der Stecken This ihm pfiff, war der wieder durab gestiegen und sah gad noch, wie das Tunscheli aus dem Hüttli kam, und das Blut troff ihm von den Taapen, und hinterdrein schleiggte es ettis wie einen nassen Sack. Dann kletterte es aufs Hüttendach und zog die nasse War hinter sich her und spannte sie zum Trocknen aus, und da sah der Stecken This erst, dass das Tunscheli dem Gunggel Sepp seine Haut in den Händen hielt, die hatte es ihm vom Leib gezogen und wollte sie in der Sonne trocknen, als sig es eine Rinderhaut.

Das gab einen schweigsamen Znacht, und für einmal forderte der Stecken This selber den Melk auf, hinauszugehen und den Alpsegen auszurufen, und nach dem Jodlen ging der Melk fast schon im Dunkeln hinüber zur Silberen Alp und bat den Senn, für die Nacht den Balzli auf den Dräckloch Stafel auszuleihen, damit der mit ihm die Nachtweid bewache. Der Balzli war aber so gwünderig, wie der Melk über Nacht das Jodlen gelernt heig, dass der Silberen Senn nichts dagegen sagen wollte, stattdessen packte er ihnen Feuerholz, Brot und Handkäsli und einen Chrüüterschnaps in eine Decke, die danach für den Balzli zum Wärmen bestimmt war, gab am End noch ein Chrüüzfix dazu und meinte, er well diese Nacht selber auch ein Ohr veraussen behalten, damit, wenn etwas sich ergäbe, der Melk numen zu jodlen oder zu rufen brauche, dann schicke er zum mindesten den Hund herüber.

Als sie auf der Nachtweid waren, suchten die Buben sich einen trockenen Platz, und der Balzli machte mit dem Holz und dürren Kuhfladen ein Feuer, und dann hockten sie zusammen am Feuer und unterhielten sich über Besonderes wie farbige Käser und melkende Dittitolgg, aber auch über das Nüschenmanndli im Limmerentobel und das Seeblimanndli und das Bersiäneli, das am Urnerboden nachts den Bauern Laubsäcke und Dachschindeln an den Kopf warf, und über das Pulsterenwiibli, das der Melk auf Visite mit dem Doktor Tuet in Engi schon zweimal hatte die Speichenrus durab schweben und danach am Mühlibach wie lätz Werk spinnen sehen, und über den Frümselihund zu Linthal am Pfaffenstein. Und die ganze Zeit über dampften neben ihnen die Kühe, zerrupften mit ihren langen Zungen das Gras oder schleckten den Buben das Salz ab der Haut.

Und zeismal tagete es, viel zu früh, wie der Melk meinte. Der Himmel wurde rot über dem Rüchigrat, und die Blumen auf der Alp lüpften ihre Köpfli, und dann flog ein Wiedehopf auf die Weid und rief »Hüp! Hüp!« und trieb das Veh den Hoger durab zum Melkstall, der Melk und der Balzli brauchten nur hinterdrein zu laufen.

Jetzt, da die Älplerfamilie um zwei gschmurelet war, fand der Stecken This einiges neu zu richten und zu planen, und das Erste und Wichtigste war, was mit dem Käs im Under Stafel werden sollte. Der Schangschagg wollte es nämlich nicht auf sich nehmen, jeden Tag auf Chäseren zu laufen und ihn zu pflegen, ausser es käme etter mit ihm. Zu dritt mit dem ganzen Veh, und geheuet musste jetzt auch endlich werden, fand der Stecken This das aber nicht das Gscheiteste und entschied, die jungen Käs sollten hinauf auf den Dräckloch Stafel, und alle nur halbwegs trockenen well man ins Tal schaffen, dort müsste die Alpgeteilschaft bis zur Reife für sie sorgen.

Am Abend kam dann der Silberen Senn und half dem Schangschagg melken und käsen, und der Stecken This hiess den Melk mit ihm gehen und eine erste Fuhr Käs von Chäseren obsi tragen. Sie gingen zügig, um vor dem Dunkeln wieder von der Chäseren Alp zu sein. Trotzdem fand der Stecken This genügend Schnauf, mit dem Melk zu schwatzen, und das war überhaupt das erste Mal, dass er einfach so mit ihm eines schnurrete, und nicht einmal fluchen tat er und grüüsige Worte brauchen, ausser es fiel ihm gar kein anderes ein.

Sie hatten es vom Tunscheli, natürlich, und vom Dasein so als Senn, ohne Weibervolk und so hoch am Berg, und der Stecken This meinte, der Melk sig in der säben Sach aber auch ein kurliger Vogel, dass er mit dem Tunscheli so gar nüüt heig wellen haben, ein so Freizügigs, wie das säb gewesen war. Der Melk mochte darauf aber nichts sagen, er fragte nur, wegenwerum denn der Schangschagg mit dem Tunscheli nie nüüt gehabt heig. Da lachte der Stecken This und meinte: »Dr Schangschagg hebet sis Pfiifäli siiner Lebtig i käs Loch mih inä.«

Und dann erfuhr der Melk, was der Schangschagg für ein Geheimnis hatte: dass er nämlich in seiner Jugend ein grüüli härter Dingeler gewesen sig, da sig einer wie der Gunggel Sepp ein Waisenknab dergegen. Wenn der nicht allpott ein Weibervolk zwischen den Beinen gehabt heig, dann heig er einfach ettis anders päcklet und sig im Schuss auch nicht wählerisch gewesen, und so heig er in einem Alpsommer neumeds im Urnischen, wo er der Senn war, endlich auch eine Geiss päcklet und mit ihr getan, als sig die Geiss ein Meitli, und bald darüber aben heig die Geiss dicket.

Dann fragte der Stecken This, ob der Melk einmal vom Greiss gehört heig, das auf den Urner und Glarner Alpen das Veh reisse und es aussauge wie ein Wolf.

»Ja, ettis schu, aber nüüt Rechts«, meinte der Melk.

»Uf jedä Fall«, sagte der Stecken This, »isch das Greiss das, was diä Geiss gworfä het, und also em Schangschagg siinä Goof.«

Das Greiss dem Schangschagg sein Goof, das war allerdings ettis, da mögte es dem Melk den Schnauf verschlagen. Der Senn schnurrete aber weiter und verzellte, seit due lebe der Koch in einem ebigen Schiss, das Greiss käm zu ihm und päckle ihn und nähm ihn mit sich, oder der Herrgott werde ihn strafen, oder sonst ettis. Und dorum sig dem Schangschagg auch das Vöglen auf immer und ebig vergangen, am liebsten verkrieche er sich in seiner Käschuchi und zeige sich nicht. Und drum schnurre er auch immer sein Welsch, obwohl er natürlich schon Tüütsch könne, er well aber, dass alle meinten, er sig dervor noch gar nie aus dem Welschland fort gewesen.

Das alles gab dem Melk zu denken, und so gingen sie stumm weiter, bis sie auf die Chäseren Alp kamen. Die Haut vom Gunggel Sepp war vom Dach verschwunden, nur noch eine dunkle Mose war da und auf dem Gitzistein eine Hampfle Knochen, die sie dort aber liegen liessen. Überhaupt hielten sie sich nicht lange auf, sie luden auf zwei Räf, was an Käslaiben Platz fand, rieben die anderen Käs gleitig ab und kehrten sie, dann buckleten sie die Räf und waren schon wieder auf dem Heimweg, und das Maul hatten sie nicht einmal abenand getan.

Erst als der Chäseren Boden nicht mehr zu sehen war, fragte der Melk den Stecken This, ob denn das Greiss mit nüüt zu bekämpfen sig, oder ob er einmal den Balzli sell fragen, ob der ein Mitteli wüsst.

Der Stecken This schüttelte aber den Kopf und meinte, da sig schon mängs versucht worden. Er wisse von einem Venediger, der auf der Fiseten Alp, nachdem das Greiss dort ein Rindli gerissen hatte, drei Holzträmel mit einem Chrüütz gezeichnet und die Sennen geheissen heig, dadermit um Mitternacht ein Feuer zu machen. Wenn es dann so recht höch und heiss brünne, werde sich einer zu ihnen setzen und sein Pfeifli daran anzünden, den müssten sie päcklen und in die Flammen werfen, dann wäre Ruhe vor dem Greiss. Wer aber ans Feuer gekommen sig, das sig der Ulrichlifranz gewesen, ein Bauer aus dem Tal, und den mochten die Sennen dann nicht verbrennen. Und erst wie der Ulrichlifranz wieder in die Nacht hinaus sig und dort zu einem tüüfels Ungeheuer gewachsen, da heiged die Sennen gesehen, dass sie den ganzen Zauber vergiignet hatten, und noch in der gleichen Nacht heig das Greiss ein weiteres Rindli gefressen.

Der Venediger heig dann noch ein zweites Mal gezaubert, da sig ein wirklich Fremder ans Feuer gekommen. Der heig aber mit seinem Stock in der Glut ummenand gestaaklet, bevor die Sennen ihn päcklen konnten, und da war der Zauber wieder gebannt. Zurzeit, wusste der Stecken This zu berichten, siged sie aber in Uri daran, einen Muni zu züchten, der es mit dem Greiss aufnehmen könne, das dauere allerdings im Ganzen sieben Jahr, und jetzt siged sie erst gad im dritten oder vierten. Der Muni sig ein silberweisses Stierkalb, das man die ganzen Jahre mit nüüt als Milch müsse tränken, im ersten Jahr mit der Milch von einer Kuh, im zweiten mit der Milch von zwei, im siebenten dann mit derer von sieben, nur so würde der Muni stark genug, das Greiss zu töten. Es sig aber auch dann noch keine sichere Sach, denn erst müsse noch eine Jumpfer das Greiss zum Muni locken, und eine, die das freiwillig mache, heig man noch nicht gefunden. Und so lang heig der Schangschagg eben den Schiss im Hals.

Als der Stecken This und der Melk auf dem Dräckloch Stafel ankamen, war es dunkel geworden, und sie fanden den Schangschagg mit dem Silberen Senn schweigend am Tisch hocken, jeder mit einem Biner Milch, und der Schangschagg stand gad auf und trug den Käs in den Keller. Der Silberen Senn stand aber auch auf und meinte, dann könne er ja jetzt gehen, er heig den Schangschagg nicht allein wellen auf der Alp lassen, aber jetzt drohe dem wohl kein Unheil mehr, und gleich pfiff er seinem Hund und lief ohne Gruss dervon.

Der Melk nahm einen Milchtrichter und ging noch ein Stück mit ihm, auf dem Hoger den Englisch Gruss absingen. Bevor der Silberen Senn den Pfad zu seiner Alp unter die Böden nahm, stand er noch kurz still, sah den Melk an und meinte: »Buäb, luäg du, dass du glii wider z'Tal chunntsch.«

Dann ging er zügig weiter, und der Melk lugte ihm nach, und wie er dem Senn seinen breiten Rücken über den Hang in die Nacht stapfen sah, das Hundli einmal vor und einmal neben sich, und allein am Hoger zurückblieb, da war ihm, als heig der zu ihm gesagt, nie im Leben würde er wieder auf Dräckloch wellen einkehren.

Das Vreneli besucht die Dräckloch Alp

Der Melk kam aber früher zu Tal, als der Silberen Senn es sich gedacht hatte. Auf Dräckloch war nämlich der Altweibersommer eingekehrt, die Marienfäden flogen durch die Luft und landeten dem Melk auf der Nase, und das hiess, dass es endgültig an der Zeit war, in die Wildi zu steigen und das Gras für den Winter zu mähen.

Weil die Heugabel aber nicht mehr zu finden war, seit das Mendrisch sie in den Schnee genommen und sich in den Ranzen gehauen hatte, musste eine neue haren. Ausserdem wollte es der Brauch, dass die Alpgeteilschaft auf die Glarner Chilbi hin Anken und Ziger von der Alp bekam, den musste auch etter zu Tal bringen, und so beschloss der Stecken This, zwei Tage nachdem das Tunscheli den Gunggel Sepp getötet hatte, der Melk sell auf Glarus und gad auch beim Tschudi nach einem Ross fragen, mit dem sie den Käs von Chäseren ins Tal durab schaffen konnten. Er selber mochte nicht nach Glarus gehen, dem Melk sig es einfacher als ihm, meinte er, dem Frägelen der Bauern auszuweichen. Auf keinen Fall aber dürfe etter von dem Unglück erfahren, das die Älplerfamilie und das Veh auf Dräckloch breicht hatte, sonst sig es um ihrer aller Lohn geschehen.

Dem Melk schien in diesem Fall das Auf-die-Schnurre-Hocken nicht das Klügste, aber auch nichts Unrechtes zu sein, und da ihn niemand geheissen hatte, dem Senn zuwiderzutun, und er sich auf die Glarner Chilbi freute, sprang er davon und packte Anken und Ziger in eine Brente, und kaum war die Morgenmelketen vorbei, machte er sich ohne Zmorged auf, dem Tal zu.

Dabei nahm er aber nicht den üblichen Weg. Am Tag dervor, als er das Veh von der Weid am Chratzeren heimzu getrieben hatte, war nämlich dem Melk ein Chueli verloffen und fadengrad auf das Brunalpeli zu, wo es sich leicht ein Bein brechen konnte in den Spalten der Karrenfelder. Der Melk war daher von der Herde weg der versprengten Kuh hinterher, als von den Karrenfeldern her ein Füchsli auf sie zugumpte und das verschreckte Chueli zurück- und dem Melk in die Arme trieb, gad noch bevor es die ersten Spalten erreichte. Und während der Melk die Kuh beruhigte, hockte das Füchsli auf einer der Felsplatten und sah ihm ganz lieb und gwünderig dabei zu, und der Melk hätte mögen schwören, das sig wieder das Füchsli vom Industriebach. Drum wurde er dann auch verlegen und wusste gar nicht, was er machen sollte, und stand und lugte einfach zurück, und nach einer Weile juuchzte er noch eines und brachte das verloffene Chueli wieder zur Herde.

Als er nun auf Glarus sollte, nahm er nicht den Weg über das Klöntal, sondern den viel stotzigeren und gräderen das Zeinentäli hinauf und fädig über den Gassenstock durab auf Leuggelbach, und der wirkliche Grund war nicht, was er dem Schangschagg sagte: dass er nicht allein über Chäseren well dem Tunscheli wegen, sondern das Füchsli mochte ihm ganz einfach nicht mehr aus dem Kopf.

Schon die ganze Nacht hatte er gemeint, das Füchsli liege

auf ihm, so warm und weich war ihm auf der Brust gewesen. Als er zulangte, war da zwar nichts gewesen, aber angefühlt hatte es sich noch immer, als wäre da ettis. Am Morgen dann war ihm das Sehnen so heftig geworden, dass er nicht mehr anders konnte als den strengen Weg durch das Zeinentäli nehmen, nur wegen der paar Schritte, die er dabei auf das Brunalpeli zu machen konnte, um nach dem Füchsli auszuschauen. Das war dann natürlich nirgends zu sehen, wie er auch lugte und spienzlete und am Hang immer wieder hinter sich sah, und er schimpfte sich selber einen dummen Siech, einen saudummen, so ein Füchsli findet man ja auch nicht einfach so am Weg, da kann man noch so närsch jodlen und sich die Augen aus dem Grind gaffen.

Aber es war auch wie verhext: Solange er nicht spienzlete, konnte er sicher sein, das Füchsli sig ganz dicht hinter ihm, das plampe ihm schon fast vom Hosenfudi, und sobald er zurücksah, war da nichts als Steine und dünnes Fideri und vielleicht dazwischen ein Summervogel. Am Schluss machte ihn das Ganze dermassen wütend, dass er den ganzen Weg bis über die Zeinenfurggel z'seggletsen nahm und, als er auf dem Grat angekommen war, meinte, das Gurgeli gumpe ihm gradwegs aus dem Hals.

Wie er aber erst über der Furggel war, lag von einem Schritt auf den anderen der Bächifirn vor ihm und war im Morgenlicht asenweg rot und schön und leuchtig, dass der Melk wie angenaglet stehen blieb und dann gar abhöcklen musste und nichts anderes konnte als nur staunen.

Es brauchte wohl eine Stunde, bis er daran dachte, dass er weitermüsse, denn ettis dertiges hatte er noch nicht gesehen. Und dann wagte er erst gar nicht auf die Schneedecke zu treten in der Angst, es dem Leuchten zu vergällen, und leise tat er wie in einer Kirche, um nichts zu stören und im Lauschen, wie es um ihn liserete und samüserte und knaspte, als wäre der Firn lebendig geworden und pludere ettis im Schlaf.

Dann gab er sich aber einen Schupf, so wäre er ja am Abend noch nicht zu Glarus, und schritt zünftig aus, wie das ein rechter Älpler tut. Und mit dem Ausschreiten kam auch der Übermut, und endlich troolete der Melk jodlend und juuchzend über den Firn durab und hätte um ein Haar das Füchsli überrannt, denn das stand zmittst auf dem Firn, an ein Stöcklein gebunden mit einem Band von rotem Sammet, und konnte nicht davon und tat keinen Wank.

Den Melk sah es aber dermassen verbärmstig an, dass es ihm gad furchtbar gschamig wurde ob seinem Troolen und Juuchzen, und er wurde vom Kopf bis an die Zehen so rot, als sig er nichts als ein Widerschein vom brünnigen Firn und vom Füchsli und seinem roten Sammetbändel, und dann machte er das Füchsli ganz weidli los. Das Füchsli tat aber gschamiger noch als der Melk und höselete, sobald es frei war, den Hang durab und sah nicht links noch rechts. Und wie sehr der Melk ihm auch nach wollte, es schnetzlete ihn nur immer wieder auf dem Schnee, und als er vom Firn auf den Hinder Chamm kam und über die Felsen durab klettern musste, verlor er das gschamige Füchsli ganz aus den Augen.

Als er dann zu Glarus ankam, hatte er für die Chilbi gar keinen Sinn mehr. Er sah zu, dass er so schnell als möglich den Anken und den Ziger ablieferte, die beide nach seinem

Getroole auf dem Gletscher nicht mehr so recht anmächelig aussahen, und war froh, dass der Alpvogt schon lang an der Chilbi war und er nur die gefüllte Brente hinter die Tür zu stellen brauchte und eine Nachricht wegen den Rössern lassen und gleich wieder verschwinden konnte. Im Gedränge um die Chilbistände suchte er danach noch einen Weil nach einer tauglichen Heugabel, dann hatte er sie aber gefunden und lief ohne langes Verweilen wieder dem Berg zu.

Wie der Melk aber schon im Spielhof war, kam ihm wieder das Füchsli vor Augen, das so gesprengt vor ihm hatte verhöselen müssen, und schon das Erinnern tat dem Melk im Herzen weh, und darob vergass er seinen Weg und ging ganz neumeds anderscht hin, und zeismal war er durch die »Angst und Noth« hindurch und an der Ankenwaag vorbei und in die »Meerenge« geraten, wo die Mehrbesseren in geweissten Häusern wohnten mit bemalten Läden und doppelten Fenstern, und wo einer wie er, der Zockeln trug und eine Heugabel und weit gegen den Wind böckelete, aber auch gar nichts verloren hatte.

Und als daher eines jener doppelten Fenster geöffnet wurde und ein fein geputztes Fräulein über das Sims lehnte und nach dem Melk rief, da machte der gar keinen Wank und dachte nur, dass es also auch bei den Fürnehmen welche gab, die hiessen nicht anders als er.

Gleich pfiff aber das Fräulein gar nicht fein durch die Finger und rief nochmals: »Melk, ich bis, ds Vreneli!«

»Weles Vreneli?«, fragte er da endlich und studierte, ob er ächt mit dem Doktor Tuet einmal hier etter visitiert heig. Andererseits, einen solchen Besuch würde er doch wohl erinnert haben, und sonst kannte er keine mehrbesseren

Vreneli, und so blieb ihm die ganze Sache gschpässig und undurchsichtig.

Das Vreneli rief aber nur noch gschwind: »Wart!«, bevor er ab konnte, und schlug das Fenster zu und segglete die Treppe durab und öffnete dem Melk Gartentor und Haustür und schupfte ihn gleich in den fürnehmen Gang hinein. Und dabei sagte es: »Ich bi dängg ds Vreneli vum Fessisbuur, mir händ im Winter zämän i dr Druggerii büäzet.«

Der Melk wusste jetzt gar nichts mehr zu sagen und liess das Vreneli mit grossen Augen machen, als es ihn einfach überobsi nahm und ihn davor nur gad die Schlarpfen abstreifen hiess und ihn danach in die gute Stube auf einen wahrhaftigen Fotöi setzte, so wie er war, gschmöggig von seinen Geissen und Chueli und verdreckt vom Laufen und jetzt auch noch verschwitzt vom Verschrecken und dem vielen Denken, was er ächt müsse machen, wenn jetzt die Herrschaften kämen.

Dann ging das Vreneli aus der Tür und hiess ihn sitzen bleiben und sich nicht verroden. Bald darauf kehrte es aber mit einem Tablar aus reinem Silber zurück und tischte dem Melk auf, was die Mehrbesseren an einer Chilbi dem Gast eben auftischen, Öpfelbeggeli und Chriesimues und Honigbrüüt und süsse und saure Pastetli, und dazu Kaffi in so feinen farbigen Tässli, dass man sie fast nicht auflupfen konnte, ohne sie zu vertruggen. Dem Melk, der den ganzen Tag noch nichts in den Magen bekommen hatte, wäre es mehr nach einem Schnäfel Käs und Brot gewesen, aber vor Nervösi mochte er sowieso nicht essen.

Endlich fragte er dann das Vreneli graduus: »Was machsch dä du da i dem Huus?« Und das Vreneli sass ihm gegenüber, nur mit dem Fudispitz auf eine Fotöikante gehöcklet und mit steckengeradem Rücken, und seichte fast auf das Tapi wegen dem Gesicht, das der Melk machte, und sagte, hier wohne drum eine Freundin von ihm, der heig es einmal in einer Sache geholfen, und jetzt dürfe es hier ein und aus gehen, wann es well, sogar zmittst in der Nacht, wenn ihm der Sinn dernach stünde.

Als der Melk dann wissen wollte, wem seines das Haus überhaupt sig, und das Vreneli zur Antwort gab, das sig ds Heers ihres, da war ihm endgültig nicht mehr wohl – nach ds Heers kam ja numen noch der lieb Herrgott, die hockten sogar in der Politik und überall –, und das Ergebnis war, dass der Melk noch mehr aufs Maul hockte als zuvor.

Das Vreneli hörte aber trotzdem nicht auf, ihn gwünderig anzusehen, als verzelle er die verrucktesten Dinge, während es ein Pastetli nach dem anderen in sich hineinschoppte und damit erst aufhörte, als es bemerkte, dass der Melk gar nichts essen mochte. Danach höckleten sie einen Weil schweigsam im Fotöi, und der Melk liess den Grind plampen und sah auf seine Taapen, die standen vor Dreck, das sah er auch zum ersten Mal, und das Vreneli sah ihn mitleidig an, weil er so schwitzen musste.

Schliesslich fragte es ihn, wie ihm denn sein Kleidli gefalle, und da half es nichts mehr, jetzt musste er das Vreneli doch ansehen. Mehr als auf das Kleidli sah er aber in ihr leuchtiges Haar hinein, das ihm wie eine Sonne um das Gesicht stand, ettis strub, aber in einer Art strub wie das Fell von einem jungen Kälbli, also herzig. Und da sah er auch, dass dem Vreneli ein paar Löckli im Nacken klebten, weil es nämlich auch einen bitz verschwitzt war und röötsch im

Gesicht, und darüber kam er ins Sinnen, warum das beim Vreneli derenweg schön zum Anlugen war, aber auch, wie es, wenn es doch numen im Haus gehockt war, so in die Hitz geraten sig – und am End hatte er vergessen, dass er etwas zum Kleidli hätte sollen sagen.

Dafür fragte er es, als er endlich das Maul abenand brachte, woher der rote Striemen an seinem Hals sig, ob etter ihm denn heig Leids wellen, der Vatter oder etter. Darauf bekam er aber keine Antwort, dafür kam jetzt auch dem Vreneli die Glut ins Gesicht bis über die Ohren, und danach wollte es nicht einmal mehr zum Kleidli etwas wissen, sondern tat nur, als hätte es ihn nicht gehört, und meinte, es kenne den Balzli auf Silberen recht gut, den kenne er doch auch.

Ja, sagte der Melk, den kenne er auch, aber trotzdem, das gsäch schon recht bös aus mit dem Striemen am Hals, als heig es etter gefesselt, und ob es dermit nicht zum Doktor Tuet gehen well, das sig ja blutig, da gelte es keinen Gschpass.

»Das isch nüüt«, sagte aber das Vreneli scharf, und da merkte endlich auch der Melk, da war ettis, das ging ihn nichts an.

Das Beste schien ihm drum, er stand gad auf und ging. Und das Vreneli hielt ihn auch nicht zurück, sondern begleitete ihn nur zum Gartentor, und dort fragte es fast einen bitz traurig, ob es ihn aber wohl einmal besuchen dürfe, er sig doch auf der Dräckloch Alp, da käme es diggemal vorbei.

Ja, das dürfe es schon, meinte der Melk schüchtern, er sig dort halt numen der Gaumer. Er heig aber ein paar prächtige Chueli, und die Geissen siged auch recht.

»Guät«, sagte das Vreneli, »dä gilts!«, und langte ihm die Hand. Der Melk hatte noch sagen wollen, dass es dann aber nicht so wie aus dem Trüggli sell kommen, aber zum guten Glück fiel ihm noch rechtzeitig ein, dass das Vreneli gar kein Mehrbesseres war, und da sagte er stattdessen, es sell dann aber nicht in der Alphütte nach ihm fragen, sondern lieber gad auf die Weid kommen. Wenn es juuchze, täg er es schon finden, er well ihm dann zurückjodlen.

Als der Melk danach wieder den Berg hinaufstieg, hätte er in einen Baum laufen mögen und nichts gemerkt, so strub war ihm im Kopf. Er ging auch ohne den kleinsten bitz Angst über das Klöntal und über Chäseren und am Gitzistein vorbei, da war es schon schwarze Nacht, und er sah erst, wo er geloffen war, als er schon den Dräckloch Stafel unter den Böden hatte. Das Einzige, was er dachte, war aber, dass er so gschwind auch noch nie auf der Alp gewesen sig.

Der Stecken This stand bereits im Türloch und wollte die Heugabel gschauen. Dann sah er den Melk aber ghüüslet an und fragte: »Was isch dä das Gschpässigs? Bisch under di Fürnehmä gangä?« Und als der Melk sich an den Nacken fasste, weil da der Senn hingaffte, da hatte er das Sammetband vom Füchsli um den Hals und süüferli zu einem Mäscheli gebunden, das musste ihm beim Eid das Vreneli umgetan haben – jedoch darauf bsinnen mochte er sich ums Verroden nicht.

Dann war es Zeit zum Heuen. Der Stecken This war bald wieder so unleidig wie früher und dann noch unleidiger, denn zum auf die Wildheuplanggen steigen war er zu faul, und zu gefährlich war es ihm gad auch, so stotzig, wie die waren, und am End heuete der Melk allein und liess das Veh dem Stecken This. Nachdem er den ersten Tag in der Wildi gewesen war, schien dem Senn das Vehhüten dann aber noch weniger das Rechte, denn das nahrhafte Mutteri war lang schon abgefressen, und der Stecken This musste das Veh weit auf die Hänge dem Fideri nach treiben und den ganzen Tag schuhnen, und am Abend war er noch für den Znacht zu müde. Drum meinte er am zweiten Tag, der Melk sell heute beim Veh bleiben, und der Schangschagg könne am Morgen ins Heu gehen und z'Nacht käsen, die Kühe heiged so spät im Jahr einenweg nicht mehr die Milch für zweimal Käsen. Darauf meinte der Schangschagg aber numen: »Purr sa ong ne me päi pa«, und ging zu seinem Ankenfass.

Und so war dem Stecken This das Sennen auf Dräckloch bald überhaupt vertleidet, und immer öfter überliess er die Alp dem Schangschagg und dem Melk und stieg zu Tal, »pur samüsee«, wie der Koch dem sagte. Dazu ging er aber nicht ins Glarnerland, wo man ihn kannte und nach der Alp gefragt hätte und bald den Tschudi auf ihn gehetzt, sondern über den Pragel ins Schwyzerische, und dort hatte er dann endlich ein Meitli und blieb meistens über Nacht oder noch länger.

Dem Melk war das Hans wie Heiri, der Schangschagg war ein guter Melker, das mochten sie drum leicht zu zweit, und das Veh gaumen konnte der Melk allein und heuen auch, er musste die Herde nur ans Silberenseeli zum Balzli führen, dort stand das Gras noch jetzt im späten Sommer wie am allerersten Tag, und da konnte er sein Veh lassen, und der Balzli hatte ein Auge darauf und hiess den Melk nur in die Wildi steigen und dort heuen, und das tat der Melk dann auch. Als er aber nach einigen Tagen erstaunt meinte, der Balzli könne ihm doch das Veh nicht ebigs gaumen, der müsse wohl auch einmal heuen, da sagte der Balzli nur ganz gelassen: »Das schu, aber weisch, dä hän i ja nuch mis Häxli, won em Veh chu luägä.«

Von einem Hexli hatte der Melk nichts gewusst, aber weil er meinte, das sig am End ein Fehler, sagte er dazu nichts weiter und fragte auch nicht nach, sondern nahm es einfach mit Dank, dass der Balzli um sein Veh besorgt war. Und tatsächlich liess der Balzli jeden Morgen das Veh allein auf der Weid, oder eben bei seinem unsichtbaren Hexli, und begleitete den Melk noch ein rechtes Stück den Hang hinauf, um noch ein Schwätzli zu halten, und das Veh blieb beim Silberenseeli wie angenagelt, und nicht ein einziges Mal meinte eines, es müsse ab.

Bei einem sertigen Schwatz blieben sie einmal auch zum Verschnaufen stehen und hockten auf einem Stein ab und sahen auf den Glärnischfirn, der an dem Tag schon die längste Zeit eine meineide Schöni leuchtete, und nachdem er einen Weil nur schweigend den Gletscher bestaunt hatte, fragte der Melk den Balzli, ob er es für möglich halte, dass die Vriinä vom Fessisbauern sich in ein Füchsli verwandeln möge.

Der Balzli musste darüber gar nicht studieren, der antwortete gleich, das könne das Vreneli auf jeden Fall, das könne überhaupt fast all sertigs. Er wollte dann aber sofort wissen, wie der Melk darauf komme, ob er es vielleicht mit eigeten Augen gesehen heig, und dem Melk war es gar nicht recht, wie der Balzli meinte gwündern zu müssen, und er sagte drum nur, es heig ihm einmal geschunen, er heig ettis gesehen, das sig aber auch einen Weil seither und sicher sig er sich nicht. Den Balzli zu fragen, ob das Vreneli dann auch einen Gletscherfirn z'brünnen möge bringen, wagte er danach aber nicht mehr. Ihm war schon, er heig am End ettis verraten, das den Balzli einen rechten Dreck anging, und wahrscheinlich auch ihn selber. Und so war er froh, als der Balzli endlich aufstand und sich den Hosenboden abklopfte und meinte, der Melk sell jetzt aber weiter, dernach verblase es ihm noch das Heu im Abendwind, und »Grüessgott!« wünschte und wieder auf Silberen durab stieg.

An dem Tag hatte der Melk gad das Heu der ersten Plangge tschöchelet und war dabei, den Dengelstock in den Boden zu hauen und die Sägetsen für die nächste Mahd zu denglen, als von unten am Berg das Vreneli ihm zujuuchzte und gleich darauf den Hang empor gechräsmet kam, barfuss wie der Melk und fädig als wie ein Gämsi.

»So, da bin i!« war das Einzige, was es sagte, dann wollte es erst einmal abliegen, um ein bitzeli zu verschnaufen. Als der Melk jedoch die Sägetsen zur Seite legte und nicht recht wusste, ob er jetzt weiterschaffen durfte oder ob das am End unhöflich war, öffnete es die Augen nochmals einen Spalt und meinte: »Mach numä wiiter, ich tuä nuch es bitzäli rüäbälä. Drnachetherä hilf dr dä.« Und der Melk nahm die Sägetsen wieder auf, zog sie am Wetzstein ab und ging ans Werken.

Als er das nächste Mal hinter sich sah, hatte das Vreneli das Rüebelen schon aufgegeben und dem Melk das Heu zu einem Bürdeli gebunden, und dann fand es, es müsse jetzt aber ettis Rechts tun, sonst würde es ihm längwiilig, und der Melk sell doch jetzt selber einen bitz verschnaufen. Und so gab ihm der Melk die Sägetsen und hockte auf das Felsband ob der Plangge und sah zu, wie das Vreneli ans Schaffen ging und es sich als eine Ehre nahm, jeden Fleck so sauber zu mähen, als sägetse es z'Tal und nicht auf der stotzigsten und gefährlichsten Flanke vom ganzen Pfannenstock. Und so arbeiteten sie abwechselnd und hatten schnell zwei Planggen abgemäht und das Gras gezettet, und bis es genügend trocken war, dass es über Nacht im Haufen nicht grab würde, hockten sie wieder ab und taten faul, und das Vreneli sagte, das nächste Mal täg es noch eine zweite Sägetsen bringen, dann mögten sie noch mehr schaffen, und der Melk meinte, dem Vreneli seine Hilfe könnte er schon gebrauchen.

Und wie sie dann nebeneinander hockten und schwiegen und all die getane Arbeit hinter sich wussten und vor sich viel Steinigs gschauten, da war es dem Melk so anders, dass er gar mängs Mal tief süüfzgen musste, damit es ihn nicht verbutze in seinem Glück.

Endlich musste er aber wieder zur Alp durab, die Heuburde musste auch noch unters Dachli, und das Vreneli stand auch auf und sagte, es nähmt einen anderen Weg als der Melk, aber schön sig es gewesen und ob es am anderen Tag sell wiederkommen. »Hä ja«, sagte der Melk und gaffte auf seine Füsse, und als er es wagte, den Blick wieder zu heben, war das Vreneli schon die Flanke hinaufgeklettert, dem Gipfel zu, und bald hinter einem überhängenden Felsen verschwunden. Der Melk aber segglete den Stotz durab und juuchzte und jodlete mit einer Gelle, dass es am Hang ennet dem Napf gad eine kleine Laui löste, und die fuhr dann z'donneretsen und z'chogletsen neben dem Melk her zu Tal, als wollte sie mit ihm spielen.

Das End vom Dräckloch

Am anderen Morgen, als der Melk und der Schangschagg am Melken waren, kam der Stecken This ganz übernächtigt vom Tal her auf die Alp gestiegen, und mit ihm kam auch der Nebel, dass man vom Stall nicht bis zur Hütte schauen konnte und dem Melk das Hemd bald pflotschnass auf der Haut lag wie vom strääzigsten Regen, und durch den Nebel kam schliesslich ein Knecht vom Tschudi mit zwei Rössern.

Der Stecken This hockte gad bei seinem Kaffi und wollte gleich den Melk mit dem Knecht auf Chäseren schicken, sie sollten zämen die Käs auf die Rösser verladen, er selber sig nämlich zu müd für sertigs, und heuen könne der Melk einenweg nicht bei dem Nebel, er well nicht noch einen Toten diesen Sommer.

Da war es das erste Mal, dass der Melk einfach dastand und »Nei« sagte. Er sig nicht der Senn und nicht der Käser, die sollten selber für ihre Käs schauen, und der Nebel steige jetzt nicht mehr so gschwind, und bis der auf den Wildheuplanggen sig, heig die Sonne ihn schon tuusigmal aufgelöst, und er nähmt jetzt das Veh wie jeden Tag und bringe es zur Weid, und dernach gech er heuen, da möge der Senn grindelen, wie er well.

Und der Melk ging dann auch, und bis dem Stecken This

wieder der Schnauf kam, war die Herde schon vom Nebel verschluckt, und nur ein Jodel war noch zu hören. Einem Jodel mochte der Senn aber nicht lange nachbeinlen, bei aller Wut, der schien ihm im Nebel auch von überallher zu kommen und von nirgends, und so blieb ihm nichts übrig, als selber mit dem Knecht auf Chäseren zu schuhnen, der Schangschagg war nämlich auch schon beim Käsen und konnte nicht weg.

Der Melk war aber noch nicht weit über dem Dräckloch Stafel, da hörte der Nebel von einem Schritt auf den anderen auf, und er stieg in den strahlendsten Altweibersommer hinein und sah unter sich wie in ein grosses Chessi mit geschlagenem Nidel.

Als er die Planggen am Pfannenstock erreicht hatte, war das Vreneli schon das Heu am Zetten. Es nickte auch nur gschwind, als es den Melk sah, und schaffte fort, und da ging der Melk gleich noch eines höher, dort oben war auch noch ein Band zu mähen, und als das Vreneli das Heu gezettet hatte, stieg es ohne ein Wort noch ein Band über den Melk und sägetste dort, und erst als es auch das gemacht hatte und einen Znüni aus dem Sack nahm, hockten sie nebenenand ab und sagten einander Grüezi und assen Molliser Kirschen, die das Vreneli gebracht hatte, und speuzten die Steine in den Nebel unter ihnen, der schon dünner geworden war und dem Melk jetzt mehr aussah wie blabe Milch.

Danach hätten sie noch weiterschaffen können, aber das Vreneli fand, sie hätten jetzt schon das, was der Melk allein an einem Tag gemäht hätte, es well ihm drum lieber noch etis zeigen. Dann nahm es ihn an der Hand, und gemeinsam rannten sie den Hang durab und einen anderen hinauf, und so taten sie jetzt einige Tage hintereinander: Das Vreneli führte den Melk auf Gipfel, der Melk hatte gar nicht gewusst, dass da eines ohne Gräppli und Pickel und Seilschaft hinauf mög, aber wenn das Vreneli ihn führte und mängs Mal an ihm zog oder ihn etwas schupfte oder ihm auch das Leiterli machte, kam er überall hin. Und so zeigte ihm das Vreneli, was ihm lieb war, die Steinböcke oben am Bös Fulen und ganz herzige Munggen und am Chli Chupferberg eine Horde Gämsi, das waren sicher fünfzig oder mehr. Und einmal waren sie auf dem Urnerboden, da trafen dort zwei Manndli aufeinander, eines kam vom Mattenzwang und eines vom Fätschbach, und alle beide loderten sie ganz füürig zwischen den Rippli, und aus dem Maul schoss ihnen das gällige Feuer, und die gschauten sie, wie sie zum Gschpass in einem Hui aufeinander losseggleten und mit einem Flammenstoss, der ging bis hoch in den Himmel, und einem lauten Chlapf zämentütschten. Und dann sahen sie einmal im Nebel auf den Karrenfeldern am Brunalpeli drei Schreiber ohne Grind, dafür in Amtstracht, die schritten durch den Nebel, sonst machten sie nichts.

Und all das sahen sie von ganz nah, weil das Vreneli von jedem Tier und jedem Gschpängschtli genau wusste, wie man sich an es anschleichen muss, dass es meint, man sig eines von ihnen, und keine Angst hat, und zuletzt zeigte es dem Melk noch die Spuren von richtigen Wölfen, die waren wie eingebrannt auf dem Firn im Griess, und endlich gar den Dreck und die Spuren von einem Bär, aber die entdeckten sie gemeinsam, die hatte selbst das Vreneli davor nicht gesehen.

Und so ging es jetzt jeden Tag: Am Morgen nach dem Melken wurde geheuet, dann begann das Flonerleben, und erst, wenn die Sonne röötsch wurde und weit hinten im Schwyzerischen versank, kehrten sie auf die Wildwiesenplanggen zurück und tschöcheleten und banden das Heu, dass es der Melk unters Dachli bringen konnte. Die erste Zeit plagte den Melk noch das Gewissen, vor allem wegen dem Balzli, der ihm auf das Veh aufpasste, und er fenderte nur so umher. Da meinte aber eines Tages das Vreneli, der Balzli müsse ja selber fast nichts schaffen, der lasse doch alles sein Hexli tun, und gad auch dem Melk sein Veh hüte das nämlich. Und der Melk fragte erstaunt, ja ob denn das stimme, er heig immer gedacht, das mit dem Hexli sig so ein Floh vom Balzli, bei dem wisse man ja einenweg nie so recht, und da musste das Vreneli gigelen, wie es gern giglete, fast wie ein Vögeli.

Und dann musste der Melk versprechen, dass er es niemandem verzelle, und danach berichtete das Vreneli dem Melk von dem Hexli, das dem Balzli schöngetan hatte, wie er letztes Jahr zum ersten Mal auf die Silberen Alp gekommen war, ein herzigs jungs Hexli, aber eben auch ein Räf. Das heig nämlich mit dem Balzli wellen geschäften, so in der Art, dass es dem Balzli zulieb werke, was immer er well gewerkt haben, und das den ganzen Alpsommer hindurch, dafür käme er im Herbst dann mit ihm an jedes Ort, das das Hexli dafür bestimmen täg. Der Balzli, sagte das Vreneli, heig dem eingeschlagen, ettis dertigs heig den gad das Rechte gedünkt, und mit einem so hübschen Hexli mögte er schon gehen. Und das Hexli heig ihm dann gemolken und am Silberenseeli jede Nacht das Gras nachwachsen lassen, dass der Balzli nicht zu weit zu laufen brauchte mit seiner Herde und immer schön bädelen konnte, und noch mängs anders in der Art. Wo dann aber der Herbst kam, da sig es dem Balzli eben doch gschmuuch geworden, und wie das Hexli ihn vom Alpabzug weg heig wellen mit sich nehmen, da sig der Balzli gleitig in die Kilche am Ufer vom Klöntalersee gesegglet und dort in die Gelte mit dem Weihwasser gegumpt, und da heig das Hexli ihn müssen lassen. Den ganzen Winter derdur aber heig der Balzli sich numen noch in der Kilche und mit Weihwasser gewaschen, und natürlich numen dort am Körper, wo man sich in einer Kilche mit Anstand törf waschen, und ends Winter heig ihn nicht mehr numen das Hexli gemieden, derenweg heig der gestunken. Auf jeden Fall sig das Hexli wiedergekommen, als der Balzli im Frühling wieder auf Silberen war, und heig ihn wellen plagen, bis er tot umfiel, weil dann bekam sie ihn nämlich einenweg. Und drum sig sie jeden Tag zum Balzli auf die Weid gekommen und heig ein oder zwei Schafe angetääpelet und gemeint, das siged aber zwei schöne Schäfli, und die musste man danach immer bald abtun, weil die irgendwie so wie stigelisinnig wurden und sich die Grinde an einem Baum einrannten. Am Schluss, verzellte das Vreneli, als sie gar nicht mehr wussten, was tun, siged drum der Balzli und der Silberen Senn zu ihm gekommen, und es heig ihnen müssen helfen, dem Hexli Vernunft beizubringen. »Itz hüätets ds Veh wiä fered und isch zfridä drmit, dass es dr Balzli überchunnt, wänn er dä erfallä tuät – und das isch bald gnuäg.«

Als der Melk fragte, woher es das wisse, dass der Balzli nicht mehr lang zu leben heig, und wie es das angattiget heig, das Hexli umzustimmen, mochte das Vreneli aber mit einem Mal nichts mehr verzellen. Und als der Melk nicht aufhören konnte zu gwünderen, sagte es schliesslich kurz, es heig noch ettis vor, und ging ohne Bhüeti ab und zum Glärnischfirn hinüber. Der aber schien dann bis spät nach dem Eindunkeln im schönsten Alpenglühen.

Und als wären die anderen Gletscher verguuschtig, begannen sie an ihren Zipfeln mitzuglühen – allerdings nur so einen bitz, als wollten sie nur eben mahnen, sie wären dann auch noch da.

Als damals aber der Stecken This mit dem Knecht vom Tschudi nach Chäseren gekommen war, hatte dort der Alpvogt selber gewartet, der hatte sehen wollen, was die auf der Dräckloch Alp mit seinen Rössern zu schaffen hatten. Und es war wohl nicht viel Gutes gewesen, was der Tschudi dem Stecken This gesagt hatte, denn von dem vernahm man seither nichts anderes mehr als ein Gefluch und Täubelen und Ummenpfutteren.

Gällig war er an jenem Tag gegen den Mittag zu wieder von Chäseren heraufgekommen und hatte zum Schangschagg gesagt, er gech noch einmal weg. Es mög ihn auf dem Alpstafel jetzt nüüt mehr halten, nach dem, was der Hurengalöri von einem Alpvogt ihm an den Grind geworfen heig, und übrigens käme der Tschudi, der Tubel, dann bald auf die Dräckloch Alp und hole den Melk und nähmt das Veh mit sich. Danach war der Senn einige Tage verschwunden geblieben, und als er wiederkam, war er sturzbesoffen und verzellte nur immer, dass er jetzt sein Glück gemacht heig, und von einem Mädi, das kommen werde und ihn als seinen Bräutigam ins Schwyzerische führen.

Und als am anderen Abend, wie der Melk vor dem Milchreis noch auf den Hoger wollte und den Alpsegen absingen, tatsächlich ein Weibervolk den Rangg hinaufkeuchte, johlte der Senn gleich, das sig jetzt eben seine Schpuuse, und gelsterte ummenand und schrie, durch den Dreck vor der Hütte werde er aber sein Mädi nicht gehen lassen. Er hatte nämlich lange schon das Bödeli nicht mehr abgeschönt und nicht geputzt, und von den Kühen war weitum alles verschissen, dass man an mancher Stelle bald fusstief durch die Gülle musste. Das Weibervolk war aber schon halb auf dem Alpboden, und in der Eile kam dem Stecken This nichts Gescheiteres in den Sinn, als dass er Käs um Käs aus dem Speicher holte und damit dem Mädi von der Hütte durch den Dreck einen Weg pflasterte, auf dem es gehen konnte, ohne vergaglete Strümpfe zu bekommen.

Das Weibervolk war dann aber gar nicht dem Stecken This seine Braut, sondern seine Mueter, die war den ganzen Weg aus dem Bernischen auf die Dräckloch Alp geloffen, weil es im Mittelland die Felder verhagelt und mancherorts noch die Rinderpest das Veh erlegt hatte, und das Müeti wusste nicht, wohin in seinem Hunger, und kam drum zum Sohn.

Der Senn bat das Fraueli aber gar nicht erst in die Hütte, sondern liess sie draussen auf dem Bödeli warten und kam wieder mit einem Biner voll saurer Suufi, in die hatte er statt der Schotte Rinderbrunz getan, und die hiess er in seiner Wut das Müeti trinken, und dazu reichte er ihm noch einen grossen Schnäfel Brot, den tünklete er aber dervor im Kuhmist, und dann jagte er das Weibervolk mit vielen Tritten von der Alp, dass es die Wiese durab troolete und es der Melk, als er nach ihm suchte, in der dunklen Nacht gar nicht mehr finden konnte. Nur ein dünnes Stimmli hörte er noch, das dem Stecken This zurief, das säb sig jetzt seine letzte böse Tat gewesen, das schien dem Melk jedoch bereits wie tief aus dem Berg heraus zu kommen.

Am anderen Morgen half der Schangschagg noch beim Melken, aber grün wie das Lab war er wieder. Als dann tatsächlich dem Senn seine Schpuuse kam, eine ältere Jumpfere, aber uufdunderet wie ein junges und buspers Meitli, und über die Käs zum Stecken This ins Hüttli stiglezte, ohne dem Schangschagg oder dem Melk auch nur mit einem Wort zu achten, da sagte der Koch zum Melk in einem Ton, als gech er jetzt und erschiesse den Senn: »Mätnong se tro, sa se pa de wii!« Dann holte er aber nur seine War, schletzte die Tür und ging schweigend fort in den Nebel, den Karrenfeldern zu, und blieb seither verschwunden.

Den Melk mochte es bei der Hütte aber auch nicht länger halten. Ein Schluck aus dem Melkeimer reichte ihm als Zmorged, denn dazu brauchte er nicht hinein zum Senn und seinem Mädi, dann rief er nach dem Veh und ging mit langen Schritten obsi zum Silberenseeli, dem Balzli die ganze Sach zu verzellen.

Der sass schon auf einem Trämel am Wasser und losete einem geheimnisvollen Grollen am Vorder Gassenstock. Vertwundern mochte ihn das alles nicht, was der Melk da zu verzellen hatte, denn dass es auf Dräckloch so und nicht anders käme, das heig ihm der Silberen Senn schon lang gesagt. Am Schluss meinte er nur: »Wart du numä, das chunnt nuch digger.«

Dann hockten sie still und warteten, ob der Nebel sich auflöse, und als der schwer und ungerührt liegenblieb, stiegen sie auf den First und über den Nebel hinaus und sonnten sich im Herbstlicht, und der Melk werweisste, was er jetzt tun sell. Der Balzli wollte ihm aber nichts anderes raten, der meinte nur immer wieder: »Itz wart duch eifach ab!«, und knetete an einem Schafdreck, den er zu einem Manndli formte.

Und mit den Stunden rückte tatsächlich alles weit fort vom Melk, das Leben auf der Dräckloch Alp schien ihm viele Jahre entfernt, und wie der Nebel sich endlich doch teilte und sie sahen, wie unten auf dem Dräckloch Stafel der Stecken This und seine Schpuuse mit Käs ein Sonnenbödeli bauten und sich in die Sonne legten, war es dem Melk, als gschaue er ein früheres Leben, und er konnte sich gar nicht mehr denken, dass die zwei dort unten lebendig siged wie der Balzli und er.

Dann hörten sie vom Vorder Gassenstock her wieder das Grollen, und ein Stimmli, das wie aus dem Berg selber kam, rief ganz wehleidig: »Ich lahs la gah!«, und der Balzli rief gleich zurück: »Gopfertoori, itz wart duch nuch ä bitz!«

Dann verzellte er dem Melk, das heig er schon nächtig gehört, der sig nämlich auch nicht besser im Warten als der Melk. Wer das sig, der nicht mög warten, das konnte er aber auch nicht sagen, und dann hörte es auch wieder auf choglen, und dem Melk war noch gschwind ein bitzeli gschmuuch und er dachte daran, dass er am Abend davor den Alpsegen nicht gesungen hatte, und dann dachte er schon wieder an anderes.

Das Vreneli heig ihm ettis verzellt, sagte er schliesslich etwas scheu: dass der Balzli nämlich ein Hexli heig.

»Du hesch ds Vreneli gsih?«, fragte der Balzli fast verärgert zurück. »Wänn dä?«

»Ja paarmal«, antwortete der Melk und fragte nochmals nach dem Hexli, wie es denn das Vreneli gemacht heig, dass es dem Balzli nicht mehr bös well.

Es heig einen Zauber gemacht, meinte der Balzli kurz, nichts Wildes.

»Ja, aber was für einä dä?«, fragte der Melk nochmals. Aber da grollte es wieder am Vorder Gassenstock, und wieder jääblete das Stimmli elendstraurig: »Du, ich müess aber la gah!«, und der Balzli rief ungeduldig zurück: »Wänn i sägä, du sellisch wartä!«

Dann fragte der Melk nochmals nach dem Vreneli seinem Zauber, und der Balzli meinte wieder, das sig nüüt Wilds gsii, es heig halt von einem Schaf, das vom Hexli aatääpelet worden sig, die Milch genommen und sie in einem eisernen Chessi erwellt und mit einer Kuhkette gerührt. In die Kuhkette heig es dervor einen Haselzwick verflochten gehabt, von dem heig es gesagt, er sig gesegnet, und dernach heig das Hexli sehr gejameret und das Vreneli gebeten, es sell mit dem Rühren aufhören. Das Vreneli heig aber gesagt, es rühre jetzt, bis keine Milch mehr im Chessi sig, und da heig das Hexli gefragt, was in Driitüüfelsnamen es müsse tun, dass die Vriinä mit Rühren aufhöre, und da heig das Vreneli eben gesagt, es sell dem Balzli künftig wieder gut sein und ihm lieber wieder helfen, statt das ganze Veh zu verderben. Und dann heig es noch ein Pfand vom Hexli verlangt, was das aber für eines gewesen war, das wusste der Balzli selber nicht, das Vreneli heig es ihm nicht dürfen verraten, es sig sonst nicht mehr sicher, heig es gemeint. Und jetzt sell der Melk ihm endlich sagen, wann er das Vreneli gesehen heig.

Da verzellte der Melk, dass er es die letzten Tage diggemal getroffen heig, es heig ihm beim Heuen geholfen, und da wurde der Balzli ganz rot und meinte, dem Melk well er das Veh auch nicht so glii wieder gaumen, das Vreneli ginge nämlich den Melk gad gar nichts an, das sig seines ganz allein.

Und als eben da der Vorder Gassenstock wieder zu trimächten hatte: »Itz müess i aber la gah!«, und dem Balzli die Rede mitten im Wort abschnitt, rief der so wütend zurück, wie das Stimmli verzweifelt gewesen war: »Ja, dä lass halt guu!« – und da ging vom Vorder Gassenstock mit einem schweren Süüfzger eine Laui von schweren Steinen und ganzen Felsen ab, und es stüübte, der Balzli meinte, bis nach Mailand hinab, und das Donnern und Choglen kam noch eine Stunde lang aus den umliegenden Tälern als Echo zurück. Und als schliesslich der halbe Vorder Gassenstock in die Tiefe gerutscht war, lag nicht nur der Dräckloch Stafel unter den Steinen begraben, sondern das halbe Fätschtal bis über die Chäseren Alp durab und obsi bis fast zur Silberen Weid.

Lange konnte der Melk den Blick nicht von der Stelle lösen, an der die Hütten der Dräckloch Alp gestanden hatten, und als er dann zum Balzli sah, war dem das ganze Blut aus dem Grind geschossen, und er war käsbleich und stammelte ein um das ander Mal: »Also ich bis nüd gsii!«, und er heig es doch gar nicht so gemeint gehabt mit dem Guuluu.

Dann liefen sie aber gleitig durab zum Silberenseeli, um das Veh zu beruhigen. Und gleich darauf kam auch das Vreneli vom Chratzerengrat herüber, das meinte nur, dem Veh fehle ja zum Glück nichts und es seggle jetzt besser eines zum Silberen Senn und eines zum Alpvogt, dass die sich nicht noch sorgten. Und die Buben konnten gar nicht anders als ihm gehorchen, und dabei hatte der Balzli dem Melk noch gar nicht gesagt, dass er nämlich dem Vreneli schon einmal einen Schmutz aufs Maul gegeben heig, erst letzthin, und das heig sich nicht das geringste bitzeli gewehrt gehabt.

Zweites Buch

Der Melk träumt von einem Unterrock

Dernach blieb der Melk fürs Erste beim Tschudi und seiner Frau – dem Alpvogt war drum im Frühjahr an der Landsgmeind noch ein Amt am Gericht übergeben worden, und so war ihm der Melk als Hilfe für den Stall gad recht.

Der Melk aber kam sich bei ds Tschudis vor wie ein Milchkalb. Die Kühe gaben ihm nicht viel zu schaffen, das meiste machte ja doch der Alpvogt, und dann verrichtete er kleine Ärbetli, die fast so gut hätten ungetan bleiben können, verraumte Brennholz oder figlete ein Treppli, und für all das bekam er nicht etwa ein Nest im Heu, sondern eine richtige Kammer unter dem Dach, und am Abend durfte er mit in die Stube an den Kachelofen hocken und hören, was der Tschudi aus dem Schurnal oder dem Kalender las. Und wann er wollte, auch zmittst im Tag, durfte er zur Frau Tschudi in die Küche und Nidel schneuggen oder beim Guutzlen helfen oder anknen, und gar mängs Mal sagte sie ihm nur: »Itz spring und mach, wonach dr dr Sinn staat.« Da wusste der Melk anfangs oft gar nicht, was tun, wenn nicht werken, und die Frau Tschudi musste ihm raten.

Mit der Zeit höcklete er aber öfters an die Linth und beobachtete die Forellen, oder er ging in den Wald oder obsi in die Wiesen und sammelte Süssmelchteren und Hundshoden für den Doktor Tuet, die bekam er bezahlt, und das Geld wollte er horten und damit öpperem eine Freud machen, der Frau Tschudi oder dem Vreneli. Und dann kam ein fahrender Händler auf den Hof, und der Melk vergass seine Vorsätze und gab seinen ganzen Lohn für ein Sackmesser. Nicht, ohne der Frau Tschudi ihren Rat geholt zu haben – die fand aber auch, das sig ettis, das brauche ein rechter Bub. Und das Messer war ein gutes, das heglete wie eine Sau.

Dann kam der Herbst von den Flanken ins Tal aben, es ging ans Heuen, und der Melk war richtig froh, durfte er endlich wieder zünftig zupacken und schaffen, bis es ihm salzig aus der Haut rann. Trotzdem war das aber ein anderes Heuen als oben in der Wildi, die flachen Hänge kamen ihm so bubig vor, er war wie aufgezogen und fuhrwerkte mit der Sägetsen, dass der Tschudi endlich sagen musste, der Melk täg besser nicht gar so überstellig, sonst gäbe es noch ein Unglück. Und dann well er selber auch noch ettis zu mähen haben.

Der Melk schaffte danach langsamer, dafür jodlete er noch eines dabei, und bald kannte man ihn als einen, der den Kuhreiher absingen mög wie keiner sonst, und jedes wollte einmal im Melk seiner Nähe schaffen, um ihm zuzusehen, wie er das so prächtig miech, und der Melk musste jodlen, bis er einen Chrott im Hals bekam und der Doktor Tuet ihm ein Kräuterpflaster verschrieb.

Die Leute hatten es jetzt mit dem Jodlen, sobald der Melk nur zur Heuet kam, und verzellten von anderen berühmten Jodlern im Land wie dem säben Alpsänger, der auf mängem Alpstafel zur Nachtzeit den Kuhreiher und anderes sang, dabei aber immer unsichtbar blieb und beim Alpabzug den

Sennen nachgeisterte und recht artig darum bat, dass sie auch im anderen Jahr wieder zu ihm z'Alp kämen. Oder vom Kaspar Glarner, der einmal ganz wie der Melk im Hinder Klöntal als Vehgaumer gewerkt hatte und dem Tüüfel ein Ohr abjodlen konnte, wie es hiess. Das war aber, als die Russen mit den Franzosen im Krieg lagen und der General Suworow über den Pragel wollte und die Französischen ins Klöntal kamen, um dem Suworow den Grind einzuschlagen. Und das wollte dem Chäschi dann eben gar nicht pässlen, dass die Franzosen ohne zu fragen über seine Weid schuhneten, und so nahm er ein Holzscheit und fing an schläglen, und justement im säben Augenblick kam auch der Suworow mit seinen Mannen und tat mit, und bald war der Klöntalersee numen noch eine rote Günte. Und dann, als sig es noch nicht genug, kam noch der Alpenstier Glärnisch und wütete, und der Gipfel war, dass der Chäschi anfing jodlen, in einer dertigen Lautstärke, dass der halb Wiggis herabkeite und die Soldaten zu Hunderten erschlug und den Chäschi Glarner gad mit – jedenfalls hat man ihn seit due nicht mehr gesehen. Nur jodlen konnte man ihn auch heute noch mängsmal hören, aber das war gad so gut der unsichtbare Alpsänger oder gar der Melk selber.

Der Melk meinte dann, eine Laui heig er auch schon verursacht mit seinem Gejodel, aber das war den anderen numen ein Gschpässli, der Melk war jetzt halt nicht mehr unter Quatemberern. Denen, die da so gesund und fröhlich am Heuen waren, dem Graagen Fidel und seinem Babettli, und dem Änneli und dem Rösi und dem Ägidi vom Zwicky Hof – und fast machte es den Anschein, auch dem Alpvogt selbst, der doch z'Alp sehr wohl an Gespenster zu glauben gelernt hatte –, denen galten solche Geschichten nur als ein Gschpass zum die Zeit vertun. Und dem Melk gefiel es gar nicht schlecht, so ohne Geisterlen und nur mit Menschen und dafür mit einem warmen Nest auf dem Tschudihof.

Nur eine Sache mochte den Melk nicht freuen: Seit er vom Silberenseeli durab zum Alpvogt geloffen war, zum ihm das Unglück auf Dräckloch melden, hatte er nämlich das Vreneli nicht mehr gesehen. Und so fragte er schliesslich den Alpvogt, ob er einen halben Tag auf Schwanden zu dürfe, zum Fessisbuur, und der Alpvogt meinte gar, er well am anderen Tag einenweg das Tal derauf und könne den Melk mit hinderen nehmen.

Am anderen Tag strääzte es in Kübeln. Aber der Melk wollte ums Verroden zum Vreneli hinderen, und so brachte der Tschudi ihn endlich bis Sool, dann stieg der Melk durch den Hohwald obsi. Wie er aber schon fast dem Fessisbauern seinen Hof erreicht hatte, begann es zu stürmen und strääzte noch eines mehr, und da rief von einer Höhle neben dem Weg her zeismal einer, er möge doch um ds Gotts willen mit ihnen unterstehen, es verblase ihn ja noch. Das tat der Melk, und in der Höhle hockten dann zwei Jäger, die boten ihm gleich einen Pflümli an und wollten wissen, was für einer er sig, und nach einem Weil verzellten sie ihm, dass sie am Morgen am Ober Gheist gewesen wären, dort war schon mängsmal ein prächtiger Gämsbock gesichtet worden. Nur geschossen hatte ihn noch keiner, und das hatten die jetzt eben tun wollen. Ein Stück dem Risenen und dem Fessis Stafel zu hatten sie ihn dann auch bald entdeckt und sich herangeschlichen – als sie dann aber schiessen wollten und die Gewehre anlegten, da lag auf der Flanke nur noch ettis, zuerst heig es ausgesehen wie ein Faselettli, aber dann sahen sie, dass es ein richtiges weisses Chorhempli war. Wo sie aber die Gewehre wegtaten, war zeismal wieder der Gämsbock da, und kaum hatten sie gezielt, war da wieder nur das Hempli. Säb Mal schossen sie aber halt auf das Hempli, und da lag dort plötzlich gar nichts mehr, nur einen kleinen Gutsch Blut fanden sie noch. Da war es den Jägern am Ober Gheist aber zu dumm geworden, und jetzt wollten sie noch zum Holzbort hinüber, dort heig es so mängen Fuchs zu erlegen. Da hatte es auch gad aufgehört, asenweg vom Himmel zu strääzen, und der Melk, dem die Jäger nicht gefallen wollten, und schon gar nicht, wenn sie auf Füchsli schossen, sagte »Adie!« und kein Wort mehr und ging weiter bergwärts, und die Jäger nahmen ihren Weg dem Achseli zu.

Als der Melk zur Hütte vom Fessisbauern kam, die recht unfreundlich am Hang lag, ohne Licht und zmittst in einer grauen Wolke, da wurde es ihm etwas gfürchig, vom Fessisbauern verzellte man ja nicht nur Gutes, und dass er gar ein freundlicher wäre, hatte noch niemand behauptet. Dann kam aus dem Rossstall ein magerlächts graues Manndli mit einer roten Zipfelkappe und durchscheinend dünnen Ohren und gar elend grossen Scheichen und wollte ohne Gruss wissen, was es hier für einen wie den Melk zu suchen gebe, und da wurde es dem nicht weniger gschmuuch.

»Ich suächä ds Vreneli«, antwortete er und fühlte seinen Chrott im Hals, »isch es diheimed?« Nein, das sig unterwegs, meinte der Fessisbauer und fragte ihn doch noch, wie er heisse. Als er dann hörte, dass der säb jetzt also der Melk sig, zündete er ein Zündholz an, musterte ihn von ganz nah, sagte: »So?«, und liess ihm, als er in die Hütte ging, die Türe offen.

Als der Melk ins dunkle Stiegenhaus trat, kam der Bauer eben mit einem Licht aus der Küche und meinte: »Mach nuch ds Loch zuä!«, und leuchtete den Weg in die Stube. Dort durfte der Melk abhocken und bekam ein Beggeli heissen Kaffi und hätte auch etwas essen dürfen, wenn er gewollt hätte, und dann setzte der Fessisbauer sich zu ihm und erklärte, die Vriinä sig wieder einmal auf der Fenderi, es sig jetzt Jagdzeit und da sig sie kaum noch daheim.

Der Melk fragte erstaunt, ob es denn am End jage, er konnte sich das vom Vreneli nicht recht vorstellen. Der Fessisbauer lachte aber nur und meinte, das Vreneli jage schon, es jage aber drum mehr die Jäger.

Dann wollte der Fessisbauer aber mängs vom Melk wissen. Was auf der Dräckloch Alp geschehen war, hatte er bereits gehört, aber nicht, wo der Melk jetzt schaffte und wer nach ihm sah. Dann fragte er ihn auch, ob es wahr wäre, dass der Doktor Tuet sein Vormund sig, und danach wollte er wissen, wie das gekommen und wem dem Melk seine Eltern gewesen wären. Als der Melk aber auf alles geantwortet und ihm auch die Geschichte vom Pestweib verzellt hatte, so gut er sie wusste, blieb der Fessisbauer eine Zeitlang stumm sitzen. Danach meinte er nur trocken: »So, du bisch also am Fränz siinä Goof?«, und dann stand er zeismal auf, um in der Chuchi nachzufeuern.

Als er zurückkam, war er anders als zuvor, dem Melk schien er nochmals grauer geworden, dabei tat er aber nicht weniger freundlich mit dem Bub. Er hockte wieder zu ihm, sah einen Weil auf die Tischplatte, und dann sagte er: »Los,

Melk, wännd d Vriinä geerä hesch, dänn lauf erä nüd naachä. Diä chunnt und gaat und mögs nüd liidä, wänn etter si wett päcklä – das isch schu das gliichlig gsii mit irerä Mueter. Das will dä nüd heissä, dass si dich öppä vergessä häig, si chunnt dä schu, wänn si di mög gsih.« Und nach einem Weil sagte er noch, etwas besorgt, wie es dem Melk schien: »Si hett ebän au immer vil oob.«

Dann meinte der Bauer aber, der Melk müsse jetzt gehen, es dunkle schon zünftig, dazu dicke der Nebel, und er müsse ja noch durch den Wald, und damit stand er auch gleich auf und geleitete den Melk zur Tür. Dort sagte er ihm noch, dass der Weg über das Achseli und den Brandrain auf Ennenda aben im Dunkeln der bessere wäre, weil dort die Bäume weniger dicht stünden. Dann schloss er die Tür und liess den Melk allein vom Hüüsli auf den Weg finden.

Unterwegs rief der Melk ein paarmal »Vreneli!« und hoffte, dass er es noch träfe. Aber dann nachtete es wirklich, und der Melk musste schauen, dass er im dunklen Wald nicht stürchelte, und erst als der Nebel auflockerte und er vor sich wie Schatten zwei rüstig ausschreitende Gestalten sah, rief er noch einmal nach dem Vreneli, vielleicht, dass es eines von denen war. Und da kam auch wirklich ein Gigelen zurück, ganz wie dem Vreneli seines, nur wie gedämpft, und als der Melk zu rennen begann und wieder rief: »Vreneli, wo bisch?«, da antwortete es ihm: »Ich bin im Thomas Dittli siim Salzsack!«

Und da sah der Melk, dass die vor ihm die beiden Chorhempli-Jäger waren, und der eint schrie im Schreck gad laut auf und warf den Sack von der Schulter ins Gras, und aus dem Sack gumpte ein Füchsli und stand dem Jäger stinkfrech im Weg. Der warf aber fluchend das Jagdmesser nach dem Füchsli und hackte ihm den Schwanz ab und steckte ihn sich an den Hut, und dann verschrak er ob sich selber so fest, dass er weidli davonsegglete und der andere Jäger hinterdrein.

Der Melk hatte einen meineidi Schiss um das Vreneli und rief es noch lang und suchte nach dem Füchsli. Schliesslich musste er aber weiter, da war es schon dunkel wie in einer Kuh, und wie er den letzten Stotz nach Ennenda unter die Böden nahm, hörte er vor sich einen schreien, und bald darauf sah er den Jäger, der auf einem nassen Stein vertschlipft war und triissend und schimpfend die ganze Ätzgenrus durabrutschte und keinen Halt fand, bis er unten im Tal war. Nur sein Hut war noch oben geblieben, der hatte aber im Hutband statt dem Fuchsschwänzli einen Fetzen von einem roten Unterrock, und als der Melk ihn ihm nachgetragen hatte, setzte der Jäger ihn auf, ohne hinzusehen, und ging mit einer Wut im Ranzen und einem fremden Unterrock am Hut heimwärts zu seiner Frau.

Als der Melk spätnachts auf dem Tschudihof ankam, hatte er den Chlummeri und war pflotschnass und herrgottenfroh über den warmen Sack mit Chriesisteinen, den ihm die Frau Tschudi ins Bett gelegt hatte. Im Schreck über dem Füchsli seine Frechheit zitterte er aber noch lange weiter und konnte nicht einschlafen und sah immer nur das Vreneli, wie die Jäger von überall her auf es schossen. Und erst nachdem er sich lange gewälzt hatte, kam es über ihn, als lege sich ihm ein Schrättli auf die Brust, und sein Herz klopfte ruhiger und er nuggte ein, und danach träumte er von dem Vreneli seinem Unterrock und von vielen weissen Chorhempli, die sich über das Tal legten vom Unterland bis weit hinter Limmeren.

Als der Melk aber am anderen Morgen aufwachte, war der Winter da, und nicht einmal die Geissen, die sonst zwei Tage davor schon grindeleten wie blöd, hatten ihn erwartet gehabt.

Eine ganze Woche lang fiel Schnee, anfangs in Flocken so gross und glänzend wie Margritli, dann finöggelig und z'fiserletsen wie verwehte Holderenblüten. Nur selten sah man noch bis an die Bergspitzen hinauf, und wenn der Melk nach draussen ging, kam er sich vor wie in einem Hummelschwarm, und gleich hatte er ein Mützli von Schnee auf den Haaren.

So oft wie im Herbst ging er aber nicht mehr vor die Tür, denn im Tschudihof war die Zeit gekommen, in Haus und Stall zu werken, es wurde geflickt und ausgebessert, und in der Küche wurde für die heilige Zeit guutzlet, gebacken und geräuchert. Ausserdem lernten der Tschudi und seine Frau den Melk lesen und rechnen, und nicht nur aus einem Floh heraus wie der Doktor Tuet, sondern so recht und ohne Verbärmst, vor dem Znacht und nach dem Znacht je eine Stunde, die durfte der Melk selbst am Alpvogt seinem Gellerettli abmessen. Nur sonntags wurde nicht gelernt, da las der Tschudi aus der Schrift vor, und nadisnaa las der Melk über die Schulter mit und endlich auch allein, und der Tschudi schnitzte derweil an einem Krippenfigurettli.

Und als hätte der Eifer, den der Alpvogt mit dem Melk zeigte, dem Doktor Tuet einen Stupf gegeben, kam auch der jetzt öfter vorbei und hockte mit in die Stube oder sagte dem Melk, er sell sich warm einpacken, er nähmt ihn auf Visite, oder er brachte ihm eine Medizin, die sollte der Melk einem Kranken auf Mitlödi oder Schwändi bringen. Dazu durfte er einen halben Tag durch den Schnee laufen, und das tat er besonders gern, denn dabei konnte er an das Vreneli denken und an das Füchsli und mängsmal ein Trändli vergiessen, von dem wusste er gar nicht, warum es ihm kam.

Kurz vor der Weihnacht sagte der Alpvogt eines Morgens noch vor dem Melken, der Schnee sig jetzt fest genug, es sig an der Zeit, das Heu von der Alp zu holen, und ob der Melk sich das traue. Natürlich traute sich das der Melk, das hiess mit dem grossen Schlitten z'Tal säderen, da gab es gar nichts zu trauen, das war der reine Gschpass. Der Alpvogt sagte ihm aber gad, abenblochet werde dann im Fall nicht, wenn es ihm nämlich auch nur ein einziges Bürdeli verrupfen täg auf der Fahrt … Was dann wäre, das wusste er auch nicht, aber der Melk versprach, alles recht süüferli zu machen und als wäre der Alpvogt mit ihm. Dann hiess ihn der Tschudi das Heu von einem Dachli im Rossmatt hinter Chäseren herabschaffen und lieh ihm seine Stiefel und die Gräppli und eine Zeitung zum Auffüllen, damit ihm die Schuhe nicht von den Füssen fielen, und gleich darauf lief der Melk los und zog den schweren Schlitten über Riedern ins Klöntal und weiter.

Es war der gleiche Weg, wie sie ihn im Maien mit dem Veh genommen hatten, das schien ihm aber schon ebigs seither, dabei war es ganz ähnlich still wie damals. Due war es nur die Nacht gewesen, jetzt war es der Schnee, der alles so still machte, man hörte kaum noch die Löntsch im Loch unten rauschen. Und damals waren noch die Treichelschellen und das Schnauben der Kühe gewesen – jetzt hörte der Melk gar nichts mehr als das eigete Schnaufen und ein feines Gieren, das der Schnee unter den schweren Kufen machte, und mängsmal ettis im Wald, ein Wild, das einen Ast brach oder durch den Schnee stüübte.

Dann kam der Melk zum See, der war schon halb gefroren und schwarz und wie tot, und dort ging auch der Weg geradeaus, und das war zwar ringer, aber dafür war es auch noch einmal stiller – so still, dass der Melk am End meinte, es verbutze ihn vor Schweri und Trüürigi. Er dachte an all die Toten, die hier heroben liegen mussten, und dass er einige schon selber gekannt hatte, von einem einzigen Sommer z'Alp. Und wie viele Sommer lang wurde hier heroben schon gealpnet, und da waren noch gar nicht all die Franzosen und Russen gezählt. Gfürchig war es ihm trotzdem nicht, er nahm an, bei dieser Stille pfuuseten die Seelen, so wie die Munggen den Winter verschlafen, und den Greissen und Mendrisch und den Dittitolggen, und was es alles an Gfürchigem in den Bergen gab, denen war es jetzt sicher zu langweilig hier heroben, so ganz allein, die gingen dängg den Vögeln nach ins Italienische oder noch weiter.

Dann bekam er aber doch endlich Sehnsucht nach einem lebigen Menschen und begann, laut mit dem Vreneli zu reden, als laufe es neben ihm, und ihm alles zu verzellen, was ihm im Kopf war: von den Tschudi und den Menschen im Tal, die zeismal so anders zu ihm waren, jetzt, da er von einem Hof kam, und dass die sogar schon zu ihm sagten: »Bii dir diheimed«, und damit meinten sie den Tschudihof. Vom Balzli und dass er von ihm nur noch gehört hatte, er sig wieder zu Leuggelbach bei seiner Familie und täg in der Tuechi zu Hätzingen Garn spulen, und dass er dem Balzli sein ebigs Gschnurr vermisste. Vom Vreneli seinem Vatter, der ettis gesagt hatte, das dem Melk immer wieder durch den Grind geschossen kam: dass dem Vreneli seine Mutter ein Ummegneischti gewesen sig wie das Vreneli selbst – und wie dem Melk seine Mutter ja auch, so dass ihm in diesen Augenblicken war, sie wären vielleicht über ihre Mütter irgendwie verwandt mitenand. Er hatte ja sonst niemand Verwandts, und da war ihm das ein gschpässiger Gedanke. Und dann von dem brünnigen Bächifirn, und da fragte er das Vreneli, wieso es dort ein Füchsli gewesen war und wer es angebunden hatte, und ob es am End ettis dermit zu schaffen heig, dass der Bächifirn so gluetig gewesen war und später einmal der Glärnischgletscher. Und warum der Fessisbauer nicht wollte, dass der Melk das Vreneli besuchte, wollte er wissen, und warum das Vreneli ein Hexli zu bannen vermochte, wer ihm das beigebracht hatte, und ob eines, das sertigs zuweg brachte, selbst eigentlich noch ein Mäntsch war oder vielleicht selber schon ein Hexli, und was das bedeuten würde, und ob ein Hexli einen Bub gern haben konnte, aber nicht numen so wie dem Balzli sein Hexli den Balzli gern hatte, sondern eben anders, aber der Melk wusste auch nicht zu sagen, wie – und ob er das jetzt das Vreneli gefragt hatte oder mehr den Herrgott oder am End numen sich selber, das wusste er auch nicht zu sagen.

Er schnurrete aber so vor sich hin bis hinter Chäseren, und da war er auch schon am Dachli. Das war tief in den Berghang gebaut und fast gar nicht verschneit, und so hatte er schnell das Heu zu vier Bürdeli gebunden und zwei davon auf den Schlitten gepackt und zwei dahinter angebunden, und immer noch besprach er alles mit dem Vreneli, dabei redete er aber immer mehr Seich zusammen und wurde immer hässiger auf sich selber, dass er es nicht fertigbrachte, das Vreneli in Ehren zu halten und mit ihm nur Höfeligs zu reden. Und um wieder etwas Währschaftes zu bereden zu haben, packte er die Wegzehrung aus, die die Frau Tschudi ihm in ein Tüchli gepackt hatte, und hockte auf einen Heuballen und fing an zu haberen und mit dem Vreneli zu teilen. Aber auch da kam nur noch ein Mist zusammen, er fing mit dem Vreneli an zu streiten, ob das jetzt ein guter Käs sig oder ob die Kühe ächt vom falschen Gras zu fressen bekommen hätten, und immer mehr kam ihm nur noch ganz Unflätiges in den Sinn, Wörter, wie sie der Gunggel Sepp und der Stecken This gebraucht hatten, aber sogar noch ohne einen Satz dazwischen, nur die grüüsigen Wörter, und die schrie er in den Schnee hinaus und speuzte den halbgekauten Käs auch noch hinterdrein. Da war er aber schon ganz verzweifelt, weil das einfach nicht aufhören wollte und ihm immer nur Säuniggeleien aus dem Mund kamen und er am End sogar über das Vreneli selber und ds Tschudis Sachen sagte, die waren so grüüsig, dass er sich dabei gar nichts mehr vorstellen konnte. Und endlich segglete er vom Dachli weg und einen Hoger hinauf, weil er meinte, von da müsse er einen glühigen Gletscher sehen oder sonst etwas Freundliches, ein Füchsli oder ein Gämsi oder auch nur einen Raben, irgend ettis Lebigs halt, oder zum mindesten ein Gschpängschtli. Aber vom Hoger herab sah er nur zwischen First und Gassenstock als wie ein grosses graues Liilachen die Ebene liegen, wo einmal die Chäseren Alp und das Dräckloch gewesen waren, und hinter ihm lag das Ruchband, aber alles blieb starr und grau und tot und wollte überaupt keinen Wank machen.

Und da musste der Melk ganz fürchterlich schreien, dass er es aushielt, und immer wieder numen schreien, und dann kam ihm das Heulen. Eine Ebigkeit lang sass er im Schnee, und irgendwann lag er dann ab, und er heulte und rief z'jamertsen nach dem Vreneli und nach dem Alpvogt oder nach irgend etterem, der ihn hören mochte.

Aber in der ganzen Weite um ihn herum, bis in die höchsten und hintersten Gipfel, machte an diesem Tag nichts mehr einen Wank – und es würde auch nie mehr anders werden, das wusste er ganz bestimmt.

So richtige Weihnacht

Der Melk rührte sich lange Zeit nicht mehr, und wenn er nachher darüber nachdachte, wo er mit seinen Gedanken gewesen war, als er so im Schnee gelegen hatte und das Gesicht im Ärmel versteckt gehalten, um die elende Gräui um ihn nicht mehr sehen zu müssen, vermochte er es nicht zu sagen. Es war ihm, als sig es ein ganzes langes Leben später, als er schliesslich aufsass und in den Hosensack nach einem Schnuderhudlen langte und dabei das Sammetbändeli in die Hand bekam, das dereinst das Vreneli ihm um den Hals getan hatte. Im selben Augenblick, da er das Bändeli aus dem Sack zog und noch ganz taub vom Verzweifeln und Brieggen durch die Finger zog, verschwand aber zeismal alle Angst und das Tötelen, die ihm zuvor die Luft abgedrückt hatten, und von Ennenda herauf hörte er, wie ein Glöckli den Mäntschen im Tal zum Vesper läutete, und es kam ihm in den Sinn, dass es fast Weihnachten war und dass diheimet die Frau Tschudi jetzt am Guutzlen war.

Und da hatte er tatsächlich »diheimet« gedacht, er wusste nicht, wann zuvor er dieses Wort schon je gedacht hatte, und plötzlich erschrak er fürchterlich, weil er dachte, dass jetzt die Frau Tschudi oder auch der Alpvogt selber sicherlich schon mänge Male vor die Haustür gestanden waren und nach ihm ausgeschaut hatten, und vielleicht war der Alpvogt auch schon in Hut und Mantel, um im Löntschtobel nach dem erfallenen Melk zu suchen, dem der Schlitten im Schuss ab dem Weg gekommen war, und er wusste nur noch, dass er weidli heimzu musste, dass die nicht noch länger nach ihm plangeten.

Es war schon fast dunkel, als der Melk wieder beim Dachli war und den Schlitten vom Bödeli zog. Er stellte sich aber gad vorn in die Kufen und brachte den Schlitten mit einem Schupf ins Gleiten, als zeismal der Mond den verhangenen Himmel auftat und ihm den Weg fast taghell leuchtete. Und danach steuerte der Melk den Schlitten mit den Gräppli an den Sohlen so sicher, und auch das Ziehen den See entlang ging ihm derenweg ring von der Hand, dass er sich nur immer wieder wunderte, woher er auch diese Kraft heig – er hätte mögen meinen, er sig heute am Wärben oben an einem Tag um mängs Jahr gewachsen.

Und dann war es noch nicht einmal Zeit zum Znacht, als der Melk den Schlitten beim Tschudi auf den Hof zog, und an der Tür kam ihm die Frau Tschudi entgegen, die hatte seine Gräppli auf dem aaperen Boden gehört und zog ihn ins Warme und wollte ihm verzellen, was alles sich an diesem gschpässigen Nachmittag ereignet heig.

So war das Vreneli gekommen und hatte nach dem Melk gefragt und mit der Frau Tschudi einen Weil auf ihn gewartet. Kaum ein Minütli vor der Vesperzeit, als schon das Kaffi auf dem Tisch stand, sig es dann aber zeinersmal aufgestanden und heig gemeint, es müsse jetzt gehen, es heig drum noch zu tun, und den Melk well es ein andermal besuchen. Und kurz danach war der Alpvogt zmittst vom Melken weg in den Ort gerufen worden, weil ds Leglers in ihrer Stube einen Dieb gefasst hatten, den musste der Tschudi verhören. Es stellte sich dann heraus, dass der Dieb der Koch von der Dräckloch Alp gewesen war, der heig sich einen Mundvorrat zämenstehlen wellen und sig dabei über das eint oder ander Silbrig gestürchlet, so verzellte er dem Richter Tschudi, bevor der ihn über die Nacht in die Schüür vom Graaggen Balz gschplüüssen liess. Kaum aber war der Alpvogt wieder in der Stube gestanden und hatte die Frau Tschudi wegen dem Melk beruhigt gehabt und gemeint, vom Wärben herab käme mit dem Schlitten so glii niemand vor dem Einnachten zurück, da pöpperlete dem Graaggen Balz sein Knecht und holte den Tschudi ein zweites Mal, weil jetzt dem Balz seine Schüür brannte. Und dort war der Alpvogt jetzt noch immer und half löschen, und ob der Melk das Feuer vom Hang herab denn nicht gesehen heig.

Der Melk hatte aber gar nichts gesehen, er hatte sich auf anderes geachtet gehabt, und jetzt war es ihm auch gad gliich. Dass nämlich ausgerechnet am säben Nachmittag das Vreneli zu ihm gekommen war, und er dummer Siech hatte es verpasst, weil er ums Verroden hatte müssen gogen schlittlen, das machte ihm viel mehr zu schaffen. Dazu hatte er zu werweissen, warum es nach der langen Zeit jetzt doch wieder gekommen war, und ob es ächt ettis Bestimmts von ihm heig wellen oder doch numen pläuderlen.

Bei allem Gwunder brachte er es dann aber nicht über sich, die Frau Tschudi auszuhorchen, was genau das Vreneli gesagt hatte – dass er nach dem Vreneli plangte, brauchte nämlich niemand zu wissen. Und dann kam sowieso der Alpvogt und wollte, noch bevor er die Stiefel von den Füssen hatte, berichten, dass die Ursach, wegen der die Schüür abgebrannt war, noch nicht bis ins Letzte geklärt sig, dass sie aber drinnen den Schangschagg gefunden hatten, der heig sich aufgehängt gehabt, und das Wahrscheinlichste sig, der heig dervor gad auch die Schüür angezündet. Und später, als er den Russ vom Grind gewaschen und die Frau Tschudi ihm ein Kacheli mit Kaffi und ein Zigerbrüüt gerichtet hatte, meinte er dann, was der Schangschagg ihm am Nachmittag alles aus seinem Leben gebeichtet hatte, sig gar gschpässig gewesen, und hockte auf den Ofenbank und fing an verzellen.

Die alte Geschichte mit dem Greiss, das der Schangschagg gezeugt hatte, kannte der Melk ja bereits, und auch die säb, wie er vom Dräckloch Hüttli auf ebig in den Nebel gegangen war, nachdem der Stecken This ihm die Käs in den Dreck geworfen hatte. Im Sommer davor hatte der Schangschagg aber schon einmal gekäst, auf einer Alp im Urnischen, und auch dort hatte gad gar nüüt artig vor sich gehen wollen: Das Veh war unruhig und verwickelte sich in seine Ketten, die trockenen Käs, die im Schlafstübli gespeichert waren, fielen ein ums ander Mal von den Gestellen, und als der Schangschagg einmal zum die Käs Salzen in den Keller gestiegen war, da hockte dort ein fremder Mann am Tisch und schrieb und war nicht aus dem Haus zu bringen, bis ihn der Dorfpfarrer bannte. Aber dabei hatte das ganze Hüttli gewackelt und wäre schier in sich verkeit, und der Schangschagg musste von der Alp, das fühlte er, mit ihm als Käser hätte das Veh nie zu seiner Ruh gefunden.

Was er dann vom Dräckloch berichtet hatte, war dem Melk wiederum bekannt, ausser dass der Schangschagg das Mendrisch auf dem Hüttendach nämlich sehr wohl gesehen hatte und auch beim Alpaufzug im Hinder Klöntal das Geripp, er hatte sich nur nichts anmerken lassen aus Schiss, es spicke ihn gad wieder aus der Anstellung. Als wegen dem Tunscheli aber seine unfertigen Käs von Chäseren ins Tal durab mussten und dann der Stecken This die anderen in die Gülle keite, damit seine Braut keine vergagleten Socken bekam, heig er keinen Grund mehr gesehen, noch länger zu bleiben, und sig in den Nebel gegangen mit nichts im Grind als dem Gedanken, dass es ihm jetzt gad das Rechte wäre, wenn endlich das Greiss käme und ihn fresse.

Stattdessen kam er auf die Karrenfelder und hatte bald den Weg verloren und gelsterte ummenand und begegnete im Nebel ohnmächtigen Totenseelen und dann einem Zug mit jungen Mäntschen, die ihre Schuhe, und mängs auch Socken und Hosen, in den Händen hielten, und immer wieder sanken einige um, und dann trooleten andere über sie hin, und zuhinderst hüpften wie Spatzen zwei, die waren fast schon gläsig durchscheinend und trugen Sägetsen auf dem Buckel. Und endlich kam er an einen Riss im Felsboden wie eine Gletscherspalte, und weit unten im Boden leuchtete ganz goldig und diamantig und blau wie der Föhnhimmel der berühmte Schatz, den die Märenzwerge horteten, und dort chräsmete er dann durab und fand schliesslich nichts mehr, woran er sich hätte halten können, und begann zu fallen und fiel so lange, dass ihm unterwegs der Hunger kam und dann die Müedi, und dann fiel er noch im Fallen in den Schlaf.

Als er wieder vertwachet war, war er immer noch in der Höhle, aber jetzt am Boden angelangt, und um ihn breitete es sich wie ein grosses Tal aus, einfach undertags. Dem ging er nach, bis er vor Hunger meinte sterben zu müssen und seine Schuhe bis auf die Böden aufass. Dann kam er endlich zu einem Hüttli, in dem hockten drei schlafende Männer um den Tisch, von denen waren zwei dem Schangschagg nicht näher bekannt, der dritte jedoch war der Wilhelm Tell, und als der Schangschagg zur Tür hereinkam, vertwachte der und fragte, ob der Schangschagg hinter dem Hüttli die Soldaten gesehen heig. Dort lag nämlich eine ganze Armee in Unterwaldner Tracht und pfuuste, die hatte der Schangschagg wohl gesehen. Dann fragte der Tell aber noch, wie spät es denn jetzt afed sig, und wie der Koch meinte, es sig drum schiints noch nicht Zeit, sagte der Tell, das sig jetzt aber schad, dann müsse er halt noch eines pfüüselen, und lag mit dem Grind auf die Tischplatte und schlief wieder ein.

Der Schangschagg ging drum weiter und kam nach langem Schuhnen ans Licht. Davor lag es aber wie ein Fenster, und als er hindurchsah, stand auf der anderen Seite ein Meitli in der Sonne, das der Koch einmal gern gehabt hatte, und das Fenster war das Guppenseeli zu Luchsingen, dort war das Meitli hingegangen, um im Wasserspiegel den zu gschauen, der sie einmal würde hüraten. Als es dann aber dem Schangschagg sein Gesicht sah, das käsweiss war, seit er nicht mehr als Senn schaffte, da meinte es, der Schangschagg sig seine eigete Wasserleiche, und gumpte in das Guppenseeli, um im Tod mit ihm zu sein, und versoff.

Der Schangschagg dagegen stieg ans Ufer und lief auf Glarus, von dort hatte er weitergewollt, auf Zürich oder noch weiter. Aber zuerst war es ihm vorgekommen, er müsse beim Legler ettis zu essen mitnehmen, und dort hatten sie ihn dann vertwütscht. Er sig aber recht froh gewesen, berichtete der Alpvogt, dass sie ihn vertwütscht hätten, das ebige Davonlaufen heig ihm nicht mehr mögen passen, er sig müde gewesen und heig ihm immer wieder gesagt, jetzt mög er nüüt als hundert Jahr schlafen, gad als wie der Tell, und es dauere ihn numen, dass er nicht mit dem Meitli heig mögen versaufen.

Dann hatte der Alpvogt endlich zu Ende verzellt und bat seine Frau um ein zweites Beggeli Kaffi, und dann fragte er den Melk, wie es ihm mit dem Heuabfahren ergangen sig. Da sagte der Melk aber numen noch, streng sig es gewesen, aber schon recht.

Das Vreneli kam bis Weihnachten nicht mehr vorbei, dafür zum Heiligen Abend der Balzli, und der wollte gehört haben, das Vreneli sig von ds Heers ins Tüütsche eingeladen worden, dort täg das Fralein Heer für die Gesundheit bädelen. Gesehen hatte der Balzli die Vriinä seit dem Bergsturz aber auch nur einmal, zum Alpabzug von Silberen. Da war sie mit ihm gegangen, damit sie ihn vor dem Hexli behüte im Fall, das säb würde ettis von ihm wellen. Das Hexli hatte ihm dann aber numen gad am Hinder Klöntal die Schafe ein bitzeli versprengt und war sonst ein artigs geblieben.

Der Balzli hatte dem Melk ettis zur Christnacht mitgebracht, das Figurettli aus Schafdreck, das er am Kneten gewesen war, als die Laui vom Gassenstock auf den Stecken This fiel, er hatte es später auf dem First gefunden und dem Melk aufbehalten. »Und dä ha dr nuch wellä sägä, dass ich dä schun ämaalän äm Vreneli ä Schmutz ggii hä«, sagte er dann noch und war froh, dass es gesagt war, wenn es auch jetzt irgendwie etwas Vergangenes und Trauriges hatte, wo sie beide das Vreneli schon ebigs nicht mehr gesehen hatten.

Der Melk sagte deshalb auch nicht mehr als: »So? Ja, ich häs schu dänggt«, und langte in den Hosensack und gab dem Balzli das noch fast neue Sackmesser, und dazu sagte er: »Das hänn i für dich.«

Da wurde der Balzli füürzündrot, das war ja ein richtiges Geschenk und nicht so ein Seich wie sein Figurettli, und einen Weil studierte er sogar, ob er das überhaupt well annehmen. Aber dann gefiel ihm das Messer doch zu gut, und er sagte einfach nur recht laut: »Dangg dr, hä!«, und meinte noch, er sig dann im Fall nicht eifersüchtig, wenn der Melk mit dem Vreneli mängsmal eines schwätze. Und dann tat die Frau Tschudi den Buben eine heisse Milch mit Hung und eine Hampfle Chrämli auf den Tisch, und da musste endlich nicht mehr geschnurret werden.

In dem Jahr feierte der Melk seine erste richtige Weihnacht. Der Doktor Tuet hatte von sertigem Gugus nie nüüt halten wollen und war mit dem Melk gad noch dem Anstand zuliebe zur Zwölfuhrmesse gefahren, wo der Melk vom Sakristan wie alle Kinder eine Orantsche geschenkt bekam. Diesmal fing die Weihnacht aber schon mittags an, als der Herr Pfarrer kam und das Veh segnete und den Melk noch über Hof und Stall den Englisch Gruss absingen liess, dass der Segen auch ja recht ordeli wirke. Auf den Znacht hin kam dann ds Tschudis ihr Babettli mit dem Mann und einem kleinen Goof von Bilten zu Besuch, und nachdem der Melk gemolken hatte, höcklete er den ganzen Abend in der Stube, als wäre er eines von der Familie, und es gab Wurst und Sauerkraut. Und dann musste er noch einmal regelrecht schaffen, der Tschudi hiess ihn nämlich in meineidig schwierigen Sätzen aus der Schrift vorlesen, wie der Herr Jesus im

Tril lag und die drei farbigen Käser kamen und den Schnee vor dem Hüttli mit einem Stern z'brünnetsen machten. Und danach sangen sie Liedli, und es wurde ein Licht angezündet, und dann bekam der Melk zwei ganz grosse Geschenkli, nämlich vom Tschudi und seiner Frau schwere Schuhe und vom Babettli ein nagelneues Hemp, das es eigets für ihn gewoben und gebüezt hatte. Und dann erst ging es auf Kilchgang, und jetzt wusste der Melk auch, warum die anderen Kinder in der Kilche mit so leuchtigen Gesichtern in den Bänkli hockten.

Am anderen Tag war der Doktor Tuet auf den Zmittag geladen. Er kam aber erst zum Zvieri, weil er noch zum Ruesstilibauern gerufen worden war. Der hatte nicht glauben wollen, dass die Kühe in der Christnacht sprechen wie die Menschen, und dass es einem, der sie dabei bespienzlet, leicht ans Leben geht, hatte er noch den grösseren Hurenseich genannt und war am Heiligen Abend gad z'Trotz auf den Heuboden geschlichen, und jetzt hatte man ihn gefunden, wie er ohnmächtig unten im Mist lag. Als der Doktor Tuet auf die Ruesstili kam, war es für den Bauern schon zu spät gewesen. Er hatte noch verzellen mögen, dass es eben doch wahr sig und dass die einte Kuh, das Fleckli, die anderen gefragt heig, wo denn der Bauer sig, und da heig das Rösli zur Antwort gegeben, der Bauer sig drum auf dem Heuboden, und der Ochs heig von seinem Gatter herübergerufen, es duure noch drei Täg, dann müsse er ihn mit dem Schlitten auf den Friedhof ziehen. Was danach geschehen war, wusste der Ruesstilibauer nicht mehr zu sagen, und der Doktor Tuet meinte, der werde die Nacht nicht überleben, für einen Tokter heig es jedenfalls nichts mehr zu tun gegeben. Eigentlich sig er aber nicht gekommen, zum sertigs verzellen, sondern um sich mit dem Tschudi zu besprechen, und das taten sie dann auch, und dazu musste der Melk vor die Tür.

Nach einem Weil riefen sie ihm dann und hiessen ihn abhocken, und dann sollte der Melk sagen, ob es ihn noch gluschte, ein Senn zu werden, oder ob er nach dem Unglück am Dräckloch vielleicht lieber ettis anders well lernen. Der Melk meinte aber, er well schon wieder z'Alp, dort täg es ihm gefallen, und darauf sagte der Tschudi, so sig es eine abgemachte Sach, der Melk bleibe noch den Winter über bei ihnen auf dem Hof und lerne noch ettis schreiben, und für den Lanzig well er ihm dann eine Alp finden. Wenn es dem Melk recht sig, würde er aber nicht wieder als Hüter schaffen, sondern als Zusenn, dann wüsste er ihm nämlich schon ettis, zu Linthal hinten.

Als Zusenn, sagte der Melk, mög er schon schaffen, wenn er nur mängsmal das Veh noch von der Nachtweid holen dürfe, weil das mache er halt so gern. Und als der Tschudi meinte, das werde er dängg schon dürfen, reichte der Doktor Tuet dem Tschudi zum Abschluss die Hand und fuhr dem Melk über den Scheitel und ging mit einem »Es guäts Nüüs dä nuch!« und kräftigen Schritten aus der Tür.

Das Echo mit den goldigen Tääpli

Zwei Tage darauf hatte der Melk in der Dorfkäserei ein Zetteli abzugeben und traf dort auf den Fessisbauern. Eigentlich wollte er tun, als sehe er ihn nicht, ihm war nämlich ein sonderbares Gefühl geblieben nach seinem Besuch auf Fessis und weil er dem Vreneli so nachgehöselet war, und das säb wollte gar nichts mit ihm zu tun haben, und jetzt hätte er gar nicht gewusst, was denn mit dem Fessisbauern reden, wenn nicht mehr übers Vreneli. Als der Bauer den Melk aber sah, grüsste er schon von weitem, und danach reichte er ihm noch die Hand und lud ihn, als wäre er ein Mann, zu einem Schoppen in den Schwanen. Er heig ihm ettis zu verzellen.

Im Schwanen wurde natürlich gegafft, den Fessisbauern hatte man nicht mängsmal im Spunten gesehen, und mit dem Melk, das war schon ein kurliges Gschpändli. Der Fessisbauer aber tat, als bemerke er nichts, und der Melk tat es ihm nach, und als der Fessisbauer die Schoppen bestellt und auf den Melk getrunken hatte, nahm er ein Pfeifli, stopfte es lang und sorgfältig und zündete es noch sorgfältiger an und lehnte sich danach erst zum Melk über den Tisch und sagte: »Ich hä ds letscht Mal ä chläi heimli tuä. Ich hänn ebä nüüt wellä verzellä, won au d Vriinä ettis aagaat.«

»Das isch schu recht«, meinte der Melk verständig und hatte keine Ahnung, wovon der Fessisbauer sprach.

»D Vriinä hett aber dernachetherä, won ich irä vu dim Bsüächli verzellt hä, gmeint, ich chem dertigs geerä verzellä. Sie selber teg nüd drüber redä, aber vilicht sigis schu nüd das Dümmscht, du wüssisch dervu.«

»Ich? Werum gad ich?«

»Wil si di geerä hett, dängg!«

Der Melk wurde gleich rot und schwitzte im Nacken und musste nach dem Schoppen langen. »Ja«, fragte er, nachdem er den halben Schoppen ausgetrunken hatte, »und um was gahts?«

Da verzellte ihm der Fessisbauer von einer Zeit lange vor dem Melk seiner, als die Franzosen im Land waren und meinten, sie müssten ummenand kriegerlen. Da waren zwei welsche Soldaten ins Fabihaus in Linthal eingebrochen und hatten von einem Weibervolk, das da wohnte und werkte, Wein, Fleisch und Gemüse verlangt. Säb Weibervolk war ein kräftiges Mäntsch, und ein mänger hielt es zuerst für einen Mann, aber es war eben auch ein liebes und freundliches und bot den fremden Soldaten, weil es so Züügs wie Wein und Gemüse nicht hatte, halt Milch, Käs und Herdöpfel an. Da taten die Welschen aber saublöd und wollten nüüt anders als Fleisch und Wein und Gemüse und hielten ihre Säbel gegen das Weibervolk, dass dem nichts anderes übrigblieb, als die Säbel zu päcklen und in den Händen zu verbrösmelen und den einten Soldat durch den Tisch werfen. Dafür wurde es dann verhaftet und kam vor den Kommandanten der Französischen. Der meinte aber nur, es heig ganz recht getan, es könne schliesslich nichts dafür, wenn es keinen Wein im Vorrat heig und nüüt zu schlachten, und lud es ein auf einen Schoppen, so wie der Fessisbuur den Melk.

Säb Linthaler Weibervolk hiess aber mit Namen Frieda Wichser und war dem Vreneli seine Grossmueter, der Grossvatter war aber eben der säb welsch Kommandant, der bei der Frieda blieb das ganz Jahr lang, das die Franzosen im Glarnerland verhockten, denn die Frieda war zwar eine verheiratete Frau, ihr Heiri söldnerte aber schon derenweg lang in Neapel, dass ihr war, als sig der schon tot.

Nur ausgerechnet im säben Jahr kehrte er nach Linthal zurück. Immerhin, bis der durch das ganze Glarnerland geloffen und in jeder Gemeinde einmal eingekehrt war, hatte die Frieda schon lang Bericht, dass der Heiri auf dem Heimweg sig, und sperrte den Welschen und ihrer beider Goof in den Keller. Und solang der Heiri dernach daheimblieb, blieben der Kommandant und das Töchterli im Keller verlochet, und wenn er für einen Weil fortging, kamen sie heraus an die Luft, oder die Frieda stieg zu ihnen hinab und fütterte das Meitli und schmüüselete mit dem Franzosen.

Jetzt war es aber so, dass der Heiri von seinen Feldzügen ein Vögeli mitgebracht hatte – woher er das hatte, wollte er nicht verraten, so war es dängg auch von einer Weibergeschichte –, das säb Vögeli flog aber frei im Haus umenand. Und einmal bschloss die Frieda, als sie vom Franzosen kam, im Versehen das Vögeli in den Keller, und als der Heiri heimkam, pfiff und zwitscherete es unter dem Stubenboden, bis der Heiri endlich in den Keller stieg und nicht mehr lebig herauskam. Aber auch die Frieda und ihren Kommandanten hat seither niemand mehr gesehen, nur zwei Vögeli flogen noch mängs Jahr um das Fabihaus, davon hatte eines an den Flügeln blutig rote Flären. Das Töchterli, das die Frieda mit dem Welschen hatte, war aber dem Vreneli seine Mueter, und die wuchs dann bei Nachbarn auf, bis sie der Fessisbauer hüratete und mit sich nahm.

Bis dahin hatte der Fessisbauer zwar nicht laut, aber doch fröhlich verzellt und den Melk ein paarmal zum Lachen gebracht. Jetzt schwieg er aber zeismal und wollte erst einen zweiten Schoppen haben, und als er endlich fortfuhr, verzellte er liisliger als zuvor und auch trauriger, dass das säb Töchterli, das Mariili, ein sehr liebes gewesen sig, dazu schaffig wie kein zweites und schön gad auch noch. Nur war es eben ein Hummel und konnte z'Nacht nicht schlafen, wenn nicht im Schlafgaden das Fenster aufgelassen war sommers wie winters. Und gleich, wie es den Fessisbauern fror und auch das Vreneli, als es erst geboren war, das Fenster musste offen bleiben, sonst, sagte das Mariili, müsste es versticken. Das ging so mängs Jahr, und der Fessisbauer gewöhnte sich daran, dass ihm der Nachtwind um die Zeechen luftete – bis es einmal derenweg stürmte, dass er zmittst in der Nacht, während das Mariili wie tot im Bett lag und keinen Wank machte, die Brittli zuziehen wollte, dass es ihnen nicht ins Haus schiffe, und halb im Schlaf im Versehen auch gad das Fenster schloss. Am nächsten Morgen früh, als der Fessisbuur vertwachte, war aber vor dem Fenster ein herziger pelziger Hummel und flog immer wieder in die Scheibe, wohl eine Stunde lang, bis er endlich z'Tod ermattet und wie besoffen dervon und ab dem Bödeli surrete. Das Mariili lag aber, als es der Bauer wecken wollte, noch immer abgeschnitten gleich im Bett wie in der Nacht, mit offenem Maul, und wollte nicht wieder wach werden.

»So, und itz weisch, werum ich dr gsäit hä, eini wiä d Vriinä törfi mä nüd wellä hebä«, schloss der Fessisbauer und rief nach dem Küntli. Er konnte dann aber nicht einmal mehr sein Geld abzählen, so dick stand ihm das Wasser in den Augen.

Der Fessisbauer hatte dann noch ein Stück den gleichen Weg wie der Melk, und der Melk konnte nicht »Adie!« sagen, ohne gefragt zu haben, ob das bedeute, dass das Vreneli ettis wie ein Hexli sig. Danach sah ihn der Fessisbauer müde an und studierte einen Weil, bevor er meinte, dass er nicht recht wisse, wann eines ein Hexli sig, aber dass die Vriinä in jedem Fall ein Mäntsch sig wie der Melk auch und wie er selber, ein bsunders eben, aber wegen dem doch ein Mäntsch.

Es könne doch aber zaubern, fragte der Melk nach, das sig ettis, das könne er nicht. Das würde auch der Melk noch lernen, meinte da der Fessisbuur, wenn es an der Not sige. Der Melk gwünderete aber gad weiter, ob das Vreneli dann eine Not heig.

Er well es so sagen, antwortete der Fessisbauer darauf, seine Tochter heig gelernt, sich zu erwehren. Mehr well es nicht, und viel mehr vermög es auch nicht. Es sig nämlich asenweg mit der Zauberei, und das würde der Melk auch noch erfahren, dass sie einem glii mehr Sorgen bringt als Gfell, und wer immer das Zaubern gelernt heig, täg gut daran, in jedem Fall recht lang zu studieren, bevor er tatsächlich zu einem Zauber greife. Der Melk sell sich das ins Oberstübli einschreiben, meinte der Fessisbauer noch, es könnte ihm dereinst helfen. Dann war er mit einem »Bhüet di!« über das Linthbrückli, da war der Melk noch zmittst am Hirnen.

Den Tag und auch die nächsten blieb der Melk ins Studieren vertieft. Vor allem über seine Mueter hatte er viel zu denken, wo sie jetzt war und werum sie ächt den Fridli verrupft hatte, und ob denn sie vielleicht ein Hexli gewesen war – oder auch nur ein armes Mäntsch, das sich erwehren musste.

Am Nachmittag vor der Altjahrnacht dann war er im Stall am Misten und mit dem Kopf noch immer neumeds ganz anderscht, da stand plötzlich das Vreneli hinter ihm und sah zu, wie er mit der Gabel den Mist von einem Eckli in das andere schob, und meinte: »Ich hä gar nüd gwüsst, dass diinä Choch vom Dräckloch au schu tot isch.« Es heig drum seine Seel hoch am Tödi gesehen, auf dem Vorder Rötifirn, zämen mit der säben vom Gunggel Sepp und der vom Stecken This und noch ein paar anderen. Der Gunggel Sepp sig aber schon bis über die Wädli eingefroren gewesen und recht vergnügt, dass es bei ihm so gschwind gech, dem Koch dagegen siged erst gad die Zeechenspitzen ein bitzeli angeeist gewesen. Bei dem mög es noch ebigs dauern, bis der seine Schuld verbüsst heig.

Der Melk hätte gar gern gewusst, wie das Vreneli im tiefen Winter bis auf den Tödi kam. Aber das Vreneli hatte ganz anderes im Sinn, es war nämlich gekommen, um den Melk für die Altjahrnacht zu einem Gang einzuladen. Es müsse ihm ettis zeigen, das gäb es nur in dieser Nacht zu sehen und dernach nie mehr, das ganze Jahr nicht, und es sig eine meineide Schöni.

Der Melk wollte erst den Tschudi fragen, ob der ihn zmittst in der Nacht vom Hof liess, aber da sagte das Vreneli, es heig das noch niemandem gezeigt und müsse es auch dem Melk nicht zeigen, wenn ihm nicht dernach sig, und da sagte der Melk sofort: »Aber sicher wett i! Aber weged dem müämr glich zerscht melchä.«

Darauf versicherte ihm das Vreneli, pressieren täg es jetzt auch nicht gad. Es heig numen wellen ghören, dass der Melk auch wirklich well, sie würden dann am achti losgehen, so wären sie gad zur rechten Zeit z'Linthal an der Gnüüsswand, dort müssten sie nämlich hin. Es heig selber noch zu tun dervor und käme ihn dann holen.

Danach lief der Melk in die Küche und fragte die Frau Tschudi nach den Sennen auf dem Tödigletscher, und die meinte, das möge gut sein, das heig sie auch schon gehört, dass die büssenden Seelen in die Gletscher versänken und nicht erlöst siged, solang ein Stückli von ihnen aus dem Eis gügsle. Sogar von einer, die gar nicht zu erlösen war, wusste sie zu verzellen, die schon lang den Grind unter dem Eis hatte und noch immer weiter durab sank, jeden Tag ein Klafter, bis in die Höll durab, das war aber auf der Guggerenflue, und dort musste sie schiints einen Schatz bewachen. Wie das Vreneli zmittst im Winter auf den Tödi gekommen sig, das wusste die Frau Tschudi aber nicht zu sagen. Es müsste am End geflogen sein, meinte sie, und der Melk sell dem Vreneli nicht immer alles glauben, das verzelle sicher noch so mängs.

Das fand der Melk aber nicht höfeli, dass die Frau Tschudi sellenweg über das Vreneli schnurrete, ohne es recht zu kennen, und beschloss, wegen dem Vreneli seiner Einladung well er jetzt gad nicht mehr fragen, und nachdem gemolken und gegessen war, schlich er sich numen leise und in Socken aus dem Haus.

Das Vreneli wartete schon beim Stall auf ihn, nahm gleich seine Hand und zog ihn z'pluderetsen und aufgeregt mit sich, erst zur Linth durab und dort auf Linthal zu. Unterwegs verzellte es ganz ungefragt von seiner Reise mit ds Heers ins tüütsche Bad und von den gschpässigen Menschen dort, und dass es wie ein Milädi bedient worden sig und das Fralein Heer ihm Gwand vertlehnt heig und das eint oder ander auch geschenkt, als könne man mit dertigen Kleidern z'Alp gehen oder zu einer Kuh, wo kalberet – und bis Linthal musste der Melk nicht einmal das Maul abenand tun.

Schlag halb zwölf hörten sie die letzte Kirchenglocke, dann waren sie zu weit von den Dörfern und bald darauf unter der Gnüüsswand. Dort hörte das Vreneli mit einem Mal auf pläuderlen und zielte auf ein bestimmtes Bödeli zu. Auf das hiess es den Melk absitzen und warten, während es im Schnee grüblete und ein Quelleli ausgrub und ein Fläschli mit Wasser füllte. Danach setzte es sich neben dem Melk in den Schnee und zog noch etwas Süsses in einem Nastuch aus dem Sack, Gebäck aus dem Tüütschen, wie es sagte, und breitete das Nastuch vor sich im Schnee aus und meinte: »Itz müämr numä nuch wartä.« Danach sagte es nichts mehr, sondern höcklete nur und sah gespannt auf die leere dunkle, an mängen Stellen vereiste Gnüüsswand vor ihnen, und einmal nahm es von dem Gebäck und stupfte den Melk und meinte: »Ninntsch dänn eifach, gell, da hetts au Wasser.« Der Melk wusste gar nicht, was sagen und was sie jetzt hier machten, und lugte in ds Gotts Namen mit dem Vreneli, wenn er auch nicht wusste, wohin.

Als es ihm gad anfing langweilig zu werden und er studierte, ob sie jetzt wohl schon im neuen Jahr waren, da sah er zeismal aus einem Spalt in der Gnüüsswand ettis kriechen, ettis fast Weisses, Scheiniges, ettis wie ein viel zu grosser

Engerling, und gleichzeitig aus einem anderen Loch eine Art Mendrisch, aber mit Flügeln wie von einer Fledermaus, dem kam dann ein zweites sertigs nach und noch ein drittes, und mit dem dritten kam von oben herab ein wahrhaftiger Drache geflogen und bretschte feuerspeuzend über ihre Köpfe hin, gegen den Selbsanft und zum Altenorenstock und dem Tierfehd zu, und ihm nach flogen bunt leuchtige Schwaden von Luft und Dampf, und von der anderen Seite kamen chlöpfende und auflodernde Manndli wie die, die das Vreneli ihm auf dem Urnerboden gezeigt hatte, und noch mängs anders, was der Melk so schnell gar nicht begreifen konnte, und bald war die ganze Gnüüsswand und das Tal hinauf und hinab und zänntummen mit den grüüsigsten und gschpässigsten und gfürchigsten Gestalten pläpplet voll, und es blies und fuhrwerkte über ihren Köpfen, der Melk wollte am liebsten verhöselen und sich in einem Loch verkriechen.

Das Vreneli tat aber keinen Wank und hebte ihn nur so ganz nebenbei am Arm und nahm dann seine Hand und lugte ganz versonnen und lachte gar noch mängsmal, und zmittst im Gheu und Gestöber nahm es auch vom Gebackenen und tupfte die Brosmen vom Nastuch oder tütterlete vom Wasser, und nur die Augen liess es dabei nicht von der Gnüüsswand. Und als der Melk sah, dass es dem Vreneli so gar nicht gfürchig zumute war und es im Gegenteil ein- oder zweimal wie sehnsüchtig süüfzgete, mochte er sich schliesslich auch aufs blosse Schauen verlegen und vergass seine Angst, und nach einem Weil mochte er staunen ganz wie die Vriinä und den lüüchtigen und ummenpfurrenden Geischterli nachlugen. Und endlich langte er gar dem Vreneli blindlings übers Knie nach dem Gebackenen und der Wassergutteren und fand bei sich, das sig jetzt schon noch ein schöner Anfang für ein neues Jahr.

Dann nach wohl einer Stunde war die ganze Pfurreten und Chlöpfeten aber noch viel plötzlicher vorbei, als sie angefangen hatte, die Gestalten verloren ihr Leuchten und verschwanden im Hui in den Höhlen oder lösten sich ganz einfach auf, und danach dampfte es noch ein Minütli und roch eigenartig, und der Schwanz von einem Molch gügslete noch kurz aus einem Spalt im Gestein, dann war die Gnüüsswand wieder schwarz und leer.

Dem Vreneli blieb aber ein Glühen im Gesicht vom Haar bis unters Kinn, und als es sich dem Melk zuwandte, musste es tief durchschnaufen und sah ihn selig an, und dann gab es ihm ein Küssli mitten aufs Maul – und nicht nur einen Schmutz, ein richtiges warmes Küssli, bei dem der Melk dem Vreneli seinen Schnauf auf dem Backen fühlte und wie es biberete in der Aufregung von sertigem Neujahr.

Danach nahm das Vreneli den Melk bei der Hand, half ihm auf und leitete ihn heimzu.

Der Melk und das Vreneli sahen einander jetzt öfter – aber nur derenweg, dass das Vreneli dem Melk mängsmal ein Bsüechli abstattete, weil es ihm ums Verroden ettis verzellen musste, und nach einem kleinen Hock im Stall oder einer warmen Milch in der Frau Tschudi ihrer Küche war es auch schon wieder davon. So kam es einmal, um von einem Allerweltsfisigugg zu berichten, einem Venediger, der es endlich breicht hatte, dass das Kilchturmzeit zu Elm wieder ins Laufen kam, indem er die ganze schwere Uhr auseinandernahm und sie im grössten Käschessi vom Sernftal aussott.

Beim Wiederzusammensetzen war ihm zwar dann ein Rädli vörig geblieben, und das Zeit lief jetzt viel gschwinder als dervor – aber die von Elm hatten gad daran ihre meineidige Freud.

Sertigs verzellte ihm das Vreneli noch mehr, und der Melk fand das schon noch glatt, nur hätte er mit dem Vreneli gern auch noch anderes geschnurret. Und einmal im Stall nahm er drum all seinen Mut zusammen, hiess das Vreneli absitzen, bevor es wieder anfangen konnte zu pläuderlen, und sagte ihm, er müsse mit ihm ettis bereden, ettis Wichtigs. Und das Vreneli lugte ihn gross an, hockte ins Stroh und meinte: »So red!«

Dann verzellte der Melk ihm aber von seinem Müeti, wie es den Fridli in zwei geteilt heig und was er noch von ihm wusste, das hingegen war wenig genug. Ds Tschudis hatte der Melk schon um Auskunft über seine Eltern gebeten, die hatten aber gemeint, sie hätten mit dem Melk seinen Eltern nie gross zu schaffen gehabt, und wussten nicht mehr, als dass sie keine Hiesige gewesen war, und der Doktor Tuet hatte gar gemeint, das Vergangene sell man ruben lassen, und was der Melk da mache, alte Geschichten ausgraben, das sig nüüt als dumms Züüg. Der Melk konnte aber nicht anders, er musste ums Verroden wissen, werum sein Müeti so geworden war, dass es den Fridli verrupfte und dernach verhöselete und ohne dem Melk auch nur ein Grüssli zu lassen, und ob es am End vielleicht gar ein Hexli gewesen war. Und darum sollte das Vreneli bei seinem Vatter nachfragen, ob der ettis mehr wüsst, wenn es denn so lieb wäre.

Das Vreneli hatte aufmerksam zugehört. Auf dem Melk sein Bitten meinte es aber nur, so lieb sig es schon die längste

Zeit gewesen, den Vatter heig es nämlich schon gefragt. Es heig es drum selber schon wundergenommen, welche Verwandtschaft der Melk hatte und ob es am End dadermit zu tun heig, dass sie sich so appartig gut verstanden. Der Fessisbauer hatte ihm aber graduus gesagt, das sig nicht ihre Sach, nicht die seine und nicht der Vriinä ihre, die ganze Gschicht sig schlimm genug, da müsse man nicht noch hinter dem Melk seinem Rücken darüber schnurren. Und das Einzige, was das Vreneli tun konnte, war, dass es dem Melk versprach, es frage den Fessisbauern, ob er mehr wisse als der Melk und ob er dem Melk darüber Auskunft gäbt.

Das hatte es getan, als es den Melk wieder traf, und der Fessisbauer hatte noch gschpässiger getan und gemeint, ob er dem Melk ettis zu verzellen heig, das könne er jetzt nicht sagen, das müsse wohl überlegt sein. Er well es den Melk dann wissen lassen, und so lang sell der nicht stürmen, denn pressieren täg es ja wohl nicht, es liege alles schon so lange zurück. Und damit musste der Melk zufrieden sein.

Leicht mochte ihm das aber nicht fallen. Seit er auf dem Tschudihof fast ein Daheim hatte, kamen die Gedanken an seine wirklichen Eltern wie von selber, und immer öfter ging er hinaus, sobald die Arbeit es zuliess, und lief viele Stunden durch das Tal und traumete vor sich hin oder studierte daran herum, wer er jetzt überhaupt war. Und immer wieder zerbrach er sich jetzt auch den Grind über den Fessisbauern, wegenwerum der dem Vreneli so geantwortet hatte, aber auch ihm selber, davor, beim Schoppen, und was das bedeutet hatte, dass der Melk werde das Zaubern lernen – und ob wohl darin die Antwort war auf alle seine Fragen, und er war am End tatsächlich ettis wie ein Hexer und wusste es nicht.

Gegen Ostern wurde es mit dem Melk immer schlimmer, er mochte das Schreiben nicht mehr üben und vergass das Melken, bis am Karfreitag der Tschudi endlich die Geduld verlor und den Melk anschrie, ob es ihm eigentlich noch gech und wo er denn auch seinen Grind heig. Da stand der Melk erst wie vergelstert, dann lief er aber mit gesenktem Kopf vom Hof und in den Wald und stapfte das Klöntal obsi und über die verschneite Richisau der Chlön nach und weiter über das Eigeli, bis er am Abend über den Pass gchräsmet und im Schwyzerischen war und todmüde und todtraurig am halb vereisten Sihlseeli ein Plätzli zum Ausruhen fand.

Dort kauerte er nieder und starrte ins Nüüt und dachte, so fest er konnte, ans Sterben und wartete, und als der Tod sich trotzdem nicht so einfach einstellen wollte, rief er endlich über das Sihlseeli, so laut er konnte: »Chrüützgopfertami huärä Schiissgagelmischtseich, blödän aber au!«

Da kam das Echo dreimal zurück, zweimal, wie ein Echo eben kommt, beim dritten Mal aber so klar und so jung, als rufe ihm eine fremde Stimme zurück. Gleichzeitig kam durch eine Rus am anderen Ufer ein weisses Nebeli herabgeglitten und schwebte über den See auf ihn zu, und wie es zmittst über dem See und im hellen Mondlicht war, sah der Melk das Nebeli zu einem weissen Gwändli werden, darüber sass ein feines, zartes Gesicht und lächelte dem Melk entgegen, mit goldigem Haar bis weit hinab und mit Augen, so leuchtig wie ein Strahl tief in einem grünblauen See.

Das Nebeli kam aber immer näher und war schon bald am Ufer, und dem Melk wollten in seinem Staunen schon die Augen aus dem Tschüder troolen, da entfuhr ihm ein »Jesses Mariili!«. Und gleich verharrte das Nebeli, legte das

Gesichtli schräg und sah den Melk an, als müsse es ettis studieren, und dabei murmelte es ganz gedankenverloren dem Melk sein »Jesses Mariili!« nach – und nachdem es das zum dritten Mal gemurmelt hatte, machte es plötzlich sehr entschieden kehrt und schwebte geschwinder, als es gekommen war, über den See zurück und die Rus hinauf und wurde immer dünner und durchsichtiger, und dann war es verschwunden.

Dem Melk kam aber noch im selben Augenblick ein Sehnen, dass es ihn fast verriss, und er rannte um das Seeli und suchte und rief und losete verzweifelt nach dem Echo. Wie sehr er aber auch rief, er hörte nichts mehr als seine eigete Stimme und fand nichts als drei goldige Fusstääpli im Schnee, zmittst auf einer vereisten Stelle am Ufer, aber die kamen von nirgendsher und führten nirgendshin.

Und als der Melk mänge Stund gesucht hatte und endlich früh am Karsamstagmorgen über den Saasberg zurück ins Glarnerland lief, war ihm vom Echo nichts geblieben als sein Sehnen – das hörte dafür so bald nicht wieder auf.

Der Melk verlernt das Träumen und lernt es wieder

Die Chamer Alp war eine kleine Alp bald hinter Linthal, mit nicht halb so vielen Stoss Veh wie auf Dräckloch. Alpnen tat ein Senntenbauer von der Bogglaui, der Stüssi Frigg, und der sömmerte vor allem sein eigetes Veh und sonst nur ein paar Milchkühe vom Stoldenbauern und von einer alten Witwe von der Reitimatt. Weil der Stüssi aber seinen Hof nicht weit von der Alp am Fuss vom Chamerstock hatte, schlug er dem Alpvogt vor, der Melk käme schon vor dem Aufzug zu ihm, so könne er ihm noch beim Abschönen und Vorschaffen helfen, und dem Tschudi war das mehr als recht, so könne der Melk den Grind verluften, meinte er und hiess den Stüssi, den Melk ja ordeli schaffen zu lassen, das Chrampfen sig drum noch immer die beste Medizin.

Dem Melk selber war es aber auch das Liebste, er kam recht bald z'Berg, wenn auch der Tschudi ihm noch gesagt hatte, müssen täg er dann nicht, für ihn sig auf dem Tschudihof immer ein Platz. Es zog den Melk aber an die Luft und weg von den Menschen, und wenn er auch lieber als Gaumer denn als Zusenn gealpnet hätte, wusste er doch, nachdem er ihn einmal getroffen hatte, dass der Stüssi beim Käsen nicht unnötig pläuderlen würde und auch von ihm nicht erwartete, dass er das Maul zu mehr als zum Essen abenand täg.

Und tatsächlich hiess der Stüssi den Melk, als der an einem Tag bald nach Ostern auf der Bogglaui ankam, nur gad das Bürdeli ablegen, fragte noch, ob der Melk durstig sig, und als der meinte, er heig erst gad gehabt, schickte er ihn ohne Spargimenter weiter auf den Under Alpstafel, damit er dort die Steine zusammenlese und daraus um das Hüttli eine Mauer mache. Zum Zvieri finde er im Hüttli Brot und Käs, und Wasser heig es im Quelleli am Alpberg.

Und so stieg der Melk allein zur Alp hinauf und hatte Zeit zum Studieren, raumte den ganzen Tag lang von den Weiden, was den Winter durch vom Chamerstock troolet war, häufte alles zu einem Mäuerli und stieg nicht wieder z'Tal, bevor es nicht zum Schaffen zu dunkel geworden war. Dort aber verschlang er ein Milchreis, das der Stüssi ihm gekocht hatte, und danach wies ihm der Bauer den Platz auf dem Ofenbank, und als der Melk einschlief, war er noch keine zehn Minütli im Haus gewesen.

Das Gleiche geschah nun jeden Tag, der Melk räumte Steine von der Weid, man hätte meinen können, der ganze Chamerstock sig auf die Alp gekommen, den neuen Zusenn zu gschauen. Und eine Mauer bauen war auch schwieriger, als es der Melk gedacht hatte, ein übers ander Mal fand er über Nacht einen Teil weggebrochen oder von einer verloffenen Geiss eingerissen, die über die Mauer gestägeret war – und so hatte er zwei Wochen hart gearbeitet, als der Bauer, der auch nicht einmal zum Melk auf die Alp gekommen war, eines Morgens meinte, jetzt sig es genug und die Weid soweit recht, der Melk sell jetzt noch auf den Ober Stafel gehen und dort das Gleiche machen.

Und so war der Melk bis in den Maien damit beschäftigt,

alle Planggen abzuschönen und die Weiden einzugrenzen, und jeden Abend fiel er todmüde auf sein Bänkli und schlief wie ein Stein. Und die ganze Zeit begegnete ihm kaum ein Lebewesen, ausser die Dohlen am Berggrat und einige Munggen und mängsmal von weitem ein Hütermeitli, das seine Geissen am Fätschbach gaumte, oder ein Bauer mit seinem Veh. Die hatten aber nicht zu ihm hingesehen, und gesprochen hatte er drum auch mit gar rein niemandem, ausser mit dem Bogglauibauern selber. Ja nicht einmal das Vreneli war vorbeigekommen und hatte grüezi gesagt, oder der Tschudi oder auch nur der Doktor Tuet – und nach dem ersten Monat war dem Melk schon, als sig er tot für die ganze Welt.

Nur einmal war, als der Melk von der Alp kam, der Pfarrer bei einem Gläsli in der Stube gesessen, hatte ihm den Scheitel tätschlet und den Stüssi gefragt, ob das jetzt der neue Zubub von Glarus sig, und der Stüssi hatte gemeint, ja, das sig er jetzt, und zum Melk hatte er gesagt, das sig der Pfarrer von Linthal, als hätte der Melk keine Augen im Grind, und der Melk hatte dem Pfarrer ein »Grüess Gott« gesagt, und da hatte der Pfarrer gemeint, er wells ausrichten, und ebigs über seinen eigeten Witz gelacht.

Der Pfarrer war aber auf die Bogglaui gekommen, weil der Stüssi eine Kuh hatte abtun müssen, ein schönes junges Chueli, das von einem Tag auf den anderen vor Schmerzen nicht mehr hatte mögen seichen und die Herde mit seinem Gebrüll vergelsteret hatte. In das Herz der toten Kuh hatte der Stüssi nach dem Schlachten zwei Nadeln so gesteckt, dass sie ein Kreuz bildeten, und das Herz in den Kamin gehängt, und danach hockten drei Tage lang drei Krähen oben aufs

Chämi und gwackleten mit den Köpfen und sahen immer mägerliger aus.

Bis eben der Pfarrer kam und dem Stüssi sagte, er verstäch ja dem seine Galle, er sell den Gugus jetzt aber lassen, im Underland wären drei der fürnehmsten Herren am Leiden und müssten, wenn er so weitermäch, noch sterben. Der Stüssi meinte daraufhin, er täg den Gugus schon lassen, aber er well dafür ein neues Chueli, und für ein Fabrikgesetz und gegen die Nachtarbet blübe er auch und würde das auch an der Landsgmeind äussern, falls das der Grund sig für den Zauber an seiner Kuh. Und darauf warf der Pfarrer die Stirn in Falten und sagte, wenn das dem Stüssi seine Meinung sig, dann könne er auch nichts machen, dann täg er das eben ausrichten.

So war das mit dem Pfarrer gewesen, und noch am gleichen Abend kam er wieder mit einem herzigen, fast roten Chueli, dem Vroni, und die Krähen flogen davon, und das Vroni wurde dann dem Melk seine Lieblingskuh.

Der Stüssi schickte ihn aber weiter die Alp abschönen und sorgte selber für seine Kühe, bis ihn der Melk eines Morgens fragte, wie lange er ihn denn noch zum Verraumen well schicken, er heig das einsame Müürliaufrichten schon da oben, und sich dabei ans Gurgeli langte.

Da antwortete ihm der Stüssi, als hätte er nur darauf gewartet: »Ja guät, dä gümmer duch z'Alp.« Und noch am gleichen Tag hatte er die Kühe vom Stolden und von der Reitimatt geholt und zog mit dem Melk auf die Alp, allein und ohne Tracht und ohne Treicheln und Schmuck für die Kühe, mit nur einem Hund, dem Bläss, und einem Sennchessi und je einem Sack mit Mehl und Salz.

Als sie losgingen, stellte der Melk verwundert fest, dass keiner mit ihnen kam, um z'Alp das Veh zu hüten. Dann dachte er erst, der würde dängg nachkommen und heig numen nicht so gschwind können. Am End fragte er aber doch den Stüssi, und der meinte, Gaumer brauchten sie keinen, sie hätten doch den Bläss, der sig der besser Gaumer als jeder Mensch, und so oder so sig ihm noch nie ein Chueli davongeloffen, so dumm sig keines.

Auf der Chamer Alp war dann aber überhaupt so mängs anders, als es der Melk vom Dräckloch her kannte. Melken taten sie gleich auf dem Platz vor der Hütte, ohne Stall und ohne die Kühe festzubinden, und die waren daran gewöhnt und hielten still, ohne dass auch nur eines je ein Sperenzli versucht hätte. Dann war der Melk bei der Melketen oftmals allein, der Stüssi fing derweil schon an käsen. Und wenn der Melk alle Kühe gemolken hatte und die letzte Milch geseiht und noch das eint oder ander wunde Euter gesälbelet, rief ihn der Stüssi auch schon, dass er ihm helfe, die Käsmasse aus dem Chessi zu lupfen.

Danach schickte er ihn gleich wieder aus dem Hüttli, vom Alpwald her Brennholz zu holen, und bis der Melk wieder auf dem Bödeli war, hatte der Stüssi die Käs auch schon unter der Presse und spazifizottlete über die Weiden, als sig er einer aus der Stadt, und dazu rauchte er Tubak, aber nicht in der Pfeife, sondern in einem Papier, das nannte er dann ein Zigerettli.

Der Melk aber musste die Molke aus dem Chessi schöpfen, denn gezigert wurde auf der Chamer Alp nicht, stattdessen hiess der Stüssi ihn die Molke in Brenten hinters Hüttli stellen. Und danach war es am Melk, die ganze Ledi zu putzen und auszuwaschen, und dann ging es ans Anknen, und der Stüssi spazifizottlete derweil immer noch – ausser er hatte wieder einmal ins Tal durab gemusst oder war auch einfach so verschwunden und rief erst, wenn die Chueli am Abend aufs Bödeli kamen, um sich wieder melken zu lassen, plötzlich aus dem Hüttli heraus, der Melk heig dann im Fall unter dem Chessi noch nicht angefeuert.

Nach der Abendmelketen durfte der Melk dann mit dem Veh auf die Nachtweid. Das hätte es zwar nicht gebraucht, die Herde fand den Weg auch selber, aber von der Weid stieg der Melk noch auf einen Hoger wie schon auf Dräckloch und jodlete eines, und nach dem ersten Englisch Gruss meinte der Stüssi, wenn der Melk auch der faulste Zusenn gewesen wäre, allein für seinen Englisch Gruss hätte er ihn z'Alp genommen.

Der Melk war aber nicht faul, sondern schaffig wie kein Zweiter, und Arbeit fand der Bauer ihm auch genug. Und wenn drum der Stüssi am Abend nach den Mehlspatzen oder dem Tatsch fand, jetzt wollten sie doch noch ein bitzeli zämenhöcklen, der Melk müsse ihm noch einmal den Kuhreiher singen, da war dem Melk numen noch ums Abliggen, und er beinlete graduus vom Tisch ins Tril und dachte bei sich, der Stüssi sell gad allein verhocken, der heig auch nichts müssen schaffen.

Der Stüssi höcklete dann aber auch nicht länger, sondern nahm die Käs vom Vortag und brachte sie in den Kässtadel unten am Alpberg, und bis er in tiefer Nacht zurückkam, schlief der Melk schon tief und fest und ohne das kleinste Träumli.

So ging es Woche um Woche, und jeden zweiten Tag

musste der Melk die Brenten mit der Molke auf ein Wägeli packen, das der Stüssi noch vom Bogglaui Hof geholt hatte, und dann spannte der Stüssi sich selber davor und lief mit der Molke zu Tal. Wohin er die bringe, sagte er aber, als der Melk ihn danach fragte, das täg der Melk noch bald genug erfahren. Und an diesen Tagen durfte der Melk sich ein Päusli gönnen und machte es dem Stüssi nach und spazifizottlete über die Wiesen, die so schön und gutgräsig waren wie fast nirgends, mit vielen Hungblumen und Frauenmänteli und Knaulgras und Liesch und allem Kraut, das eine Kuh so recht gern fressen mag, und wusste bald, dass der Stüssi schon etwas verstand vom Beweiden, wenn er auch vielleicht nicht so aussah.

Wenn er so am Spazifizottlen war, suchte der Melk aber oft nach dem Vroni, das neumeds am Hang seinen Zmorged verdaute, und lehnte ihm gegen den Ranzen und kraulte die roten Bubenzöchterli zwischen seinen Hörnern, und während er dem Bläss einen Stecken warf, hielt er mit dem Vroni einen Schwatz, und mängsmal klägelete er ihm auch sein Leid, dass niemand mehr mit ihm well ettis zu tun haben, und das Vroni schleckte ihm die Hand und hörte zu.

Eines Tages ging der Melk aber am späten Nachmittag nochmals ins Hüttli, um dem Vroni vom Schlecksalz zu holen, und da sah er auf dem Käsbrett ein grosses schwarzes Buch mit Seiten wie aus barer Haut liegen. Und weil er meinte, er müsse doch gad einmal lugen, ob er das Lesen noch harenbrächte, und auch gwünderig war, was der Stüssi ächt so las, hockte er auf ein Schemeli und fing an, im Buch ummenandzubuchstabieren und ettis herunterzulesen, von dem er auch nicht das geringste Wort verstand, in einem sertigen Chuderwelsch war alles geschrieben.

Er war aber noch nicht über das erste Absätzli hinaus, als der Stüssi mit füürzündgüggelrotem Tschüder und blitzenden Augen auf den Alpboden gesegglet kam und den Melk auf den Grind zu anpfutterete, er sell hantli wieder zurücklesen, sonst gschäch noch ein Unglück. Der Tüüfel sig nämlich schon auf dem Weg zur Alp, und das sig keinem anderen als dem Melk zu danken.

Und tatsächlich konnte der Melk, als er verschrocken durch die offene Tür lugte, schon den Hörelimaa über die Weid auf das Hüttli zuschreiten sehen und las weidli den Absatz hindertsi zurück – und wie er zwischen zwei hervorgestakleten Sätzen aus dem Türloch auf den Alpboden gügslete, sah er den Tüüfel bereits rückwärts von der Alp steigen, und als er wieder beim ersten Wort angelangt war, sagte der Stüssi, der weiter Ausschau gehalten hatte, jetzt sig es gut, jetzt sig der Siech gad dem Fätschbach zu verschwunden.

Danach tat der Stüssi aber, als wäre nichts geschehen, hockte an den Tisch und hiess den Melk Feuer machen und das Veh melken, und er selber zündete sich ein Zigerettli an, und dann holte er das Lab vom Gestell und tat dafür das Buch hinauf und legte die War zum Käsen bereit.

Als der Melk abends nach dem Melken das Veh auf die Nachtweid nahm, hatte er noch immer den Schreck in den Beinen und dazu eine Traurigkeit im Leib und vermisste das Vreneli noch ettis mehr als andere Male, und so blieb er noch lange auf dem Büchel hocken. Nach Jodlen war ihm aber nicht z'muet, stattdessen suchte er die Gipfel nach brünnigen

Gletschern ab und versuchte sich zu erinnern, was das für ein Bub gewesen war, der vor noch gar nicht langem zu Glarus in der Druckerei die Model geputzt und sich in ein Füchsli vergafft hatte – und schliesslich, so im Sinnen, was für ein Hosenpfüdi er doch damals gewesen sig, suchte er auch nach dem Bändeli, mit dem er das säb Füchsli vor nicht einem Jahr auf dem Bächigletscher festgebunden gefunden hatte, und zog es endlich verrupft und verdreckt tief aus dem Hosensack. Und noch während er darüber werweisste, warum das Vreneli ihn so gschwind vergass, kaum war er einmal von Glarus fort, und sich ganz fest vornahm, er jedenfalls well das Vreneli seiner Lebtig nicht vergessen, nicht als Mäntsch und nicht als Füchsli, band er sich wie zum Beschwören das Bändeli ums Handgelenk – und als er bald danach zum Hüttli durab stieg, da war es ihm, als sig der Schreck ob dem Tüüfel wie weggeblasen, und überhaupt war ihm viel wohler, fast so, als heig er ein Fenster aufgetan und spüre die kühle Luft auf der Haut.

Nach dem Znacht fragte der Stüssi den Melk schon gar nicht mehr, ob er mit ihm noch well verhocken. Er reiste die Käs und lief zum Kässtadel, und der Melk lag ins Tril und merkte erst im Liggen, dass er gar nicht müde war wie all die Wochen davor. Das Schlafen wollte ihm im Gegenteil erst überhaupt nicht geraten, und als er endlich doch wegnuggte, da traumte ihm, das erste Mal seit langem, und die strubsten Sachen: vom Hörelimaa, und der Stüssi rauchte ein Zigerettli übers ander, und zum Schluss hockte das Vroni zmittst auf dem Stüssi ab und war ein Gletscher und fing gleich Feuer an dem Stüssi seinem Zigerettli und musste lange Zeit ganz grüüli schreien, bis endlich ein dreifaches

Nebeli über den See kam und ihm zwei goldige Fusstääpli auf den Grind legte, da war es ruhig und wieder gesund.

Gegen Morgen wachte der Melk noch einmal auf, da war ihm, als sig das Schrättli wieder zu ihm gekommen und wärme ihm die Brust, und danach schlief er tief und zufrieden und ohne noch zu träumen, bis die Sonne ins Hüttli schien und der Stüssi an ihm rüttelte und verwundert meinte, die Chueli warteten auf den Melk, die wollten gemolken werden.

An diesem Morgen liess der Melk einen Juuchz nach dem anderen ab und mochte schaffen, als hätte er all die Wochen davor nur ausgeruht und den Kopf in die Sonne gehalten. Der Stüssi aber tat, als wäre alles wie sonst, hiess den Melk feuern und Holz sammeln und meinte nur, pressieren müsse der Melk dann heute nicht, das Käsen mache er heute allein, und danach müsse er noch auf den Ober Stafel und nachschauen, ob das Gras bald dick genug sig zum das Veh überobsi züglen, und drum lange es, wenn der Melk die Ledi bis zur Abendmelketen geputzt heig.

Der Melk pressierte aber umso mehr, und nach dem Holzen höselete er gleich ins Hüttli, da war der Stüssi schon auf und davon, und machte sauber und kochte die Kästücher aus und hatte vor dem Mittag schon alle Pöstli erledigt. Dann aber wusch er sich im Trog, und nicht nur das Gesicht, und putzte die Stiefel mit einer Hampflen Gras und segglete fädig das Bord durab auf Linthal zu und weiter der Linth nach und obsi gegen Fessis und dem Vreneli zu.

Er war schon über Sool hinaus und auf dem Weg zum Achseli, als er im Wald Rufen hörte und ihm der Balzli entgegenkam, bächnass wie der Melk und ausser Schnauf, und nicht gad freundlich meinte, er käme jetzt express von Fessis herab. Dort heig er wellen das Vreneli überraschen, der Fessisbuur heig aber gemeint, das sig heute zum Melk auf die Chamer Alp, und ob der Bauer denn jetzt einen Seich verzapft heig. Aber das wusste der Melk auch nicht zu sagen.

Sie liefen dann gemeinsam wieder z'Tal, und unterwegs verzellte ihm der Balzli, dass er heuer nämlich nicht mehr auf Silberen gaume, weil der säb Senn sich im Winter beim Holzen mit der Axt verletzt heig, und der neue sig mit Frau und Kind z'Alp und brauche keinen Hüter mehr. Jetzt war er der Kuhbub auf Limmeren ob Linthal, was ihn nicht eben freute, sein Senn war drum ein gemeiner Siech, der ihm immer nur bös wollte, und Freunde hatte er dort auch keine. Dass der Melk recht in der Nähe alpnete, hatte er erst heute erfahren, er hatte dervor gemeint, der sig zu Glarus geblieben. Und das Vreneli wollte auch nicht mehr zu ihm kommen, seit er von Silberen herab war, und drum war es ihm heute auch zeismal gewesen, er müsse jetzt halt selber zum Vreneli.

Der Melk verriet nicht, dass es ihm abgeschnitten gegangen war wie dem Balzli. Der schnurrete aber auch allein für zwei, und wenn der Melk gschwinder laufen wollte, weil ihm doch womöglich auf der Chamer Alp das Vreneli wartete, da stand der Balzli dafür gad z'Trotz still und meinte, er heig jetzt ettis derenweg Spannends zu verzellen, dass es im Laufen gar nicht mög brichtet werden, der Melk sell aber auch nicht ein sertiger Strüttihund sein, und bei sich dachte er, das gschäch dem Melk nummen recht, wenn der das Vreneli vergebis warten läss. Und am Schluss kam es so heraus, dass der Melk dem Balzli vorschlug, er sell gad mit ihm auf die Chamer Alp kommen und den Rest beim Aufstieg verzellen, aber er könne jetzt das Vreneli wirklich nicht länger warten lassen. Und als der Balzli trotzdem nicht aufhören wollte mit seinem Geschnurr, segglete er einfach los und seiner Alp zu, und wenn der Balzli auch gewollt hätte, er hätte dem Melk nicht mehr nachen mögen.

Als aber der Melk mit dem Einnachten auf den Under Stafel kam, war da kein Vreneli. Der Stüssi war auch noch nicht zurück, nur das Veh wartete wieder einmal auf dem Bödeli, und so holte der Melk den Kübel, band sich den Einbeinigen um und hockte nieder zum Melken. Dazu brauchte er in seiner Müedi und Leere aber eine Ebigkeit, und als endlich das Vroni an der Reihe war, war es schon dunkle Nacht, und es dauerte einen Weil, bis der Melk bemerkte, dass das Vroni einen Dreck auf der Flanke hatte, und noch länger, bis er begriff, dass da ettis geschrieben stand, und zwar: »Bisch morgen zmitag beim säben Kuhli?« Und nachdem der Melk das Veh auf die Nachtweid gebracht hatte, liess er einen Kuhreiher ab, der Stüssi meinte später, der heig ihm in seiner Glut juscht die Milch im Chessi versotten.

Als der Melk von der Nachtweid herab aufs Bödeli kam, stand der Bauer nämlich zeismal in der Hütte und käste, als wäre er nie fort gewesen, und den Znacht hatte er auch schon bereitet. Beim Essen sagte der Stüssi dann nichts mehr und fragte auch nichts, sondern löffelte numen ruhig sein Türkenmues und forderte den Melk freundlich auf, zu essen und keine Löcher in die Gebse zu gaffen, und drückte ihm den hölzigen Löffel in die Finger. Nur am End, als er schon wieder sein Zigerettli trüllte, fragte er noch, ob der Melk eigentlich am Abend nicht den brünnigen Gletscher am

Euloch gesehen heig. Und wie der Melk fast erschrocken sagte, er heig rein gar nüüt gesehen, da meinte der Stüssi, bevor er zum Rauchen in die Nacht hinausging, freundlich und als gebe er ihm ein Ärbetli auf: »Dänn isch es dängg a der Ziit, dass d lerntsch recht luägä.«

Der Hagelzauber

Das sig wie verhext gewesen, sagte das Vreneli am anderen Tag auf der Weid, während es ein Butterblümli verrupfte und dem Vroni vormachte, wie es aussah, wenn es am Wiederkäuen war. Die ganze Zeit heig es gewerweisst, wo der Melk täg schaffen, aber ständig heig es ettis auf Fessis behalten, oder dann, wenn es schon einmal zu Glarus gewesen sig, heig es niemert getroffen, der ihm deswegen hätte auskunften können, oder wenn es doch einmal etter getroffen heig, den Tschudi oder seine Frau, dann heig es graduus vergessen, was es hätte wellen fragen, und es sig ihm erst auf dem Heimweg wieder z'Sinn gekommen. Und erst als es vor zwei Tagen nächtig endlich an den Doktor Tuet geriet und der ihm von sich aus sagte, es sell doch einmal zum Melk auf Besuch, der sig beim Bogglauibauern zu Linthal, da erkannte es endlich, dass der Stüssi um den Melk einen Bann gezogen gehabt hatte, und der war jetzt gebrochen.

Und als der Melk dann dem Vreneli vom Vroni und den drei Krähen verzellte und von seinem härten Chrampfen z'Alp und seinem tiefen und traumlosen Schlaf seit due, und dann vom Stüssi seinem Buch und davon, wie alles anders geworden war, seit er eben nächtig vor zwei Tagen dem Vreneli sein Sammetbändeli wieder angezogen hatte, da sagte es gad: »Gsihsch, drum hä dr ja das Bändeli duä a dr Chilbi au aagleit kha. Wänn d das träisch, gaht ä kä Zauber vu dr usä, und es chunnt ä keinä zu dr inä – ussert vu dem, wos dr aagleit het.« Das Letzte sagte es ein bitzeli verlegen, aber bevor der Melk das merkte, hatte es schon weitergeredet und ihm verzellt, dass dieses Bändeli nämlich eine rare Sach war und mängs wert, im Guten wie im Bösen, und dass er es ab jetzt immer tragen müsse, ausser er well zaubern, dazu müsse er es abtun.

Bis das Vreneli verriet, wie es gekommen war, dass es als Füchsli mit dem säben Bändeli auf dem Bächifirn festgebunden war, musste der Melk recht herzlich bitten. Dann verzellte es ihm aber, dass ihm halt ein Hexer aus der March nicht gut gesonnen war und das Vreneli, als es dort einmal ettis zu verrichten hatte, heig wellen auf den Gletscher bannen. Nur was es auf einem Gletscher zu verrichten gehabt hatte, das mochte es ums Verrecken nicht verraten – das Einzige, was es sagte, war, das zeige es dem Melk dann einmal in der Natur. Dem Melk war das recht, dafür wollte er aber wissen, was das Vreneli dem Hexer getan heig, dass der es asenweg verfolge, und ob er jetzt müsse Angst um ines haben.

Also Angst müsse der Melk ganz bestimmt keine haben, meinte das Vreneli und gigelete, ihm mög so bald niemert ettis, für das sig es zu gescheit. Wie es aber an den säben Hexer geraten sig, das heig mit dem Fralein Heer zu tun und sig eine Geschichte, die es dem Melk numen verzell, wenn er ganz fest verspreche, es ja nie etterem zu verzellen, solang das Vreneli am Leben war, sonst mög es ihm am End doch noch gefährlich werden. Bis jetzt wisse drum der Hexer dem Vreneli seinen Namen nicht und kenne es numen vom Sehen, und das sell auch so bleiben.

Mit dem Fralein Heer war es aber so, dass das ein sehr hübsches Meitli war mit einer so zarten Haut, dass man ihm den Kaffi durch die Kehle rünnen sah, und drum hatte es auch mängen, der es heiraten wollte. Jetzt war es aber dem Fralein Heer damit nicht gad pressant gewesen – bis es einmal von einem Burscht zu einem Eierküechli eingeladen wurde. Danach konnte es nämlich nicht mehr von ihm lassen, obwohl es eigentlich gar nicht glücklich mit dem Burscht war und ihn ein Läubi und einen Glünggi fand, aber es war eben eine zwiespältige Sach und ettis wie ein Zauber. Und endlich ging es drum auch zum Pulsterenwiibli und bat es um seinen Rat, und das gab ihm ein Pülverli zu nehmen, und danach erbrach das Fralein Heer ein Schlängli, und als es das ins Feuer geworfen hatte, war es vom Zauber frei.

Nur war daran der Burscht zu Tode erfallen, und jetzt war sein Vatter, der eben der säb Hexer war, hinter dem Fralein Heer her und wollte seinen Bub rächen, und eines Tages päcklete er das Fralein Heer von der Gass weg und nahm es auf sein Ross und ritt mit ihm davon, das Fralein Heer meinte später, sie siged bis vors Höllentor geritten. Dort musste es eine Brente oder zum mindesten einen Biner voll Pech und Schwefel trinken, und danach zog der Hexer ihm die Haut ab und machte daraus einen Grauschimmel. Den zäumte er mit einem Bändeli wie eben dem Melk seinem, und dann ritt er mit dem Ross, das eigentlich das Fralein Heer war, über die Alpen, bis es halb tot war.

Er hätte es wohl auch totgeritten, aber da war er selber schon so müde, dass er zmittst auf dem Glärnischgletscher abhocken und ein bitzeli verschnaufen musste – und dort auf dem Glärnischfirn war eben das Vreneli zufällig ettis am

Machen gewesen. Das wusste aber gad, was für ein Bändeli das an dem Ross war und konnte sich drum auch zum Ross einiges denken und lockte den Hexer dervon weg, indem es Füchsli spielte, und der Hexer wollte es fangen. Und dann schlug es einen Haken und lief zum Ross zurück und nahm dem das Bändeli ab, und da konnte das Fralein Heer zum mindesten wieder schnurren und verzellte dem Vreneli, wie es um ines stand, und das Vreneli gumpte weidli dem Fralein Heer in den Sattel und ritt mit ihm im Galopp über neunundneunzig Friedhöfe, denn das war das Einzige, was das Fralein Heer erretten konnte. Der Hexer kam aber als schwarzer Hengst hinterdrein galoppiert, und am Schluss mögte das Fralein Heer gad noch in einem grossen Satz über das Müürli vom neunundneunzigsten Friedhof gumpen, das war neumeds im Appenzellischen oben, als der Hexer heran war und dem Schimmel nach dem Schwanz biss und damit dem Fralein Heer den Zopf abrupfte. Das war aber auch das Letzte, was er ihm zu Leid werken konnte, bevor das Fralein Heer wieder ein Mäntsch und vor dem Hexer sicher war, und drum auch weiter nicht schlimm – numen auf der Heimreis war es dem Fralein Heer ein bitzeli gschamig zumut gewesen so ohne Mützli und ohne sein schönes Haar.

Am End meinte das Vreneli dann, jetzt heig es drum der Hexer auf ines abgesehen. Aber das sig keine gefährliche Sach, es gäb numen mängsmal so Sachen, wenn es die miech, mög es nicht so ans Aufpassen denken, und dann könne der Hexer es under Umständ päcklen. Was das für Sachen waren, das wollte es aber nicht sagen, nur, dass es auf dem Bächifirn due halt ettis dertigs am Angattigen gewesen sig, und der Melk sell jetzt nicht ein Gesicht wie eine abekiite Ruesstili machen und so aufgeregt ummengischplen und dem Vroni im Versehen noch die Augen auskratzen – es wisse nämlich schon selber recht gut, was es zu tun heig.

Den Melk beruhigte das aber nicht, und so wollte er, dass das Vreneli ihm verspreche, sertige Sachen, was immer fürtige, nicht mehr ohne ihn zu machen, er täg es dann beschützen. Und da musste das Vreneli ordeli gigelen und sagte: »Ämal luägä, öb du so Sachä verliidsch. Und dänn, wänn d würggli witt geged der Häxer aatrettä –« Es machte seinen Satz aber nicht fertig, sondern sprang auf und meinte, der Melk sell ihm jetzt lieber das Buch vom Stüssi zeigen, vielleicht stehe darin ettis Gescheiteres, als der Melk da verzapfe.

Mit dem Buch wollte der Melk erst nicht recht heraus. Aber das Vreneli meinte, der Stüssi müsste es ja nicht so offen im Gestell liggen haben, wenn er nicht wollte, dass der Melk darin schneugge, und da mochte auch der Melk nichts Unrechtes mehr sehen. Und dazu hatte er eine so ebige Freud über seinen Besuch, er wäre wohl noch mit dem Grind voran vom Tril gesprungen, wenn das dem Vreneli gefallen hätte.

Ausserdem wusste das Vreneli sehr gut, wie man mit einem sertigen Buch umgeht, und sah erst nach, ob dem Melk das Bändeli auch fest sass, und dann sass es mit ihm an den Kästisch und las vorsichtig und von hinten nach vorn in dem Chuderwelsch und tat das so ernsthaft, dass den Melk das Gelächter überkam. Das Vreneli lachte aber nicht, es las fort und sagte bald, das sig ein ganz besonderes Buch, aus dem mög der Melk ettis lernen.

Dann fing es ihm an beizubringen, wie man das Chuderwelsch liest, dass es ettis heisst, und wie man ein Buch wie dieses überhaupt anlangt und dass der Melk ohne Gefahr darin lesen könne, aber ja niemals ohne das Bändeli, wenn er an seinem Leben hange. Und dann machte es das Buch wieder zu und meinte, jetzt sell er über Nacht studieren, ob er tatsächlich das Zaubern well lernen, der blosse Gschpass sig es nämlich nicht, und es selber werke lieber mit den eigeten Händen und läss das Zaubern für den Notfall.

Der Melk sagte gleich, was das Vreneli könne, das well er auch können. Das Vreneli blieb aber dabei, er müsse erst darüber nachdenken, davor zeige es ihm gar nüüt. Und dann meinte es nur noch, der Melk sell jetzt lieber lugen, dass seine Arbet gemacht sig, bis der Stüssi vom Stachelberg zurückkomme, und danach ging es in den Milchkeller und fing an anknen, und der Melk erfuhr weder, warum das Vreneli wusste, wo der Stüssi heute hin war, als er mit der Molke ins Tal durab war, noch wie jetzt das Zaubern anzugattigen war.

Kurz danach war der Stüssi zurück und rief in den Milchkeller, er heig ettis zu bereden, und zwar mit beiden, und als der Melk und das Vreneli die Stiege hinaufkamen, hockte er schon am Tisch mit drei Chacheli voller Milch und drehte sich ein Zigerettli und hiess sie an den Tisch hocken und trinken. Dabei sagte er einen Weil gar nichts, sondern sah nur freundlich und gwünderig vom einten zum anderen, und endlich meinte er, das gefalle ihm, dass das Vreneli hier sig, es möge numen diggemal auf die Chamer Alp kommen, eines wie es sig immer willkommen. Das sig aber auch schon alles, was er heig wellen sagen. Nur eines müsse der Melk noch wissen: dass er ihn nämlich im Lanzig derenweg heig chrampfen lassen, und dann noch so allein, das heig er nicht gemacht, um den Melk zu plagen. Eigentlich verlange es ihn nach gar keinem Zusenn, er könne die Alp gut allein führen. Aber da der Melk heig wellen sein Zusenn werden und solang er ihm jeden Abend eines jodle, sig es ihm recht mit ihm. Als Zusenn heig der Melk aber seine Pöstli, die sell er weiterhin erledigen, wie er es bislang getan heig, und wenn er ettis anders well tun, das Käsen erlernen oder was auch immer, so sell er es sagen oder auch einfach ettis für sich pröblen oder zämen mit der Vriinä, das sig allein dem Melk seine Entscheidung, er jedenfalls läss ihm da die Freiheit. Und jetzt heig er lang gschnurret und doch nüüt Rechts herausgebracht und versuche es noch ein letztes Mal in rechtem Tüütsch: »Solang gmulchän isch und ganggnet und gholzet und putzet, mach du diini Waar, und ich machä miini, und wännd ettis witt, dä mach ds Muul abänand.« So, und das war es gewesen, und der Stüssi ging mit seinem Zigerettli vor die Tür.

Der Melk hatte nicht mängs verstanden gehabt, das Vreneli musste ihm schon erklären, der Stüssi heig nichts anderes wellen sagen, als dass der Melk ihm lieb sig und er ihm nicht bald ettis auf die Chrumm nähmt. Danach sprach das Vreneli vom Stüssi aber mit einer sertigen Achtung, dass der Melk fast eifersüchtig wurde und gad sagen musste, dem seine Zigerettli mögten ihn aber ein rechtes Wiiberzüügs scheinen – anders wäre ihm nicht so bald wieder wohl geworden.

Am anderen Tag wollte der Melk das Zaubern noch immer lernen, und so erschien nun oft nach dem Melken das Vreneli auf der Chamer Alp und ging mit dem Melk ins Holz, und danach hockte es mit ihm in die Chuchi und lernte ihm das Zaubern, jeden Tag ein Sprüchli, und dann hörte es ihn auf der Weid ab und liess nicht nach, bis der Melk nieneds mehr einen Seich abliess und am End noch etwas Gefährlicheres zauberte, als es das Vreneli ihm beigebracht hatte – das waren nämlich alles nur kleine, herzige Zauber, mit denen er keinem z'Leid werken konnte. Aber das Bändeli abtun und das Zaubern so richtig probieren durfte der Melk doch noch nicht.

Der Stüssi aber musste, wenn das Vreneli kam, meistens gad vom Hüttli weg und den Ober Stafel für den Aufzug bereiten oder mit der Molke in das säb geheimnisvolle Stachelbad, von dem das Vreneli gesprochen hatte und bei dem der Melk sich eine abenteuerliche und gefährliche Sache dachte, obwohl das Vreneli immer nur lachte, wenn er dermit kam, und meinte, er sell doch den Stüssi selber fragen, was der mit der Molke anfange, und das wagte der Melk natürlich nicht, dazu schien ihm das alles zu bsunders und geheim. Und so ahnte der Stüssi nichts von dem Melk seinen Zauberstunden – oder er tat auch nur so, aber darüber studierte der Melk nicht nach, ihm langte es, dass der Stüssi nach nichts fragte und nichts zu reklamieren fand, sondern am Abend stets numen meinte, der Melk heig seine Arbet recht gemacht und jetzt sell er aber noch eines gogen jodlen.

Dann kam nach bald zwei Wochen der Tag, an dem der Melk das Bändeli abtun und einen ersten kleinen Zauber tun durfte und es ein bitzeli luften und blasen lassen, wenn auch nur so um den Alpboden herum, und danach noch ettis regnen. Daderfür sagte er ein Sprüchli auf und vertleerte aus einem Beggeli einen kleinen Gutsch Wasser, und am Anfang hielt ihm das Vreneli noch die Hand mit dem Beggeli, aber dann mit der Zeit half es ihm fast gar nicht mehr, und der Melk war eine ebige Stölzi, als er ein richtiges Wölkli an den Himmeln zaubern und es auf das Hüttli seichen lassen konnte.

Als das Vreneli sich dann aber auf den Heimweg gemacht hatte und der Melk allein auf der Alp war, packte ihn plötzlich ettis, und er mochte wollen oder nicht, er musste das Beggeli ein zweites Mal mit Wasser füllen und noch eine gehäufte Hampfle Rossbohnen dazutun, und dann zwang es ihn, alles in einer einzigen grossen Schwetti auszuleeren, nur um zu sehen, was dann geschäch. Im selben Augenblick zog es sich aber in dicken chöligen Wolken zusammen und tröpfelte nicht mehr nur, sondern strääzte herab wie eine Wand von Wasser, und es fing an zu hageln in katzengrossen Blöcken, dass es leicht das Veh erschlagen und die ganze Alp vom Chamerstock geschwemmt hätte, wäre nicht zeismal der Stüssi in langen Schritten über die Weid gekommen, hätte im Hüttli eine Sägetsen geholt, sie mit der Scheide nach oben himmelwärts gehalten und höhnisch in die schwarzen Wolken hineingerufen: »Itz tuä du numä brünzlä, du Sausiäch!«

Da rief es wie in einem einzigen Donnern und Grollen herab, er well das doch in ds Herrgotts Namen nicht machen, das sig nicht recht, und gleich darauf war die Sägetsen voller Blut und das Regnen und das Hageln hatten ein End. Der Stüssi blinzelte aber dem Melk zu und meinte: »Ich hä duch dänggt, es bruuchi nüd mih as es Ghörigs i Hinder!« Dann drückte er ihm die Sägetsen in die Hand und bat den Melk, sie doch bisseguet zu putzen und wieder ins Hüttli zu stellen, und ging hinein.

Danach mochte der Melk dem Stüssi gar nicht mehr in die Augen schauen, bis es dem beim Znacht zu blöd wurde und er sagte, sertigs würde doch einen Mann nicht gleich bodigen, jetzt wüsste der Melk zum mindesten, dass es im Zaubern vor allem anderen um das richtig Mäss gech, und eine sertige Erkenntnis, das sig doch ettis. Der Melk meinte trotzdem, er läss den ganzen Seich besser bleiben, er heig doch schier das Veh auf dem Gewissen, und den Stüssi am End noch mit. Da lachte der Stüssi und sagte, also ihn hätte es so bald nicht vertwütscht, er wisse sich zu wehren. Aber das sig es eben mit dem Zaubern, ein bitzeli Zaubern gech immer letz. Wenn eines damit anfange, müsse es auch bis ans Ende gehen, sonst bleibe der Leibhaftige der Stärker. Der Melk sell jetzt aber einfach brav zu Bett gehen und das Bändeli abtun, er well dann wieder dafür sorgen, dass er ohne böses Traumen durchpfuuse. Und morgen sell er das Ganze dem Vreneli verzellen und losen, was das ihm sage, und dernach gsäch alles wieder ganz anders aus. Der Melk meinte darauf, ins Tril täg er gehen, aber dem Vreneli würde er nichts verzellen, das könnte er nicht. Da wurde der Stüssi aber zum ersten Mal so richtig gällig und meinte, das täg dem Melk so pässlen, er müsse dankbar sein, dass er eines heig wie das Vreneli, das sig ihm der beste Lehrmeister und mehr als das, und wenn er dem gegenüber nicht aufrichtig sig, dann könne er gad seine War packen und verreisen, dann sig er keinen Boggmischt wert. So, und jetzt well er, dass der Melk hinausgech und den Englisch Gruss über die Alp jodle, dass der Herrgott nicht ob all dem Tüüfelsplunder noch das Wachen hier oben vergesse. Und dabei möge der Melk sich besinnen, was er eben für einen Mist verzapft heig, und danach sig alles vergessen.

Als der Melk dann auf dem Hoger stand, war es ihm aber so überhaupt nicht nach Singen z'gmuet, dass er einfach nur in die Wiese hockte und ins Tal durab sah, das an dem Abend so unendlich grau und müde aussah, dass es der Melk sich gar nicht vorstellen konnte, dass dort unten selbst an einem sertigen Abend lebige Mäntschen daheim wären.

Dann aber kam der Stüssi zu ihm und legte ihm den Arm um die Schulter und schaute mit ihm in die Nacht. Und irgendwann begann er zu reden und sagte dem Melk, dass das Zaubern allein noch nicht mängen zu einem glücklichen Menschen gemacht heig, immerhin aber könne es helfen, dass einer nicht ganz und gar unglücklich würde. Es gebe halt welche auf der Welt, denen werde ihrer Lebtig das Leid gewerkt, die siged den Geistern und den Mendrisch und den Hexen als wie ein Spiss unter der Haut. Sertige müssten aber lernen, sich zu erwehren, und gegen Geister helfe halt nichts anderes als das Zaubern. Und wenn der Melk jetzt am End denke, es sig ihm gleichviel, ob er derenweg noch weiterlebe oder ob ihn ein Mendrisch hole, so könne er es ihm gar nicht verdenken, sertigs heig er auch oft im Grind. Es sig aber ettis anders, ob das Mendrisch einen selber hole oder ob es eines mit sich nähmt, das einem lieb und teuer sig, und man selber müsse danebenstehen und könne nichts dagegen tun – das nämlich sig tuusigmal schlimmer, als selber zu sterben. Und solang der Melk eines heig, das ihm am Herzen liege, sig er drum gut beraten, das Zaubern zu erlernen, denn wenn er einmal ohnmächtig heig erleben müssen, wie etter Liebes ihm derenweg davonkäme, dann sig danach das Leben kein Schleck mehr und zum Zaubern lernen sig es dann zu spät. Der Stüssi sagte das aber asenweg tuucht und müde, dass der Melk ihn gar nicht ansehen konnte und ihm ums Heulen war wie noch selten davor.

Ob der Stüssi meine, dass er mit seinem Zaubern einmal etter könne erretten, fragte er ihn dann endlich. Darauf sagte der Stüssi weder ja noch nein. Es liege beim Melk, wozu er das Zaubern gebrauche, Gelegenheit für Gutes sig immer. Er müsse einfach wissen, mit dem Zaubern sig er im Handschlag mit dem Hörelimaa. Das heisse zwar so noch nichts Schlimmes, denn was die Leute im Tal so verzellten, dass es das Bös gäb und das Gut, und der Tüüfel sig das eint und der Herrgott das ander und der Mensch ein Kind vom säben und versucht vom anderen, das sig alles zu einfach und so nicht wahr, und gad einem Quatemberkind sig schon mängsmal ein Toggeli oder Tunscheli freundlicher begegnet als der Herr Pfarrer. Am End sig alles eins, das Bös und das Gut könnten beide dem Menschen keine Freunde sein, andere Menschen siged das Einzig, was wirklich zähle. Den Tüüfel oder den Herrgott möge einer brauchen, wie man eine Sägetsen oder einen Löffel brauche, aber einen Freund oder eine Freundin, das sig ettis ganz anders, das sig ettis, für das es sich lohne zu leben – für ein Toggeli oder einen Pfarrer oder auch für den Herrgott selber lohne das nicht mehr, als es lohne, für einen Löffel zu leben. Und was das Zaubern angech, so könne sich der Melk zwar einen Freund nicht herbeizaubern wie ein Gschpängschtli, aber vielleicht könne er dereinst mit Zaubern einen erretten – und allein dafür lohne es, das Zaubern zu erlernen. Und ganz bestimmt, wenn man eine solche Freundin heig, wie das Vreneli eine sig.

Jetzt musste der Melk doch noch brieggen. Aber der Stüssi schien wieder einmal nichts zu merken und stellte nur fest, es sig ja derenweg dunkel geworden, man sehe die Hand nicht mehr vor Augen. Und drum gech er jetzt und stelle ein Licht vor die Hütte, so finde der Melk den Heimweg besser und stürchle ihm nicht noch z'Tal.

Der Venediger kommt

Zwei Tage darauf zügelten sie das Veh auf den Ober Stafel. Als das Vreneli dann auf die Alp kam, nicht vom Tal her, sondern aus der Wildi, vom Chamerstock herab, hatten sie gad die erste Melketen, und es half mit, und danach musste der Melk für ein krankes Chueli ein Edelweissteeli bereiten und es einen Weil beschnurren, davon zu trinken, und das Vreneli ging zum Stüssi ins Hüttli und sah ihm beim Käsen zu und berichtete ihm ettis Politisches, das es zu Glarus gehört heig. Und als der Melk endlich sein Teeli ans Chueli gebracht hatte und mit dem Vreneli ins Holz ging, lag ihm sein missratener Zauber schon so weit zurück, als wäre er in einem anderen Leben geschehen, und dass das Vreneli am End davon noch nichts wüsste, kam ihm gar nicht mehr z'Sinn.

Und so war es halt das Vreneli, das anfing zu pläuderlen, und von ettis ganz anderem, und ihm verzellte, dass es am Abend, als es beim Melk gewesen war, dernach noch von einem Siech von Schuhmacher in den ›Eidgenoss‹ zu Schwanden zum Kaffi geladen gewesen war.

Der säb, der Hampä, hatte drum gad eine Wette gewonnen gehabt, am Schwarz Tschingel eine Nacht in einem Hüttli zu verbringen, in dem ein Boz umging, und dort einen Schuh zu bestechen. Das Boz war dann auch wahrhaftig gekommen und hatte gfürchig getan, und einen Sauengrind hatte es und machte dem Schuhmacher das ganz Werkzeug durenand, und dann röstete es noch seine eigeten Schinken über dem Feuer und schnitt mit einem Hegel Schnäfel davon ab und frass sie und wollte dem Schuhmacher auch abgeben. Aber als es dem ums Verroden vor nichts grausen wollte und er numen meinte, er nähmt schon von dem Schinken, er haue aber lieber mit seinem eigeten Messer einen Mocken aus dem Boz, da war es am End das Boz, das Schiss bekam und z'jääbletsen verhöselete und dem Schuhmacher das Hüttli überliess.

Beim Käffelen mit dem Vreneli hatte der Tuusigsiech dann gar gemeint, jetzt ginge er gad noch einmal und bestäch einen zweiten Schuh, dann heig er wenigstens ein Päärli, und die würd er dann immer tragen und wäre damit unbesiegbar. Aber das mache er numen, wenn das Vreneli danach zur Belohnung mit ihm in ein Znachtessen käme, und dann fürnehm, nämlich zu Glarus im ›Ochsen‹.

Das Vreneli hatte dann nächtig vergebis vor dem ›Ochsen‹ gewartet, und drum war es jetzt noch gschwind auf dem Schwarz Tschingel gewesen und hatte nach dem Hampä ausgeschaut. Den hatte es aber nicht mehr gefunden, nur im Hüttli sein Schuhmacherzüüg und davor seine Stapfen im Schnee und die Spuren vom Boz. Denen lief es dann halt nach, vom Tschingel über den ganzen Kärpf und Hausstock, dort waren dem Hampä seine Stapfen aber blutig geworden, und weiter über den Biferten bis auf den Tödi hinauf, wo die Resten von dem Hampä seinen Schuhen lagen, die hatte er sich ab den Scheichen geloffen gehabt. Und unter dem Gemsfairen endlich fand es den Hampä selber, mit den Füssen bis zu den Wädli hinauf abgeloffen und am Hals an einem Tanndli aufgehangen.

»Ich hä nä dä nuch gschwind im Ful Fad obän in ä Schlitz inä kiit«, sagte es zum Schluss, und nach einem Ziitli z'tschuderetsen: »Grüüsig isch es gsii.«

Als sie dann beim Holzen waren, hatte das Vreneli es vom Wetter, weil es im säben Jahr so selten regne, aber wenn, dann immer gad so heftig und mit Gwitter und Hagel, und da kam es dem Melk doch wieder obsi wegen seinem Zaubern und trieb ihm den Schweiss ins Gnick. Und bevor er sich noch fassen konnte, hörte das Vreneli zeismal auf gschprächlen, kauerte vor seiner Nase und zmittst im Satz über einen Flecken Gras und lüpfte das Röckli und brünzlete gad so z'ständletsen auf den Flecken nieder. Und dabei meinte es zum Melk, er müsse gar nicht so lugen, zu Afrika würden das die Frauen immer so machen, und schaden täg es denen nicht, soviel es wisse.

Der Melk wurde dann rot und fand, das sig ihm ganz gleich, wie das Vreneli brünzle, und lugen dürfe man doch noch, sonst hätte es halt hinter einem Baum sellen, und da meinte das Vreneli, wenn es ihn derenweg interessiere, dann täg es ihm dann doch einmal zeigen, was es auf dem Gletscher amed so mache.

Bevor der Melk aber richtig gwündern oder sonst etwas zu säber Sach sagen konnte, kam der Balzli aus dem Wald gesegglet als wie von einem Hummeli gestochen und pfutterete gegen den Melk und hängte dem Vreneli Schlötterlig an, was für ein Sauniggel es sig und was für ein Treuloses, ihm erst einen Schmutz zu geben und dann sertigs, und dann speuzte er dem Vreneli ins Gesicht und segglete davon, und wie er ein paar Schritte weiter weg war, drehte er sich nochmals um und warf seinen Hüterstab auf die beiden.

Das Vreneli hatte aber die ganze Zeit das Maul nicht abenand getan und dem Balzli nur stumm zugesehen, und auch jetzt sagte es nur: »Ab hütt chusch dr selber luägä, Balzli!«, und nahm den Stecken und schleuderte ihn weit über die Alp und noch viel weiter, über das Scheidstöckli und Wichlenmatt und das Zwölfihorn bis hinter den Mörder, und dort schlug der Stab ein Loch in den Piz Segnas, durch das dann die Sonne ins Sernftal schien.

Der Balzli aber höselete z'chifletsen der Limmeren Alp zu. Vom Geisstritt warf er noch ein paar Steine, danach war er über den Grat und blieb seither verschwunden.

Von dem Vreneli seinem Gletschergeheimnis war an dem Tag keine Rede mehr, das Vreneli blieb schweigsam und der Melk auch, und die nächsten Wochen kam es auch nicht mehr so häufig auf die Chamer Alp. Einmal besuchten sie auf dem Tödi eine Herde Steinböcke und hatten es schön miteinander, und ein anderes Mal kam das Vreneli, um ihm ein Kleidli vorzuführen, weil das Fralein Heer es zu einer Reise ins Schaffhausische eingeladen hatte, und der Melk musste ihm sagen, dass es auch für die säben im Flachen schön genug war.

Vom Zaubern aber fing das Vreneli von sich nicht mehr an, und fast war dem Melk, es wisse halt doch von seinem Seich mit dem Gewitterzauber – und so konnte er sich lange nicht entscheiden, ob er jetzt denken sollte, das Vreneli heig über allem anderen das Zaubern einfach vergessen, oder aber ob es ihm das Zaubern jetzt nicht mehr zutraute und fand, er heig es betrogen mit seinem dummen Pröblen, und am

End hatte es ihn vielleicht gar nicht mehr so gern wie früher, sondern hielt ihn für einen ausgemachten Südergoof und tat numen noch freundlich mit ihm.

Dann bekam eines Tages der Stüssi Besuch, und das brachte es mit sich, dass der Melk wieder anfing zu zaubern. Dem Bauern sein Gast war ein Venediger in bunt gescheck-tem Gewand mit roten Hosen, der den Melk als Melkiore ansprach und den Stüssi als Federiko und überhaupt mit dem säben ein überaus gschpässiges Welsch gagste, von dem der Stüssi dem Melk dann sagte, bei dem diheimed schnurre man eben so und nicht anders.

Der Venediger, das hatte der Melk bald heraus, war ein Freund vom Stüssi von früher, der schiints seit vielen Jahren immer wieder zu ihm auf die Alp kam, um ettis zu tun, das nannte der Stüssi Strahlen, und als der Melk das nicht verstand, sagte er, der Dario sammle halt Karfunkel. Die ersten Tage aber wanderten der Stüssi und der Venediger Stund um Stund über die Wiesen oder kästen zusammen oder untersuchten das Veh, und dabei schnurreten und schnurreten sie in einer Gschwindi wie die Hummeli, und alles so liislig, als beredeten sie ettis Geheimes. Bei allem wichtigen Liseren blieb der Venediger aber ein fröhlicher, der über die Weid durab lachen konnte, dass das Veh meinte, es sig ein Gewitter im Kommen, und die Bäume aufsuchte, und der Bläss suchte vergebis den Himmel nach Wolken ab und verstand die Welt nicht mehr und segglete wie blöd zwischen dem Veh und dem Stüssi hin und her, und da musste der Venediger noch lauter lachen. Und nach dem Znacht machte er dem Melk Kunststücke mit einem Franken, den er ihm aus der Nase zog, und nahm dem Melk seinen Löffel, der ganz bestimmt aus Glarner Holz gemacht war, und liess den schnurren und Witzli verzellen im gleichen gschpässigen Tüütsch, wie es der Venediger selber mit dem Melk sprach, und es war ganz bestimmt nicht der Venediger, der da schnurrete, denn der machte dabei nicht einmal das Maul abenand.

Und gleich am ersten Abend ging der Venediger mit dem Melk mit, als der das Veh auf die Nachtweid brachte, und gab dem Vroni noch ein spezielles Mümpfeli, als wäre das Vroni ihm seine Lieblingskuh und nicht dem Melk seine, und dann hockte er mit dem Melk ab und verzellte. Er heig drum früher viel mit dem Federiko zämen gekämpft, sagte er, due zu Bern im Streit gegen den Sonderbund und für die Bundesverfassung heiged sie enand kennengelernt, und dann heiged sie im Preussischen für die gleiche Sach gekämpft und dernach in Venedig gegen die Österreicher und für das Volk, wenn auch mit weniger Gfell. Der Federiko sig aber in jedem Fall einer, da könne der Melk stolz sein, dass er bei dem dürfe lernen, und wenn dem nicht in jungen Jahren das Unglück mit seiner Frau geschehen wäre, wäre der schon lang ein ganz grosser Staatsmann. Danach heig ihn eine Karriere als Politiker aber nicht mehr interessiert, er schaffe jetzt lieber im Verborgenen und ohne seinen Namen zu nennen.

Der Melk wusste nicht, was sagen, er kannte keinen Sonderbund, und das Preussische ging ihn einen Seich an, das war ja noch weiter als dort, wo das Vreneli mit dem Fralein Heer ins Bad gefahren war und drum einenweg nicht richtig wahr. Auf der anderen Seite machte es ihn schon stolz, wenn sein Senn berühmt war und offensichtlich ettis wie ein General, und allein dafür, dass der Venediger sertigs vom Stüssi dachte, mochte er ihn leiden.

Der Venediger hatte aber auch nicht erwartet, dass der Melk viel sagen würde, schliesslich, meinte er, sig dem Melk sein Fach das Singen und nicht das Schnurren, der Federiko heig ihm davon schon viel verzellt. Da war es dem Melk erst gar nicht recht, aber dann sang er ihm doch den Alpsegen, und für ein paar Tönli sang der Venediger mit, chrüützfaltsch und trotzdem irgendwie bsunders, dann hörte er aber bald wieder auf und meinte danach, der Melk singe eben viel zu schön, da well er lieber numen losen. Und dann musste der Melk noch den Kuhreiher absingen, und als er damit fertig war, liess der Venediger in seiner Freud einen Heuerlig ab und nannte den Melk einen Maestro.

Als der Venediger schon einen Weil auf der Chamer Alp gewesen war, ging der Stüssi ein paar Tage hintereinander mit ihm hoch in die Wildi, und am Abend kamen sie mit Säcken voller Steine zurück, von denen der Venediger behauptete, die siged bei ihm diheimed bares Gold wert. Dabei waren die meisten ganz gewöhnliche Steine, wie sie der Melk jeden Tag beim Abschönen von der Weid tschuttete, und nur ganz selten packte der Venediger einen aus dem Sack, der leuchtete und auch in dem Melk seinen Augen ettis galt – aber dass ein gescheiter Mensch dafür Geld geben sollte, wollte er doch nicht glauben. Und als der Venediger schliesslich einen ganz dummen grauen Stein nahm und sagte, der wäre der wertvollste und allein mehr wert als das Vroni, da war es für den Melk eine ausgemachte Sach, dass der Venediger nüüt als Türkenribel im Grind heig – oder aber im Gegenteil, dass er das Tubeli spielte, zum in Wahrheit mit dem Stüssi ettis ganz Ausgedachtes zu planen, ettis wieder so wie eine Bundesverfassung oder so Züügs.

Jedenfalls hatte es der Melk bald heraus, dass der Venediger zaubern konnte wie der Stüssi, wenn nicht besser. Als er nämlich einmal so zum Gschpass einen von dem Venediger seinen Karfunkeln in der Milch versenkte, kam der Tuusigsiech am Abend heim ins Hüttli und sagte dem Melk auf den Kopf zu, er heig einen seiner Strahle genommen und ob er ihn jetzt selber suchen müsse oder ob der Melk ihn freiwillig gäb. Weil der Venediger aber nicht hässig tat, sondern die Sach lustig nahm, hiess ihn der Melk numen suchen und dachte bei sich, der sig viel zu gut versteckt, als dass der ihn finde. Der Venediger langte aber gad als Erstes in die Milch und hatte den Karfunkel herausgezogen, da hatte der Melk noch gar nicht fertiggeredet.

Danach sagte aber der Venediger, freche Buben täten ihm gefallen, und dorum gehöre der Karfunkel jetzt auch dem Melk. Er würde ihn zwar mit den anderen auf Venedig nehmen und ihn dort verkaufen, aber wenn der Melk ihn dann einmal besuchen käm, dann gebe er ihm derfür einen Sack lötigs Silber, vielleicht auch mehr. Und der Melk nahm das als auch einen Gschpass und lachte und vergass die Sach.

Der Venediger zauberte jedoch noch anderes. So war einmal die Witwe von der Reitimatt auf den Stafel gekommen, um nach ihren drei Chueli zu sehen, die musste der Melk ihr von der Weid holen, und sie verhockte derweil mit dem Venediger bei einem Fläschli Wein, das sie mitgebracht hatte. Als aber der Melk mit dem Veh zum Hüttli kam, sprang der Venediger gad als Hund vom Käskeller herauf und liess eine lange rote Zunge bis zum Boden plampen. Und als sig es noch nicht genug, schickte er einen kräftigen Luft und verblies der Witwe ihr Kleid, dass sie im Unterrock auf das Bödeli rennen musste, um es wieder einzufangen, und als sie es wiederhatte und kehrt zum Hüttli machte, kam der Venediger ohne Kopf aus der Tür, den hatte er in einer Gebse auf dem Tisch gelassen und tat, als lange er sich an den Hals ob seiner Vergesslichkeit. Danach musste die Reitimattwitwe aber vor Gigelen abliegen, und es dauerte eine Stunde, bis sie wieder aufsitzen konnte.

Und dann sah der Melk den Venediger noch ein Drittes zaubern, das war, als ein Kälbli, das erst ein paar Wochen zuvor geboren worden war, einen bösen Hals bekam. Der Venediger ging darauf zu Tal und kam mit einem Fläschli mit Medizin zurück und hiess den Melk, es dem Kälbli um den Hals zu hängen. In der Nacht dann packte den Melk der Gwunder, was so ein Gütterli am Hals könne erwirken, und er schlich auf die Nachtweid, und da lag das Kalb tot in der Wiese, und daneben stand eine kleine weisse, einhörnige Geiss. Gad rief ihm aber der Stüssi vom Hüttli aus zu, er sell wieder ins Nest, das Kälbli heig auch Zeit bis morgen, und wollte gar nicht hören, was der Melk gesehen hatte, und am anderen Morgen stand das Kälbli gesund auf der Weid und gumpte frech ummenand und plagete den Bläss.

Danach fand der Melk, das Zaubern sig halt doch gopfertoori eine gute Sach, und er well es noch einmal probieren und dann das Vreneli mit seinen Künsten überraschen. Und wie bestellt sagte beim Znacht der Stüssi, der Venediger well hinter dem Clariden gogen strahlen und er täg ihn begleiten, und das bedeute aber, dass der Melk eine oder zwei Nächte allein im Hüttli sig. Er müsse drum aber nicht mehr schaffen als sonst, das Käsen mache sich in der Zeit von selber und der Melk sell einfach tun, was er immer täg, und am Abend den Segen nicht vergessen.

Und schon am ersten Tag nutzte der Melk das Alleinsein und hockte, nachdem er seine Ärbetli erledigt hatte, hinter das Buch und schaffte richtig wie ein Studierter, und am End hatte er gelernt, wie man mit einer Haselrute das Heu von der Plangge unter das Dachli wischt mit nicht mehr als einem einzigen Streich, und danach rupfte er dann den halben Tag lang das Heu vom Heuboden und brachte es auf die Wiese und zauberte es wieder hinauf.

In seinem Eifer hatte er aber vergessen, die Milch vom Vortag zu anknen, und zur Melkzeit war nicht genug Platz für die neue Milch. Und so nahm er das Buch ein zweites Mal zur Hand, lernte an einem Sprüchlein und schrieb ettis auf einen Lumpen, und schliesslich umwickelte er im Milchkeller den Stämpfel vom Ankenfass mit dem beschriebenen Tuch und schob ihn in den Kübel und schlug den Deckel fest, ohne dass er überhaupt abgrahmt und den Nidel ins Fass getan hätte. Dann stiess er numen noch den Stämpfel auf und ab, das ging ganz ring im leeren Fass, und sagte zehnmal sein Sprüchli auf: »Lüzifer, vor Raphael, Schneevögel, Läggdafis, Pumpis a diä Wiggä.« Und wie er danach den Deckel vom Kübel nahm, sprang ein brandschwarzes Zwergli aus dem Ankenfass und verging in der Luft, und der Melk hatte einen prächtigen Mocken Anken im Fass – und wie er nach den Gebsen mit der aufgerahmten Milch sah, war die auch wirklich abgeschöpft bis in die unterste Gebse, und der Melk musste nur gschwind die blabe Milch umleeren und konnte ans Melken gehen.

Danach war er aber so aufgeregt, dass er bis spätabends

im Buch las und ganz vergass, den Alpsegen abzusingen, und als er endlich daran dachte, war er zu faul und hatte auch wohl Schiss so allein in der Dunkelheit, und schliesslich ging er ohne Jodlen ins Tril.

Er lag da noch kein Viertelstündli, als unten die Tür aufging und drei Mannen lärmend und johlend ins Hüttli traten, als wäre es ihr Diheimed, und hinter sich das Vroni herzogen und im Feuerloch einfeuerten, und bevor der Melk entschieden hatte, was in einem sertigen Fall zu tun sig, hatte einer dem Vroni das Gurgeli durchgeschnitten und zerlegte es, und dann brätlete er dem Vroni seine Schinken über dem Feuer, und ein anderer sott ihm die Rippli aus, und der dritte machte sich daran, mit Wein und dem Vroni seinem Blut ein Söösseli zu bereiten.

Der Melk aber schlotterte vor Angst und lag eine Ebigkeit mit der Decke über dem Kopf und dachte nur noch daran, sich ja nicht zu verroden, als plötzlich einer der Mannen das Leiterli hinaufkam und höflich fragte, ob der Melk denn nicht well zuechensitzen und ein Gäbeli mitessen, das verlange doch der Anstand. Und der Melk stieg mit durab, wenn auch weniger aus Anstand als im Schiss, und setzte sich mit den anderen an den Tisch, auf dem ein feines Tuch lag und silbriges Besteck und richtige Teller aus Porzellan, und dazwischen standen die Schüsseln mit dem Vroni darin.

Danach sah er zu, wie die drei Mannen mit vollen Gabeln hinderen biigeten und dazu mängs Glas aus einer Flasche soffen, die aber nie leer wurde, und es ging einen Weil, bis die Mannen bemerkten, dass der Melk noch immer mit verschreckten Augen vor einem leeren Teller sass.

Da fragte ihn der eine, ob der Melk sich denn nicht mehr

an sie erinnere, dass er sie derenweg angaffe, sie wären doch die Krähen vom Chämi vom Bogglauibauern und sie drei heiged dem Stüssi auch due das Vroni geschickt. Und jetzt heiged sie es schon so lang wellen besuchen, aber beim Melk seinen grüüligen Jodel und Heuerlig sig es ihnen jeden Abend von neuem vergangen. Um so sümpaatischer sig es, heig er heute endlich einmal das Wiechsen gelassen.

Darauf lachten die Mannen, und dann meinte einer, jetzt müsse der Melk aber ettis essen, zumindest ein Bissli, und drückte ihm eine Gabel mit einem Möggli Vroni darauf in die Hand, und danach hörten die Mannen nicht auf, den Melk anzulugen, bis er das Möggli vom Gäbeli genommen und das Vroni verschluckt hatte. Dann erst waren sie zufrieden, tranken noch eines und legten die abgegessenen Knochen in dem Vroni sein Fell zurück. Das Fell verschnürten sie aber zu einem rechten Pack und nahmen es und meinten noch, sie liessen den Stüssi grüssen, und gingen aus der Tür.

Der Melk hockte am Tisch, bis die Sonne über den Leiterberg stieg, dann endlich wagte er sich hinaus. Da stand aber das Vroni busper und lebig vor dem Hüttli und wollte den Melk zum Melken holen und fand es gar nicht lustig, dass der sich ihm schluchzend an den Nacken hängte. Und erst als der Melk das Vroni melkte, sah er, dass ihm im Hinder ein Stück Fleisch fehlte, so gross wie das säb, das er gegessen hatte, und da musste er dem Vroni gleich nochmals um den Hals fallen, so gschamig war ihm z'muet, und es drücken und abküssen und ihm ins Ohr flüstern, es sig aber auch ein meineidig Feines gewesen.

Vrenelis Gärtli

Der Melk zauberte an dem Tag nicht mehr, sondern verrichtete nur seine Arbeit, und am Abend sang er dreimal den Englisch Gruss über die Alp und nahm dann noch den Bläss zum Schlafen mit ins Tril, und so blieb es die Nacht hindurch ruhig.

In der Früh sprang der Melk drum auch ganz fröhlich aus dem Nest und spazifizottlete durch den Morgennebel zur Nachtweid. Schon von weitem verwunderte es ihn aber, dass so gar keine Kuhchlepfen zu hören waren, und endlich fing er an zu rennen. Und noch bevor er auf der Weid angelangt war, sprang schon der Bläss ganz stigelisinnig an ihm empor, der war ihm vorgesprungen, und bellte und segglete vor ihm her über die Plangge, und dann musste der Melk sehen, dass ihm über Nacht die ganze Herde verloffen war, mitsamt dem wunden Vroni.

Der Melk suchte den ganzen Chamerstock ab, bis hinab zu Bogglaui und obsi bis über den Geisstritt, im Wängiswald suchte er und am Vorder Orthalden, und dazu rief er nach jedem Chueli einzeln, und dann nach dem Vreneli und sogar nach dem Stüssi und dem Venediger, obwohl er eine meineidige Angst dervor hatte, was der Stüssi ihm würde verzellen. Es half aber alles Rufen nichts, vom Veh sah der Melk nicht einen einzigen frischen Taapen oder Fladen, und schnaufen oder chlepfen oder muhen oder auch brüllen hörte er es schon gar nicht. Am Schluss stand er lange auf dem Gipfel vom Chamerstock im Wind und suchte zusammen mit dem Bläss das Tal und die umliegenden Bergflanken nach der Herde ab, und endlich entschloss er sich, seine War zu reisen und zum Vreneli zu gehen, und wenn das ihm nicht helfen konnte, gad weiter auf Amerika oder sonst neumeds hin, wo der Stüssi ihn nicht finden würde.

Wie er aber über die Nachtweid lief, machte der Bläss auf einmal kehrt und expresste winselnd am Melk vorbei der Bogglaui zu. Und der Melk war noch nicht mängen Schritt mehr geloffen, da sah er ums Hüttli einen streichen, der blieb stehen, als er den Melk kommen sah, und erwartete ihn – und das war beim Eid der leibhaftig Tüüfel.

Da war dem Melk erst, als müsste er wie der Bläss versegglen. Dann fand er aber, jetzt sig schon alles gleich, und sah nur noch gschwind nach, ob er auch sein Sammetbändeli auf der Haut trug, und dann ging er im Gestreckten durab zum Hüttenboden und stellte sich breitbeinig vor dem Tüüfel auf und wollte wissen, was er auf der Chamer Alp zu suchen heig. Da kam dem Tüüfel gad ein Gelächter hoch, ein kleines aber nur, und danach meinte er artig, der Melk selber sig es, den er gesucht heig. Er müsse aber gar nicht lang stören, er well numen gschwind anmelden, dass er dann im Fall zur Stell sig, wenn der Melk ihn täg brauchen – wenn es heisse, eine verloffene Herde zu finden, aber auch zu anderem. Er heig gedacht, einer wie der Melk, der so flink das Zaubern lerne, möge einer Zämenarbet mit dem Tüüfel ettis abgewinnen. An ihm sell es jedenfalls nicht liegen, und kosten würde es den Melk auch nicht den Haufen.

So, fand der Melk aber nur, jetzt heig er es ja gehört. Mit wem er zämenschaffe, lese er sich aber immer noch selber aus, und eine Herde sig ihm auch nicht verloffen, er heig sie numen heut zum Weiden in die oberen Planggen gebracht. Und dann sagte er scharf: »Exgüsi!«, und achtete sich nicht, dass der Tüüfel wieder lachte, sondern ging an ihm vorbei ins Hüttli und packte seine War. Und als er wieder aus der Tür kam, war der Tüüfel auch wirklich ab und numen noch zu schmöggen.

Danach rannte der Melk so geschwind, dass er nach bald einer Stunde bereits auf Fessis und beim Vreneli war. Das war am Holzscheiten und hörte zu, was der Melk ihm von der Herde und vom Tüüfel verzellte, und dann fragte es nur: »Hesch dä wider zauberet?«, und liess die Axt im Abegg bheggen und sagte, es komme gad, es well numen noch dem Vatter Bescheid sagen. Dann liess es den Melk warten und unruhig auf dem Bödeli umherstreunen, und endlich kam es ohne jeden Pressant aus dem Haus und meinte, jetzt könnten sie es gemütlich nehmen, der Melk werde schon sehen, seine Herde sig bald wieder auf der Chamer Alp.

Während sie danach der Alp zu gingen, liess sich das Vreneli das Ganze noch einmal berichten, und schliesslich sagte es, der Melk sell den Tüüfel beim nächsten Mal ruhig für ihn schaffen lassen, das sig nicht sehr gefährlich. Er müsse sich numen ausbedingen, dass der Tüüfel ihm alles verrichte, was er ihm aufgebe, und wenn er ettis nicht verrichten könne, sig der Melk frei und könne gehen, wohin er well. Das sig ein Handel, auf den der Tüüfel müsse eingehen, das sig so in seiner Natur.

Ja aber was für eine Arbet der Tüüfel denn um ds Gotts

Willen nicht mög verrichten, fragte der Melk erstaunt. Da lachte das Vreneli und meinte, da gäbe es vieles, er könne ihn zum Beispiel heissen, ein Haar bolzengrad aufzustellen – das chrusle selbst beim Tüüfel, wenn der versuche, es glattzustreichen. Dann studierte das Vreneli aber einen Weil und meinte danach, vielleicht sig es auch besser, wenn der Melk sich nicht mit dem Tüüfel einläss, ein bitzeli gefährlich sig es nämlich immer.

Und dann hörte es schon dem Melk seine Herde ab der Weid. Und als sie noch etwas näher am Ober Stafel waren, konnte auch der Melk die vertrauten Chlepfen hören und den Bläss, wie er freudig die Chueli ankläffte, und nach dem nächsten Rangg sahen sie die ganze Herde auf dem Bödeli vor der Hütte liegen, zu Tode erschöpft und bis über die Ohren verdreckt, aber fehlen tat keines.

»Jesses, müänd diä ä Lengi gloffä sii!«, meinte der Melk, das Vreneli war da bereits bei einer Kuh abgesessen und untersuchte ihre Hufe, die abgeloffen waren bis fast auf die Haut. Und während es unter dem Horn ein Ästli hervorzog, sagte es, dabei siged die noch einmal so weit durch die Luft geflogen, wie sie geloffen siged, und dann zeigte es dem Melk das Ästli und erklärte ihm, dass sertige Pflanzen nämlich numen ganz weit im Norden wüchsen, noch ennet dem Meer, das hinter dem Tüütschen käme.

»Ja nei!«, staunte der Melk, »nuch hinder em Tüütschä?«, aber so recht vorstellen konnte er sich nichts dabei.

Deshalb ging er auch gleich ins Hüttli, um Melkfett für den Chueli ihre Füsse holen, und das Vreneli machte sich daran, die Tiere zu besprechen und ihnen die Schmerzen zu nehmen. Und bald standen die meisten wieder, und endlich liefen sie sogar von selber zum Trog und soffen sich die Ranzen voll.

Während dann der Melk das Veh auf die Nachtweid brachte und einen scheuen Alpsegen abliess, ging das Vreneli in die Hütte und briet einen Tatsch zum Znacht, und als es damit fertig war, rief es dem Melk über den Stafel, er sell kommen und zuechensitzen, und da wohlete es dem Melk schon recht ordentlich – und noch mehr, als er über das Wiesli lief und das Vreneli im Türloch stehen und ihm entgegenlachen sah. Und als das Vreneli beim Schöpfen meinte, einen asenweg finöggeligen Alpsegen heig es auch seiner Lebtig noch nicht gehört, hatten sie beide ein Gelächter.

Und dann blieb das Vreneli einfach über Nacht da, ohne dass es ettis dazu gesagt hätte, nahm den Melk bei der Hand und hockte mit ihm vors Hüttli, wo sie die Nacht gschauten und die Sterne, und das Vreneli verzellte ein Gschichtli von seiner Mueter. Die nämlich hatte einmal, als das Vreneli noch in der Wiege lag, den Fessisbauern gehört, wie er sie vom kleinen Vreneli wegrief zum Heu einholen, weil ein dickes Gewitter im Anzug war. Da hatte die Mueter das Vreneli dem Herrgott anbefohlen und allein im Haus gelassen und war zum Mann auf die Plangge geloffen und hatte geholfen, die Heubürdeli zum Gaden zu tragen, da fielen schon die ersten grossen Tropfen. Und gad hatten sie alles Heu unter Dach, da prätschte das Gewitter los, als sigs graduus der Jüngste Tag. Der Fessisbuur langte der Mueter dann um die Hüft und segglete mir ihr durch den Regen ins Haus, und derweil fragte er, wie die Mueter denn auch gewusst heig, dass er ihre Hilf brauche. Ja, er heig dängg gerufen, meinte die säb, aber der Fessisbuur schüttelte bestimmt den Grind und meinte, das sig dann im Fall nicht er gewesen, er heig kein Wort gerufen. Wie sie aber dem Vreneli lugten, lag es friedlich in seiner Wiege und hielt einen ganz feingschmöggigen Frauenschuh in den Tääpli. Den säben Schuh, verzellte das Vreneli zum Schluss, heig es heute noch. Wem seiner das gewesen sig, das heig es aber nie erfahren.

Das war ein schönes Geschichtli, und dem Melk kam das Dauern, dass er von seiner Mueter nicht auch ein sertigs zu verzellen hatte. Und über das Studieren, was er von seinem Müeti wusste, kamen sie immer weiter ins Gschprächlen über beide Müeteren, was es mit ihnen auf sich gehabt heig und werum sie auch derenweg früh hatten müssen gehen, und über allerhand Liebes, das sie noch von ihnen wussten, ein Blickli oder ein Streicheln. Dabei redeten sie immer leiser und hockten immer näher beisammen, weil es auch lang schon kalte Nacht war, und endlich schloffen sie zämen ins Tril und verzellten einander dort weiter, aber immer weniger, und dann legte das Vreneli seinen Kopf dem Melk auf die Brust und pfüüselete so ein. Und dem Melk war es so traurig und so wohl wie nie zuvor, viel mehr noch, als wenn das Schrättli zu ihm gekommen war, und darum lag er bis zum Morgen, ohne sich zu bewegen, und küsste nur einmal dem Vreneli sein Haar und dachte, so wie jetzt sell es noch mängsmal sein.

Am anderen Morgen schafften sie einander in die Hand, als hätten sie nie ettis anders getan, und im Hui war alles gemolken und geholzt und abgerahmt und geanknet, und ohne Zauber, dazu machte ihnen das Schaffen viel zu viel Freud. Das Vreneli staunte nur ob dem Käsen, denn das ging, wie es der Stüssi gesagt hatte, ganz von selber: Sie waren kurz aus dem Hüttli gewesen, um den Bläss mit dem Veh auf die Weid zu schicken, und danach war bereits gekäst, und die Käs lagen unter der Pressi und die vom Abend davor im Salzbad. Gehört hatten sie aber kein Tönli, und der Melk sagte: »Abgschnittän äso isch das au di anderä Täg gangä.«

Bevor sie anfingen, die Ledi zu putzen, gab es Milchmöggli auf dem Bänkli im Morgengluet, und dann war auch bald der Rest gemacht, da war die Sonne erst eine Hand breit über dem Grat. Danach nahm das Vreneli den Melk am Arm und gab ihm ein Küssli und meinte, heute well es ihm gern ettis zeigen, aber numen, wenn der Melk das auch well.

Und dann, als der Melk schon wollte, was auch immer es war, lief das Vreneli mit ihm über den Geisstritt dem Fiseten nach über den Gemsfairen und die Tüüfels Stöck und den Bocktschingel bis hinter den Clariden, und immer dem schmalen Grat nach, hoch über den Gletschern. Nur mängsmal blieben sie stehen und staunten ob der Schöni der Berge von hier oben, und dann suchte das Vreneli sich aus, wohin es jetzt wollte, und der Melk durfte nichts fragen. Kurz nach dem Mittag waren sie endlich zmittst auf dem Hüfifirn, in einem Täli, das aussah so rund und so weit wie ein Milchbeggeli. Und da sah das Vreneli um sich und wurde plötzlich einen bitz rot und fenderete über der grossen, weissen Glätti zwischen dem Chammlihorn und dem Claridenhorn hin und her, als wisse es nicht recht, wohin.

Dann wiederum wartete es dem Melk und ging mit ihm weiter, als wäre alles wie zuvor und nicht um ein Haar anders, und verzellte wieder ettis von den Gämsi, die es am Spitzalpelistock gesehen heig. Im schönsten Reden blieb es aber zeismal stehen und lüpfte den Rock, wie es das schon einmal gemacht hatte, und brünzlete zmittst, aber auch wirklich zmittst auf den schönen weissen Firn – und was es brünzlete, war ein kleines, leuchtiges Blüemli!

Danach sah es etwas verschämt den Melk an, der gar nicht wusste, was er jetzt sagen sollte, und lieber auf das Blüemli sah, das ja auch ein herzigs war mit einem feinen Stengeli und zwei Blättli auf den Seiten und einem Köpfli, das erst zu erblühen schien. Und als der Melk immer nur dastand mit der Lippe zwischen den Zähnen und das Maul nicht abenand brachte, fragte das Vreneli endlich graduus, was er jetzt denke, das sig nämlich drum Kunst und daderfür heig es ihn hier heraufgebracht.

»Das isch Kunscht?«, fragte der Melk aber ganz erstaunt. »Aso es Blüemli brünzlä chun i au!«, und dachte mehr an dem Vreneli sein Spältli als an das Blüemli, und bedauerte, dass er das säb im Schreck so gar nicht recht hatte mögen achten.

»Ja, binemä Buäb isch es au ä käi Kunscht«, sagte das Vreneli nicht mehr ganz so glücklich, »ihr händ ja au äs Pfiifäli!« Wobei er auch mit seinem Pfiifeli erst noch beweisen müsse, ob er ein so schönes Blüemli möge haren bislen, wie es eines gemacht heig.

Der Melk hatte aber keine rechte Lust, ettis zu beweisen, und fragte: »Sell ich dir nüd liäber eis jodlä? Ich hä dr nuch gar niä miinä Chuäreiher gjodlet nämli.«

Das Vreneli wollte aber jetzt ein Blüemli vom Melk sehen, sonst verzell es ihm auch nicht, was es dermit noch auf sich heig. Und als es versprach, dass es zur gleichen Zeit mit dem Melk ein zweites Blüemli well auf den Gletscher brünzlen, nahm der Melk endlich den Bändel von den Hosen und verhasplete sich aber vor Aufregung – und als er endlich die Hosen offen hatte, fand er darin nur ettis, das viel zu hart war zum Bislen, und da war das Vreneli auch schon lang an seinem zweiten Blüemli und zeigte ihm dabei noch stolz ein rosenrotes Spältli. Und da musste der Melk seine Hosen gad bis unter die Achseln ziehen in seiner Scham und den Firn hinaufsegglen, und dann stürchlete er noch in seiner Vergelstereten und Blindi und troolete den halben Gletscher durab – und dann lag zeismal das Vreneli auf ihm und rupfte ihm z'gigletsen alles Gwand vom Leib und kehrte den Melk auf den Rücken und bewunderte mit füürzündrotem Kopf dem Melk seinen Stecken und seine Schellen und fing an tääpelen. Und bevor der Melk die Augen zumachen musste, damit es ihn nicht von tief innen her verchlöpfte, merkte er noch, dass nicht nur das Vreneli ein füürzündrotes geworden war, sondern dass der ganze Firn z'brünnetsen kam und sich dehnte und verrodete und wild und doch gschamig aus allen Spalten süüfzgete.

Danach blieben sie liegen, bis der Abendwind ihnen Güpfli auf die Haut machte, dann gingen sie talzu. Das Vreneli mochte lang nicht reden, dafür gigelete es mängsmal und sprang vom Weg ab ein paar Schritte den Hang hinauf wie ein junges Hündli. Erst als es fast schon einnachtete, lief sie näher beim Melk zu und häklete die Hand in seinen Hosenbändel und verzellte, dass es zurzeit daran schaffe, richtige Blüemli zu erbrünzlen, sertige, wo richtig aus dem Eis geschnitten stünden, und wenn es das könne, dann well es einen ganzen Gletscher mit seinen Blüemli schmücken. Wenn der dann so goldig und gluetig leuchte, das müsse eine meineidige Schöni zum Lugen sein. Und wo es das angattige, das wisse es auch schon, ein kleiner Gletscher sig ihm nämlich von seiner Mueter vermacht, der sig aber so geheim, dass es selbst dem Melk nicht törf verraten, wo der sig, es täg ihn ihm dann zeigen, wenn es das Gärtli fertig heig. So lang aber sehe numen sein Gämsi, was es schaffe, das lebe nämlich dort auf dem Firn, und mit dem täg es amed schnurren, wenn es in der Arbet nicht weiterwisse, und das Gämsi täg es dann trösten.

Der Melk wusste dazu nichts zu sagen, ihm war das alles z'höch mit säber Kunst, ihm wollte nicht in den Grind, wozu sertigs gut war. Anders herum mochte er am Vreneli gad das leiden, dass es ein Spinnigs war, und dazu eines mit einem Stierengrind, und am End war das Ganze eine Weibersach und für einen Mann gar nicht zu verstehen.

Das Vreneli ging, noch bevor sie den Alpboden erreichten, weiter den Hang durab, es müsse heimzu, meinte es, damit der Vatter sich nicht sorge. Und auch der Melk segglete die letzten Schritte, die Chueli mochten nämlich schon aufs Melken warten.

Als er dann aber zum Hüttli kam, sah er, dass die Kühe schon gemolken waren und eben auf dem Weg zur Nachtweid, und zwar mit dem Venediger. Im Hüttli aber war der Stüssi am Käspressen und sagte nichts dazu, dass der Melk so einfach verloffen war, sondern meinte nur, das Melken sig dann schon getan, das heig sich gad so ergeben. Während der Melk ihm an der Pressi zur Hand ging, wollte er noch hören, ob es ettis gegeben heig, das das Verzellen lohne, aber da wollte dem Melk nichts einfallen, und er hoffte nur, der Stüssi heig die Hufe von den Chueli nicht näher geachtet. Und dann sang der Venediger vom Hoger herab ettis Züügs wie ein italienisches Kilchenlied, das tönte derenweg gschpässig und fremdfötzelig, dass sie einenweg alles Schnurren vergassen.

Bald darauf reiste der Venediger ab. Er müsse noch ins Tüütsche, auf Münster, sagte er, aber er käm dann noch einmal vor dem Winter. Und die nächsten Wochen schaffte der Melk mit dem Stüssi Hand in Hand wie früher nie. Der Stüssi hatte nämlich mit einem Mal begonnen, wie ein normaler Senntenbauer zu schaffen, und ging selber mit dem Melk ins Heu und rief ihn zum Käsen und lernte ihn die Hitze im Chessi mit dem Ellbogen bemessen und wie das beste Lab zu bereiten sig, und ständig rief er ihn von einer Arbeit weg, weil er ihm ettis zeigen wollte, das ein rechter Senn wissen musste.

Und so lernte der Melk, wie man das Wetter auf der Alp bestimmt, und vor allem, was alles auf schlecht Wetter verwies – und das tat ein schwitzigs Brunnenrohr so sicher als wie eine rostige Sägetsen oder eine bestimmte Felsplatte am Geisstritt, wenn über die das Wasser rann. Aber auch wenn der Russ am Käschessi brannte oder die Schotte sich trübte oder die Käsmasse aufschäumte wie Eischnee, und wenn es in der Nacht tauen mochte, der Chueli ihre Chlepfen weiter zu hören waren als sonst oder man gar die Glocken von der Linthaler Kilche hörte, oder endlich auch, wenn der Bläss anfing Gras zu fressen, das waren dem Bogglauibauern alles Zeichen für einen Wetterwechsel.

Der Melk konnte aber bald auch den Nebel lesen und das Sonnenablöschen an mängen Abenden, wenn die Bergspitzen von einem Augenblick zum anderen im Dunkel lagen. Er wusste, wann an welchem Gupf eine Wolke Gutes oder Schlechtes erwarten liess, und lernte darauf zu achten, ob an einem Gipfel die Wolken aufwärts flohen oder abwärts und wie der Wind kam. Und er lernte überhaupt erst vom Stüssi, welche Winde es gab, den Talwind und den Föhn und die Winde aus den verschiedenen Seitentälern, und welcher Wind das frische Heu verblies und welcher nicht.

Und endlich zeigte der Stüssi dem Melk, wie er mit krankem Veh umgehen musste, welche Kräuter gegen Krankheiten an der Haut, am Euter und an den Klauen halfen oder wann es geraten war, mehr mit Mist und Kuhbrunz zu heilen oder gar nur mit Besprechen, und wie säb anzugattigen war. Und die Pflanzen lernte der Melk lesen, nicht, welche die besten Futterkräuter waren und welche giftig, das wusste er schon, aber der Stüssi zeigte ihm noch mängs anders als numen Mutteri und Fideri oder den giftigen Eisenhut. Und überhaupt lernte der Melk in jenen Wochen so viel und so Spannendes, dass es ihm gar nicht mehr z'Sinn kam, er müsste noch das Zaubern lernen.

Und wenn das Vreneli zu Besuch kam und der Melk mit ihm ein paar Stündli flonern durfte, hatte er ihm auch ohne Zaubern, nur von der Arbeit mit dem Stüssi, so viel Neues zu berichten, dass das Vreneli bald fand, er pludere noch mehr als es selber. Aber es hörte ihm auch nicht nur stumm zu, sondern wusste immer gad auch noch ettis zum Wolkenlesen oder dazu, wie es der Fessisbauer hielt mit einem verpfnüsleten Chueli, und so redeten sie fast nur noch übers Buurnen und Alpnen, und mehr als einmal sagte so im Schuss eines zum andern: »Aso uf üüserer Alp hämmer dänn ämal kä Blätschgä und ä käi überschtändigs Gras, gell?«, und das ander meinte: »Hä ja, üüs ghört dänn einäweg di schüntscht Alp im Tal!« Und dann mussten sie tief schnaufen und lugten über das Tal und werweissten, wo sie dereinst alpnen würden und welchen Hof sie kaufen sollten, wenn sie denn nicht den säben auf Fessis übernahmen.

Das russisch Mäntsch im Stachelberg

Als es auf dem Ober Stafel herbstete und sie das Veh bereits wieder durab gezügelt hatten, kam der Venediger zurück, und gleich sah der Melk den Stüssi wieder nur z'schnurretsen und z'gischpletsen über die Wiesen spazifizottlen und Zigerettli rauchen und aufgeregt tun.

Am zweiten Tag rief er dann den Melk vom Putzen weg ins Hüttli und meinte, er heig mit dem Venediger ettis zu erledigen. Dieses Mal könne es länger dauern, sie müssten nämlich daderfür über den Gotthard und bis ans Meer, dorthin, wo der Venediger wohne, und der Melk müsse drum der Alp wieder einmal allein schauen. Das sig aber nicht anders als beim letzten Mal auch, er täg einfach wie immer seine Arbet als Zusenn, das ander gschäch mit Zaubern, dem müsse der Melk nicht lugen. Numen eines müsse er noch machen zum anderen derzu, nämlich alle paar Tage die Molke in den Stachelberg bringen.

Das verschreckte den Melk ein bitzeli, das stellte er sich als eine schwierige und gefährliche Sach vor. Aber der Stüssi beruhigte ihn gleich und meinte, das sig schon ettis Gschpässigs und auch Faszinierendes mit dem Stachelberg, und am Anfang heig er Schiss gehabt, wenn der Melk dorthin ginge, könnte ihm das ring den Grind vertrüllen. Aber jetzt vertraue er ihm, dass er numen gad die Molke abliefere und das

Geld einsacke und gad wieder umkehre. Solang er nämlich nicht anfange zu gaffen und verruckte Sachen zu denken, sig es ihm auch nicht gefährlich.

Dann kam der Venediger noch zu ihm und gab ihm einen Stupf hinter den Kopf und meinte, das sig nicht das letzte Mal, dass er ihn getroffen heig. Und dann stiegen sie schon ohne weiteren Gruss zur Bogglaui ab, wo der Stüssi sein Gewehr holen wollte, und liefen weiter bis ans Meer. Der Melk hockte aber den ganzen Abend allein im Hüttli und studierte über dem Stachelberg, von dem er nur gad so ungefähr den Weg wusste und sonst nichts, und wartete, bis es Morgen wurde. Und am anderen Tag, nachdem gekäst war, leerte er die Molke in Brenten, lud sie mit der vom Vortag auf das Wägeli und ging mit einem schweren Schnuufer ab der Alp und übers Bergli dem Stachelberg zu.

Als er aber am Berglistüüber vorbeikam, hockte davor ein Mäntsch, ein sertigs hatte der Melk noch nicht gesehen: Ganz lang war es und schmal wie ein Weidengertli, mit schiinig silbrigen Kleidern und einem Krägli und Mützli wie von einem silbrigen Füchsli und dazwischen einem Gesicht, das war so hell und schön und fremd, dem Melk kamen nur die Mandelkerne von der Weihnacht in den Sinn. Und neben dem Mäntsch, das aussah wie eine Frau, dabei aber Hosen trug und einen Tschoopen und einen Säbel gad als wie ein Mann, wenn auch wie ein bsunderer, und das da am Wasserfall hockte und z'süüfzgetsen in das stäubende Wasser und den Regenbogen darin sah und in das Teichli darunter, das so düster in einer Höhle verschwand, neben dem säben Mäntsch zu stand ein ebenso silbrigs und schlankes und feines Ross und süüfzgete auch, wenn es nicht gad am Grasen war. Und als er das sah, konnte der Melk nicht anders als das Wägeli abstellen und zu dem Mäntsch gehen und es fragen, was um ds Gotts willen es so zu süüfzgen heig und ob er ihm vielleicht mit ettis könne helfen.

Das Mäntsch wandte sich darauf ganz vergeistigt zum Melk hin und sah ihn lang an und meinte schliesslich im gstochensten Schrifttüütsch, es habe nur eben darüber nachgedacht, dass es vielleicht eines Tages ein Kind habe, und wenn jenes Kind hier am Stüüber die Felsen emporklettere und abstürze und ins Wasser falle und ertrinke, dann wolle es selber nicht mehr leben.

Wie das Mäntsch das aber gesagt hatte, so edel und mit einem so schönen und festen Stimmli, dabei asenweg zart und wehmütig, konnte der Melk sich numen noch ganz verschreckt fragen, warum er säb nicht schon lang selber gedacht heig und warum auch niemert anderscht, das Vreneli zumindest, so zwingend schien es ihm, und fast wurde er hässig auf das Vreneli, dass es sich nicht so um sein Kind sorgte.

Das Mäntsch stellte sich dann vor, aber es musste dem Melk seinen Namen auf eine Steinplatte schreiben, bevor er glaubte, dass eines mög ohne Gschpass Wassilij Wassiljewitsch heissen. Und dass es, so fein, wie es war, ein Mann sig, glaubte er erst auch gad nicht – bis das Mäntsch ihm sagte, es sei der Sohn eines Popen, was sicher ettis war wie ein Prinz, und meinte, Melk zu heissen sei noch schöner als Wassilij, und das fand der Melk derart fürnehm gedacht, dass er ihm jetzt zumindest glaubte, dass es ein adligs Mäntsch sig.

Und danach verzellte ihm der Wassilij, dass er aus Russland komme und Gast im Bad Stachelberg sei, und mochte nun selber gar nicht glauben, dass der Melk noch nie von einem Bad im Stachelberg gehört habe, das sei nämlich sehr berühmt, seit einigen Jahren komme die ganze Welt dorthin gereist, vor allem aber reiche Adlige, um in der Molke zu baden oder auch in Schotte oder in einer Schwefelquelle, die in der Nähe entspringe. Sogar ein Eisenbahnzug komme direkt aus Paris nach Linthal gefahren, mit dem seien auch er selber und sein Pferd gereist. Und dann stand der Wassilij Wassiljewitsch auf und meinte, er komme gleich mit dem Melk mit und zeige ihm den Weg, und sprang auf sein silbriges Rössli und ritt vor dem Melk her bis vor den Eingang zum Bad Stachelberg, und dort drehte er sich noch einmal um und winkte dem Melk und ritt graduus die Stiege hinauf und ins Haus hinein.

Als am Nachmittag das Vreneli z'Alp kam, mochte der Melk ihm von dem russischen Mäntsch gar nüüt verzellen, das war ihm schon wie ettis Heiligs geworden und viel zu zerbrechlich, um darüber zu schnurren. Und so hockte er stumm auf dem Wiesli und konnte nichts weiter denken, als dass er am anderen Tag ums Verräblen wieder durab müsse. Und nachdem das Vreneli einen rechten Weil ratlos und stumm neben ihm gesessen und gewartet hatte, dass er es gern heig oder zum mindesten einmal anluge, ging es wieder z'Tal und auf Fessis zu, und der Melk merkte es gar nicht.

Am nächsten Morgen hatte der Melk beschlossen, er müsse herausfinden, ob das Wassilij nicht doch ein Meitli sig. Vielleicht, dachte er, war ja im Russischen das auch alles anders, mit den Frauen und den Mannen, oder aber es war nicht gattlig, dass eines sich einem Fremden als ein Weibervolk vorstellte. Wenn es aber ein Meitli war, das säb war dem Melk beschlossene Sach, so musste es seines werden.

Am Morgen hatte er einen Plan gefasst und ging gad nach der Melketen auf den Chamerstock und suchte sich ein Edelweiss, und als er wieder auf die Alp kam und sah, dass käset war, putzte er nicht einmal mehr die Ledi, sondern leerte numen gad die Molke ab und nahm einen Käs und das Edelweiss und rannte gad wieder z'Tal, um herauszufinden, was das Wassilij in Wahrheit war.

Als er das Bad Stachelberg erreichte, war das Wassilij gad mit drei anderen Herrschaften am Tennissen, von denen war die eint schöner und fürnehmer als die andere, und der Melk wartete am Hag und sah zu, wie es über den Platz gumpte als wie ein Gämsi und dernach ganz ausser Pfuus zu ihm kam und zu ihm sagte, was man im Tüütschen so für Grüezi sagt. Aber der Melk hatte gar nicht zugehört und grüsste auch nicht, so aufgeregt war er wegen seinem Plan. Dafür streckte er ihm gad den Käs und das Edelweiss entgegen und meinte listig, er heig da ein Presentli. Und das Wassilij zeigte eine appartige Freud und packte den Käs und fand, das sei endlich etwas Währschaftes zu essen, im Bad gebe es nämlich nur so langweilige magere Kost, von der werde kein Mensch satt. Das Edelweiss dagegen mochte es gar nicht achten – und so war nach dem Melk seinem Plan eigentlich bewiesen, dass es tatsächlich numen ein Mann sig. Dann nahm ihn das russisch Mäntsch aber derenweg zart bei der Hand, als es ihn mitkommen hiess und ihn zum Haus führte, und dazu schmöggte es noch so fein, dass der Melk bei sich dachte, so feinschmöggig und fein wäre ein Mann ganz gewiss nicht, und beschloss, er müsse noch ettis anders probieren.

Das Bad Stachelberg war ein richtiger Palast mit bunten Plättli und Teppichen zum darin Versaufen und Leuchtern, die waren wie viele aufgehängte Trändli, und alles war so sauber und ohne Mosen, ohne das Wassilij wäre der Melk dängg mit einem Tschutt im Hinder wieder veraussen vor der Tür gelandet.

Das russisch Mäntsch nahm ihn aber einfach obsi in ein Zimmer mit Wänden voller Gesticktem, das Hirsche und Steinböcke und Jäger mit Blüemli auf dem Hut darstellte, und meinte, der Melk müsse jetzt mit ihm zu Mittag essen, das sei viel lustiger als immer so allein. Zuerst hiess es den Melk aber warten und ging in ein anderes Zimmer und kam mit frischem Gwand und roserotem Gesichtli und noch feinschmöggiger zurück. Und als es sah, dass der Melk vor den Wandteppichen stand und von ganz nahem lugte, weil er fand, den Steinböcken ihr Gehörn sig nicht recht nach der Natur, da sagte das Wassilij, das sei sowieso alles Weiberplunder, wenn es nach ihm ginge, würden hier keine solchen Sachen hängen, und bewies dem Melk ein zweites Mal, dass es numen ein Mann war.

Dann brachten zwei Mägde auf einem Wägeli den Zmittag, der wirklich grüüsig war mit numen Grünem und Kalberfleisch und Eiertatsch, und der Melk musste alles allein essen, bis es ihm schier obsi kam, weil das Wassilij nur Käs und Brot ass und das um so vieles besser fand, dass es dem Melk nicht einmal ein Schnäfeli Käs anbot. Danach gab es Kaffi, der war recht, und die ganze Zeit beim Essen fragte das Wassilij den Melk nach dem Glarnerland und dem Alpnen und fand alles ungeheuer interessant und liess den Melk schnurren, bis sein Gellerettli vier Uhr zeigte und es aufstand, um baden zu gehen, und sagte, der Melk müsse aber mit.

Da dachte der Melk, also wenn er jetzt nicht herausfinde, dass das Wassilij eben doch ein Meitli sig, und kam sich recht gescheit vor und ging mit ihm ins Badehaus. Aber das Wassilij war eben pützlet und sauber und durfte sofort in die Molke springen. Den Melk dagegen hiess der Badmeister zuerst den Dreck abwaschen, und als er endlich den Zeechen in die Molke tünklete und beim Hineinhocken nur noch dachte, das dürfe er jetzt aber auch keinem verzellen, dass er einmal in der Molke bädelet heig, da war das Wassilij schon wieder getrocknet und angezogen und hockte neben ihm auf ein Schemeli und schnurrete ettis vom Tennissen und sah den blutten Melk nicht anders an, als es auch der Doktor Tuet tat.

Danach wollte der Melk nicht mehr glauben, dass er das Wassilij jemals weiben könne, aber angaffen mögte er es drum nicht weniger. Vor allem, dachte er bei sich, war es eben ein Mäntsch, und zwar das erste wirkliche Mäntsch, das er kannte, da waren all die Bauerngrinden ein Dräck dagegen und das Vreneli gad mit, und allein darum durfte er vom Wassilij nicht lassen. Und so beschloss er, ihn zu begleiten, wohin er nach dem Bädelen auch gech, und sig es auf Russland, und sig es gar als dem Wassilij sein Rossbub, solang er ihm numen nahe war.

Der Wassilij lud den Melk aber nach dem Bad wieder in sein Zimmer, und gar nicht als wie einen Rossbuben, sondern so recht als seinen Freund, das sagte er zum mindesten, ein Freund habe ihm nämlich noch gefehlt hier im Stachelberg, und den Arm legte er ihm auch um. Im Zimmer musste er dann mit aufs Kanapee hocken und süssen Wein trinken, und danach wurde der Wassilij schläfrig und lag zeismal ab und meinte, er wolle nur zehn Minuten dösen, der Melk möchte doch bitte so lange warten, und dann nuggte er wirklich ein, und der Melk hockte vom Kanapee ins Fotöi und wartete.

Eine Zeitlang sah er dem Wassilij ins Gesicht und auf die Hände, die waren so schön anzusehen. Aber dann trüllte der Wassilij sich zur Wand und zeigte numen noch seinen Rücken, und der war zwar auch schön, aber der Melk stand dann doch auf und flonerte im Zimmer ummenand und gschaute die Sachen auf den Simsen.

Und als der Wassilij immer noch nicht vertwachen wollte, öffnete er die Tür, hinter der das russisch Mäntsch sein Gwand gewechselt hatte, und kam in ein zweites Zimmer, das war so gross und so schön wie das erste, nur war es voller kurliger Vögel, die sangen ganz grüüli traurige Lieder, und dem Melk war, er sig in einem ganz anderen Land. Und dann entdeckte er, dass auch das säb Zimmer eine zweite Tür hatte, und öffnete sie und kam in wieder ein Zimmer, in dem hockte ein Papagei und schnurrete wie ein Mäntsch, aber ohne dass es ettis hiess, und das war wahrscheinlich säb Russisch, und dahinter kam ein viertes Zimmer mit numen Gold und Silber und Banknötli und danach eines ganz allein für dem Wassilij sein Gwand. Und im sechsten Zimmer war es wie ein Garten mit Blumen und Obstbäumen, und dem Wassilij sein Ross stand darin auf dem plättleten Boden und frass die Blumen, obwohl mängs Blüemli mit dem Ross redete und meinte, wenn das Ross es täg fressen, müsste es sterben, oder ein anderes meinte, wenn etter es auf einen Toten lege, würde der wieder lebendig, aber das Ross frass sie trotzdem. Und am End kam der Melk in ein siebtes Zimmer, in dem stand gad noch ein achtes, ein viel kleineres, und als der Melk die Tür von dem säben öffnete, hockte darin ein Vogel, der lismete mit seinem Schnabel an einem Hempli. Als er aber sah, dass der Melk die Tür offen gelassen hatte, nahm er das Hempli und flog hinaus und durch alle Zimmer bis zum Wassilij, und weil der gad aufgewacht war und das Fenster geöffnet hatte, um frische Luft zu haben, flog der Vogel gad weiter und durch das Fenster ins Freie und davon.

Und das russisch Mäntsch, als es säb sah, hockte ab wieder ganz wie ein Meitli und presste die Knie gegeneinander und heulte ganz verbärmstig in seine schönen Hände.

Und so weinte und weinte es und füllte mit seinen Tränen einen ganzen Krug, den es vom Sims genommen hatte, und dann noch einen, und die ganze Zeit sass der Melk dabei, bis tief in die Nacht, und studierte, was er dem Wassilij könne Gutes tun, und vergass darüber ganz seine Chueli auf der Chamer Alp, die doch gemolken werden wollten. Dann sah das russisch Mäntsch nach vielen Stunden endlich auf und sah nach, ob der Melk noch da war, und dann verzellte es ihm, dass es eben eigentlich doch kein Wassilij Wassiljewitsch war, sondern eine Wassilissa Wassiljewna, aber dass sie eben ein Mädchen liebte, daheim in Moskau, und unterwegs war, um ein Mann zu werden und das Mädchen heiraten zu können, und schon so vieles dafür getan hatte, dass sie dem Melk gar nicht alles berichten könne, das würde viel zu lange dauern. Aber ein Schaf hatte sie gehälftet und damit zwei Löwen gefüttert, und dem Vater des Mädchens hatte sie von weit her einen Apfel geholt, der ihn unsterblich mache, und dafür eine Riesin überredet, ihr das Meer zu teilen, damit sie hindurchreiten konnte. Und der Vater des Mädchens war trotzdem nicht zufrieden gewesen, und sie hatte ihm auch noch das Wasser der Unsterblichkeit holen müssen aus der gläsernen Stadt, die war noch viel weiter entfernt, und danach das Geheimnis der steinernen Stadt lüften, die war schon so weit weg, wie ein normaler Mensch in seinem Leben gar nicht reisen konnte, und das hatte sie alles getan und sogar in der steinernen Stadt noch mit eigenen Händen Menschen getötet, nämlich einem Araber den Kopf abgeschnitten und eine Königin zersägt, nur damit sie eines Tages, falls sie jemals ein Mann würde, das Mädchen heiraten dürfe. Und jetzt war sie schon so lange unterwegs, um einer blinden Zaubererin, die versprochen hatte, sie zum Lohn in einen Mann zu verwandeln, ihre verlorengegangene Seele zurückzubringen, aber ein Teufel wollte nicht, dass die Zaubererin ihre Seele wiederbekam, und daher hatte der Vogel ihr ein Hemd gewoben, das sie vor dem Teufel schützen sollte, wenn sie in die Berge ginge, um ein rotes Kühlein mit einem Lockenkopf zu finden, denn in dieser Kuh steckte ein Hirsch, und in dem Hirsch ein Reh, und in dem Reh ein Has, und in dem Has ein Häschen, und in dem Häschen war ein Kästchen, und in dem Kästchen wiederum waren drei Schwalben, zwei davon waren die Augen der Zaubererin und das dritte ihre Seele – und jetzt musste die Wassilissa Wassiljewna im Tal bleiben, weil sie ohne das Hemd in den Bergen dem Teufel schutzlos ausgeliefert war, und so würde sie niemals zu dem Kühlein finden und nie zur Seele der Zauberin und daher auch nie Mann werden und das Mädchen nicht heiraten können, und darum musste sie gleich wieder grüüli brieggen, noch ein Töpfli voll.

Der Melk hockte aber lange Zeit auf dem Boden und

briеggete mit der Wassilissa und um die Wassilissa, die nicht wollte, dass er sie weibe, und um noch ettis anders. Und endlich sah er auf und stupfte sie und sagte, das Chueli sig drum dängg ds Vroni, das sig bei ihm auf der Chamer Alp und seine Lieblingskuh. Und dann musste er noch einmal lange brieggen, bis fast in den Morgen, bevor er sich das Gesicht trocknete und aufstand und der Wassilissa sagte, er ginge jetzt das Vroni holen.

Da lächelte die Wassilissa ihn ganz tränenverhangen an und meinte, das sei ganz furchtbar lieb von ihm, aber nötig sei es nicht mehr, sie habe bereits ihr Pferd losgeschickt, damit es das Vroni zum Berglistüüber bringe, und dann sah sie auf ihr Gellerettli und meinte, es müsse eigentlich schon dort sein.

Als sie unter den Stüüber kamen, stand auch wirklich im letzten Mondlicht das silbrige Ross mit dem Vroni am Teich und soff und wartete der Wassilissa. Die aber legte dem Ross gleich den Sattel auf und umarmte den Melk und küsste ihn auf die Backen und gab ihm noch ein Goldstück, das er dem Stüssi als Entgelt für das Vroni geben solle. Dann griff sie das Vroni am Bändel und stieg auf ihr Ross und ritt ins Wasser und durch den Regenbogen und dann durch den Vorhang, den der Stüüber vor der Grotte machte, und danach tief und tiefer in die dunkle Grotte hinein.

Der Melk aber sass am Ufer, bis die Sonne über den Hanenstock kam, und sah dem Vroni und der Wassilissa Wassiljewna hinterher und glaubte immer wieder, er höre hinter dem lärmigen Stüüber das Ross mit den Hufen töckerlen und die Wassilissa käme zurück und nähmt ihn mit sich. Und auch als er schon lange nichts mehr glaubte, hockte er noch weiter am Wasser und hielt sich die Backen, damit der Wassilissa ihre Küssli nicht gar so gschwind verflogen, und sah in die schwarze Grotte hinein und trauerte.

Und als er dachte, es sig jetzt bestimmt schon hoher Mittag, stand er auf und ging zum Stachelberg zurück und staunte, weil es noch immer früher Morgen war und das Bad noch geschlossen und alle Leute am Pfuusen. Und dann fand er dem Stüssi sein Wägeli nicht mehr, nicht dort, wo er es abgestellt hatte, aber auch sonst nieneds. Und da konnte er plötzlich nicht einmal mehr so recht um das Wassilissi trauern, sondern er hatte nur noch Schiss vor dem Stüssi, dem er das Vroni verkauft und das Wägeli verloren und die Kühe nicht gemolken hatte, und wenn säb auch jetzt im Herbst nicht ganz so schlimm war, weil Kühe kein so volles Euter mehr hatten und mängs Chueli schon ergaltet war, so war es doch schlimm genug, weil es halt doch sein wichtigstes Ämtli war, und drum wurde dem Melk, als er endlich z'Alp lief, der Weg den Berg hinauf gad noch einmal so streng.

Und so schwer lag es ihm auf dem Herzen, dass es einen rechten Weil dauerte, bis er gmerkte, dass weit über den Under Stafel durab Schnee auf den Wiesen lag – dann aber verschrak er noch viel mehr und dachte, was jetzt numen sig, wenn das Veh sich auch noch im Schnee verloffen hatte. Und tatsächlich war, als er auf dem Bödeli ankam, kein Chueli weit und breit zu sehen, und der Bläss kam auch nicht, als er ihm pfiff, und überhaupt war das Hüttli leer und nicht einmal mehr das Käschessi darin, und im Keller waren keine Käs und auch keine im Stadel.

Da segglete der Melk gad weiter auf den Ober Stadel, durch den Schnee, der so tief und nass war wie sonst erst im Frühling und ganz bestimmt nicht im Spätsommer. Das obere Hüttli war dann aber auch leer, und die Mäuerli, die er so süüferli geschichtet hatte, waren verschwunden, dafür stand jetzt ein richtiger Stall auf dem Bödeli. Und von seiner Herde war hier auch keine Spur, und endlich lief der Melk drum durab zum Bogglaui Hof und hoffte, der Bläss war gescheit genug gewesen, die Kühe noch vor dem Schnee ins Tal durab zu treiben.

Vor dem Bogglaui Hof stand aber ein ganz anderer Hund als der Bläss, und der bellte den Melk an, als sig er irgendein fremder Fötzel und nicht der Zusenn vom Bogglauibauern. Aber dann hörte der Melk aus dem Stall dem Stüssi seine Chueli, und die Chrischtiinä muhte wieder am lautesten, und er fühlte, wie es ihm auf der Brust wohlte, und wollte gad an dem gälligen Hund vorbei in den Stall schlüüfen. Da kam aber aus dem Haus einer, den kannte der Melk als einen Knecht von Mollis, und der sagte nicht einmal grüezi, sondern stand einfach mit breiten Beinen zmittst im Hof und fuhr den Melk an, was er denn ächt für einer sig und was er well.

Da wusste der Melk gad gar nicht mehr, wo ihm der Grind stand, und meinte ganz schüüch, er sig doch drum der Zusenn vom Stüssi, der Melk, und er heig doch numen zu seinen Chueli wellen.

Der Bauer gaffte ihn aber an, als sig der Melk eine Totenseel, und erst nach langem antwortete er scharf, die Herde sig jetzt die seine und der Stüssi schon über zwei Jahr nicht mehr im Land – und wann der Melk eigentlich zum letzten Mal gebartet heig, er gsäch doch, dass er den Hund vergelstere.

Drittes Buch

Das Vreneli verschwindet und küsst dem Melk von seinem Leben ab

Der Tschudi war gad in einem Handel ins Unterland gefahren, aber die Frau Tschudi war auf dem Hof, und sie half dem Melk barten und schnitt ihm die Haare ab, und währenddem klärte sie ihn auf, dass er vor bald drei Jahren verschwunden war, von einem auf den anderen Tag, und es bald geheissen hatte, der Melk sig in der Wildi verunglückt. Numen das Vreneli, das due die verlotterte Herde gefunden und ins Tal gebracht hatte, behauptete bis zuletzt, der Melk sig noch am Leben, der sig numen ab und komme dann schon wieder, und der Stüssi sagte das Gleiche, als er aus dem Italienischen zurückkam. Der Melk war aber nicht wiedergekommen, nicht im säben Jahr und nicht im nächsten. Und als an der Chilbi die Sach mit dem Balzli auskam –

Ja, fragte da der Melk, was es denn mit dem Balzli auf sich heig, er wüss von nüüt.

Und das war eben auch so eine Geschichte. Der Balzli war nämlich im gleichen Sommer von der Alp verschwunden wie der Melk. Der Limmeren Senn verzellte dann seinem Alpvogt, der müsse beim Gaumen z'Tod erfallen sein und neumeds im Tobel liegen, und das glaubten auch alle, obwohl dem Balzli seine Leiche nicht gefunden wurde. Dann ging aber der Limmeren Senn im Jahr darauf an die Glarner

Chilbi und bekam vom Tanzen derenweg heiss, dass er an die Linth musste zum Verluften. Dort fand er dann ein feines bleiches Knöchli am Ufer, das ihm gut gefiel, und so steckte er es sich an den Hut, als sig es eine Feder. Als er danach wieder zum Tanz kam, liess aber sein Meitli, das Vanille Susi von Linthal, einen uumäären Wiechs ab und wollte gar nicht mehr hören. Und dann sahen alle, dass das Knöchli angefangen hatte zu bluten und dass das Blut dem Limmeren Senn über den Hut und den Hals durab rann. Der Senn fiel darauf in Ohnmacht, und später verzellte er, dass der Balzli ihm drum z'Alp ebigs den Nidel von der Milch geschleckt hatte, und dann war er noch zweimal einfach von der Herde weg verloffen. Das hatte er aber nicht mögen verbutzen, und in seiner Gälligen hatte er den Balzli, als er wieder auf den Stafel kam, päcklet und in die süttige Schotte geworfen. Die Leiche hatte er dernach das Tobel durab troolet, und von dort war dängg eines von dem Balzli seinen Knöchli mit dem Gletscherwasser z'Tal geschwemmt worden.

Der Melk war bald still und blass geworden, er wusste ja schon, wohin der Balzli die beiden Male verhöselet war, und die Frau Tschudi wagte danach gar nichts weiter zu berichten. Und als der Melk sie dann nach dem Vreneli fragte, wurde sie noch bleicher als der Melk und meinte nur, sie wisse von nüüt, das frage er am besten den Fessisbuur.

Vom Stüssi konnte sie ihm dann aber doch verzellen, der musste nämlich nach dem Limmeren Senn seinem Geständnis das Tal verlassen, weil viele glaubten, wenn der Stüssi schon einer war, der seinen Zusenn einfach so allein auf dem Stafel liess mit dem ganzen Veh, dann hatte der am End mit dem Melk auch appart das Gleiche gemacht wie der

Limmeren Senn mit dem Balzli, und wenn er noch länger zu Glarus geblieben wäre, hätte er leicht mit dem Limmeren Senn auf dem Galgenbüchel geendet. Darum verkaufte er den Bogglaui Hof mit allem Veh für wenig Geld und wanderte aus, es hiess, auf Amerika.

Danach fragte der Melk nicht mehr viel. Die Frau Stüssi wollte von ihm jetzt aber auch nichts wissen, das war dann die Sach vom Vatter, wenn der von seinem Handel zurück war, und setzte ihn lieber mit einem Mocken Seife in die gefüllte Gelte und liess ihn dort hocken und all das Neue besinnen und meinte, sie reise derweil ihren zwei Mannen einen fuhrigen Znacht.

Danach sass der Melk im Wasser und konnte sich nicht entscheiden, ob er jetzt das letzte Mal vor mängem Jahr gebadet heig oder erst nächtig, und begann darüber zu studieren, wo auch die ganze Zeit geblieben war und ob es möglich war, dass die Wassilissa und er nicht eine Nacht verweint hatten, sondern zwei volle Jahr – was er sich schon vorstellen mögte, wo doch das russisch Mäntsch in der säben Nacht drei Krügli mit Tränen gefüllt hatte und er auch zum mindesten eines. Und dann wanderten aber seine Gedanken, und er übersann, was er dem Stüssi angetan hatte und was dem Vreneli. Über dem Vreneli sein Bild legte sich aber das säb von der Wassilissa, die lugte ihn mit ihrem elendstraurigen Blick durch den Vorhang vom Berglistüüber an und hatte den Regenbogen über den Kopf gelegt, als sig sie kein Mäntsch, sondern das Helgeli einer Heiligen – und zeismal wurde es dem Melk ganz strub im Kopf, denn da schien es ihm, die silberfüchsig Wassilissa wäre eigentlich haargenau das herzig verneblet Echo am Sihlseeli mit seinen goldigen

Fusstääpen. Und gad sprang er aus der Gelte, dass es eine Fleezi auf den Boden gab, und füdlete in die Chuchi und dachte gar nicht daran, dass aus ihm ein Mann geworden war, und erkundigte sich ganz aufgeregt bei der Frau Tschudi, ob denn schon Karfreitag gewesen sig, und sprang wie ein junger Hund in der Chuchi ummenand, als er erfuhr, bis Karfreitag und bis das Echo wieder am Sihlseeli erschien, siged noch genau eine Woche und zwei Täg.

Dann kam der Tschudi heim und wunderte sich, dass der Melk zurück war, und hockte an den Tisch und meinte in seiner besonnenen Art, erst täged sie essen und dann sell der Melk verzellen. Und während sie beim Znacht sassen und der Tschudi seiner Frau von dem Handel berichtete, der ihn ins Unterland geführt hatte, und vom Babettli, dem er noch von der Frau Tschudi ein Paar warme Socken für den Goof hatte bringen müssen, beschloss der Melk, er täg das vom Wassilissi niemertem verraten und ganz bestimmt nicht ds Tschudis, und hatte Zeit, sich ein Geschichtli auszudenken. Und als der Tschudi endlich auf den Ofenbank hockte und meinte, jetzt sell der Melk verzellen, da verzellte der nur, er heig im Herbst in der Wildi den Weg verloren gehabt und im Hunger ein paar Munggen beobachtet, wie die ein Chruut assen, und gedacht, säb Chruut sig also sicher nicht giftig, das täg er auch gad essen. Dernach sig er aber derenweg müde geworden, dass er heig müssen unter ein leeres Heudachli liggen, das dort am Hang stand, und danach sig er dängg in den Winterschlaf gefallen, anders könne er es sich nicht erklären, und wohl weil er ein langlebigs Mäntsch war und kein finöggeligs Munggeli, hatte er gad noch zwei Winter mehr verschlafen.

Glii dernach meinte er zum Tschudi, er sig drum immer noch recht schläfrig vom Chruut und well gogen pfuusen. Danach lag er aber buurlimunter unter dem Liilachen und dachte an die Wassilissa und ob die blinde Zaubererin nicht auch aus ihm eine Frau machen konnte, wo er ihr doch das Vroni geliefert hatte und damit ihre Seel, und danach wäre die Wassilissa nämlich in ihn verliebt und nicht mehr in das russisch Meitli, und dann würde zwar nicht er die Wassilissa weiben, aber dafür sie ihn.

Als aber der Melk eine Zeitlang so im Bett gelegen und geträumt hatte und von der Welt längst nichts mehr zu hören war als das Pöpperlen der Toten im Gebälk und mängsmal vom Wald her eine Eule, da wurde ihm zeismal wieder ganz anders, fast wieder wie früher, lang vor der Sach am Stachelberg. Und erst wusste er gar nicht, warum das so war, dann aber spürte der Melk ettis auf seiner Brust, ettis wie früher das Schrättli, nur wurde es immer schwerer und fester und war bald schon so schwer und so fest als wie ein Füchsli – und dann fühlte er auf seinem Mund ein Päärli Lippen, und ganz nah an seinem Ohr flüsterte es mit dem Vreneli seinem Stimmli: »Tuä nüd verschreggä, Melk, ich will dr numän ä chläi vu diim Lebän abküssä.«

Und der Melk verrodete sich nicht und sagte auch nichts und spürte numen dem nach, das ihn da so abschmüüselete – und erst nach einem kleinen Weil, als er meinte, jetzt könne er bestimmt nichts mehr verderben, da flüsterte er ganz leise zurück: »Vreneli –?« Und er hatte noch nicht einen einzigen kleinen Satz heraus, da wurde das Warme auf seiner Brust schon leichter, und als er ohne zu studieren danach langte, so wie man nach einem Bettdeck langt, das einem vom Nest schlipfen will, da war alles, das Warme und das Küssli und dem Vreneli sein liebes Stimmli, schon wieder gegangen, und im gleichen Augenblick wusste der Melk schon nicht mehr, ob er nicht numen geträumt hatte.

Am anderen Morgen rief der Tschudi den Doktor Tuet, damit der Melk auch dem säben vom Munggenkraut verzell. Danach sah ihn der Doktor Tuet aber numen scharf an und meinte, der Melk sig jetzt erwachsen und könne tun, wonach ihm der Sinn stäch, und dabei wünsche er ihm das Beste. Und dann hatte er mit dem Tschudi schon wieder ettis anders zu besprechen, und der Melk musste aus der Stube.

Das war ihm aber so gad recht, denn seit dem Küssli nächtig sorgte er sich um das Vreneli und wusste, er würde keine Ruhe finden, bis er es nicht gesehen hatte. Und drum stieg er auch gad, nachdem der Tschudi ihn aus der Stube geschickt hatte, in die Schuhe und ging vom Hof.

Als er aber auf Fessis kam, stand dem Vreneli sein Vatter auf dem Bödeli, als hätte er auf den Melk gewartet, und hiess ihn ins Hüüsli kommen und mit ihm absitzen, und bevor der Melk noch nach dem Vreneli fragen konnte, sah ihm der Fessisbauer fest in die Augen und sagte, er heig dem Melk nichts vorzuwerfen und da sig es ihm gleich, was andere dazu sagten. Er selber heig dem Melk gesagt, er müsse der Vriinä ihre Freiheit lassen, und dass der Melk sie sich selber dann auch nähmt, sig nüüt als recht.

Wohl heig es den Fessisbauern geschmerzt, erfuhr der Melk, was seinerzeit geschehen sig, das wollte der nicht in Abrede stellen. Er hatte drum seine Tochter nie davor derenweg fröhlich und im Frieden gesehen wie in dem säben

Sommer, da der Melk dem Stüssi zusennete und die Vriinä alle Zeit immer numen auf der Chamer Alp sein wollte. Und einmal im Spätsommer war sie gar abends in den Stall gekommen und hatte sich auf ein Chueli gelehnt und graduus gemeint: »Du, Vatter, ich glaubä drum, der Melk, der isch es.« Das hatte aber nicht weniger geheissen, als dass die Vriinä fragte, ob der Melk dann einmal mit ihr den Hof auf Fessis übernehmen dürfe, und das hatte den Fessisbauern recht mögen freuen, weil er nicht gedacht hatte, dass überhaupt etter den verlottereten Hof noch well haben, und gar die eigete Tochter. Und so hatte er ohne langes Werweissen noch an dem säben Abend zur Vriinä gemeint: »Also, dä bring nä dä!« Und am anderen Tag war die Vriinä zum Melk auf die Chamer Alp und wollte ihm davon berichten, und erst spät am Abend kam sie grüüli vergelsteret zurück und bschloss sich in ihr Kämmerli.

Dem Melk rugeleten die Tränen aus den Augen. Das hatte das Vreneli ihm also verzellen wollen, due im Wiesli – und er hatte schon numen noch die Wassilissa im Sinn gehabt.

Nach ein paar Tagen war es dann wieder zum Vatter gekommen und hatte gemeint, es gech noch einmal zum Melk, es well jetzt eine Antwort. Als es dann aber auf der Chamer Alp ankam, fand es die Alp verlassen und das Veh seit dängg zwei Tagen nicht gemolken, und der Melk war verschwunden und kam auch nicht wieder zum Vorschein, als der Tschudi mit hundert Mannen den Chamerstock und alle Berge rings um die Alp und bis hinauf zum Tödi absuchte, wohl eine Woche lang. Am End wurde der Melk für tot erklärt, und seither war die Vriinä auf Fessis nicht mehr zu halten, war rastlos immer am Fenderen und suchte nach dem Melk, oder sie war einfach numen so ab, für Tage, mängsmal für Wochen. Und wenn sie auf Fessis war, so durfte der Bauer sie nicht ansprechen, dann zündete sie immer nur, oder sie tat, als höre sie nicht, und gaffte numen in die blaue Luft, oder schliesslich weinte sie, zmittst im Melken oder auch beim Zmorged, und einenweg jede Nacht. Aber darüber reden wollte sie trotzdem nicht.

Dann hatte sie im Sommer zeismal einen Bauch und bald darauf ein Kindli geboren, ein Meitli. Wer der Vatter sig, das verriet sie aber auch nicht, nur dass der Melk es ganz bestimmt nicht sig, der zuallerletzt – und das verzellte sie dafür gad allen, wenn sie auch gar nicht gefragt hatten.

Als das Possli aber erst da war, da mögte die Vriinä auch wieder werken, und ein Jahr lang chrampfte sie wie närsch, der Fessisbauer durfte fast nichts mehr dazutun, und daneben lugte sie nach dem Kind, und wenn der Bauer einmal meinte, so könne das doch nicht ebigs gehen, fand die Vriinä nur, aber sicher könne es das, sie übernähmt den Hof nämlich auch allein und das Töchterli täg ihr dann schon mit der Zeit helfen.

Mit dem säben Meitli war es dann aber auch kein Gfell. Das hockte im Sommer nämlich gern auf einer Steinplatte vor dem Haus, von dort konnte es die Vriinä sehen, wenn sie den Hang am Heuen war, und dort bekam es auch seine Milchmöggli zum Zmorged. Und bald hatte es eine Freundin, ein Schlängli, das hervorkam, wenn das Kind am Essen war, und von der Milch schneuggete, und das Kind spielte mit ihm und machte ihm Ääli, und mängsmal gab es ihm auch mit dem Löffel eines auf den Totz und meinte: »Au Möggli essä, nüd immer numä Milch!«, oder es rupfte ihm das Kacheli unter dem Grind weg und fand, das mög es jetzt noch allein. Aber dem Schlängli war der Goof nie zu ruuch, daderfür hatte es ihn viel zu gern.

So waren sie den ganzen Sommer lang die besten Freunde, dann kam einmal die Frau vom Luchsinger von Schwanden und wollte der Vriinä abgetragene Windeln von ihren eigeten Goofen bringen. Als die aber das Meitli mit dem Schlängli spielen sah, wiechste sie los und rannte übers Bödeli zum Possli hin und rupfte es weg, und dem Schlängli gab sie einen dertigen Gingg, dass es weit vom Bödeli in den Wald flog und dernach nicht mehr wiederkam. Aber ohne ines wollte das Meitli nicht mehr leben und schlief bald darauf einfach ein und vertwachte nicht mehr.

Von da an war das Vreneli überhaupt nicht mehr wie früher, es rannte Tag für Tag numen immer in die Widli hinauf, dorthin, wo sonst kein Mensch mehr hinkam, vielleicht noch ein Steinbock, sonst aber numen gad die Adler, und die ganze Zeit schnurrete es von nichts anderem mehr, als dass es bald täg ein Rosengärtli anlegen, zuoberst auf einem Gletscher, und tat immer ganz fleissig und gefreut und segglete am Morgen in die Höhe mit gluetigen Wangen, als wäre es fiebrig, und kam nicht vor der Nacht zurück und mängsmal auch gar nicht, und sagte immer numen, es müsse drum vorschaffen und heig viel zu tun.

Über den Melk hatte es aber nie mehr ein einziges Wort verloren, bis es eines Tages spät im Herbst zum Fessisbauern sagte, jetzt sig es parat, jetzt gech es den Garten anlegen. Als da der Bauer meinte, es sig aber Sturm im Anzug, der bringe eine Schwetti Schnee, und da sig es viel zu gefährlich in der Wildi oben, da packte die Vriinä dem Vatter sein schweres

Käschessi und zog es über den Kopf wie eine Kappe, dass es ihm weit über die Schultern langte. Und dann meinte es, asenweg sig es genug geschützt gegen den Schnee, weil warten könne es drum nicht, der Garten wäre sonst nicht fertig, wenn der Melk heimkäme.

»Und dänn isch es wiän äs Gämsi der Berg durab uf di ander Talsiitä«, verzellte der Fessisbauer und hielt den Kopf zwischen den Händen. »Ä bitz speeter z Schwändi hetts zum letschtä Mal etter gsih, duä isch es gad zur Änneteggähüttä deruuf, immer nuch mit em Chäschessi überem Grind.« Gegen Abend aber kam dann der Schneesturm auf und hielt die ganze Nacht an, und auch die nächsten Tage schneite es immer wieder, und wahrscheinlich war das Vreneli einfach erdrückt worden unter dem schweren Chessi und dem schweren, nassen Schnee.

Danach hatte der Fessisbauer das ganze Glärnischmassiv und alle Gletscher und Firne auf der Schwändener Talseite abgesucht, drei lange Tage waren sie im Gfogg über die Gipfel geklettert und hatten nach der Vriinä gerufen, und der Graagen Fidel brach sich bei der Suche ein Bein. Am End war aber der Neuschnee zwei Meter hoch gestanden, und der Pfarrer las zu Sool dem Vreneli die Totenmesse.

Trotzdem wusste der Melk, das Vreneli war nicht erfallen und erfroren, das sagte ihm sein Gespür. Und so segglete er bald jeden Tag hinauf in die Wildi und suchte nach dem Vreneli vom Clariden bis zum Wiggis und zum Rautispitz, und juuchzete und jodlete ihm und hockte mängen Abend bis lang nach dem Einnachten auf dem First ob Silberen und gschaute die gluetigen Gletscher und rannte noch in der

Nacht vom einten zum anderen und wollte ums Verroden nicht glauben, dass das Vreneli nümmen sig – nannten ihn die Leute im Tal auch mit der Zeit ein Tubeli und abgeschnitten ein sertiges, als wie das Vreneli am Schluss eines gewesen sig.

Und so ging auch der Karfreitag vorbei und das ganze Osterfest, ohne dass er es noch geachtet und auch nur einmal an ettis anders als an die Vriinä gedacht hätte, ans Echo vom Sihlseeli oder ans Vroni oder an die Wassilissa – ausser mängsmal, wenn ihm ob all dem säben, was er boosget hatte, das schlechte Gewissen wie ein fauler Käs auf dem Ranzen lag.

Dann päuselete er einmal nach langem Suchen hoch über dem Glärnischfirn und sah zu, wie die Sonne weit im Schwyzerischen versank und nur gad den vordersten Spitz vom Guppenfirn noch in einem blutig roten Strahl zurückliess. Als der Melk das aber als ein Zeichen nahm und zum wohl zehnten Mal in diesem Frühling durabsteigen und das weite leere Schneefeld nach dem Vreneli absuchen wollte, da packte ihn zeismal eine Müedi, dass er fast nicht mehr die Augendeckel lüpfen und schon gar nicht mehr beinlen mögte und überhaupt nichts anderes mehr tun als numen gad abliggen, zuoberst am Glärnischgrat in einer Mulde. Und da lag er dann und spürte auf der Haut, wie die Nachtkälte kam, und wurde gar nicht unruhig, sondern studierte numen noch nach einem Zauber, mit dem er sich einschneien lassen konnte und liegen bleiben zämen mit dem Vreneli, und allem Chrampfen und Suchen ein Ende machen.

Ein sertiger Zauber kam ihm dann aber nicht z'Sinn, und er schlief nur ganz gewöhnlich ein und träumte, das Vreneli sig zurückgekommen, um ihm nochmals von seinem Leben abzuküssen. Das säb Mal schnurrete es aber mit ihm und sagte ihm, er sell um ds Gotts willen am Leben bleiben, denn solange er am Leben sig, sig es auch mit ihm nicht vorbei. Er müsse aber fort aus dem Glarnerland und nicht mehr so fest an ines denken, das brächt ihn nämlich am End um. Und nachdem es das gesagt hatte, legte es sich auf den Melk und wärmte ihn und hielt den kalten Luft von ihm ab, bis es tagete und die Sonne über den Grat kam. Und als der Melk am Morgen vertwachte, da war ihm so wohl wie lange nicht mehr, und er stieg über den Gipfel und liess das Glarnerland hinter sich, und das Letzte, was er davon noch sah, war unten am Glärnisch der Guppenfirn, der wieder ganz zart und lieb am Brünnen war.

Da dachte der Melk aber numen noch, das sig jetzt aber ein schöner Gluet. Ans Vreneli dachte er bereits nicht mehr – oder gerade noch so, wie einer sich an ein Geschichtli besinnt, das er früher als Kind gehört hat und das er nicht mehr so recht erinnert, numen noch als ein warmes Gefühl.

Der Melk verliert sein Gefühl und wird frech

Der Melk lief, ohne sich noch umzutrüllen, graduus bis weit ins Schwyzerische. Danach wusste er aber nicht mehr so recht, wohin er sich wenden sollte, und die ganzen letzten Frühlingswochen beinlete er zwischem dem Bisistal und dem Muotatal ummenand und zwischen dem Wägitaler See und dem Lauerzer See und dem Vierwaldstätter See und suchte nach einem Ort zum Bleiben. Sobald er aber das Maul abenand machte, galt er überall nur noch als fremder Fötzel und Galgenvogel, als einer, der statt Sägesse und Fazanettli und Blouscht halt Sägetzä und Faselettli und Blaascht sagte und darum kein Vertrauen und keine rechte Arbeit verdiente.

Und so zog er durch das Land und scheitete Holz für ein Süppli und eine Nacht im Stall und schnurrete all die Zeit nur das Nötigste oder nicht einmal das, und oft genug nächtigte er im Wald oder unter einem Brückli und langte nach dem einzigen Goldstück im Sack, das die Wassilissa ihm am Stüüber gegeben hatte und das aber nicht seines war, sondern dem Stüssi sein Entgelt für das Vroni, und studierte, ob er es nicht gescheiter für ein neues Chueli oder einen Esel oder ein richtiges Nest im Gasthaus ausgab, aber machen tat er es dann doch nie.

Und im Maien kam er dann in ein Täli zwischen zwei

andern Tälern, das war derenweg nüütelig, dass es gar keinen Namen hatte und numen das Täli hiess, und dort an ein Plätzli, das war ettis wie ein Dorf, eigentlich aber nur ein paar Höfe, und Höf hiess es drum auch, und der Dorfbach hiess der Dorfbach, und die Bauern waren Stierengrinde wie überall.

Was es dort aber hatte, das war ein verwaists Fralein. Das hatte nicht mehr als ein Hüttli und eine einzige Kuh, die Susi, und keinen Schuh Boden dazu, aber es hatte auch Gsüchter und ging am Ganen und konnte nicht mehr selber holzen und kaum mehr abhocken, um seine Kuh zu melken. Und so hiess es den Melk nur zu gern zupacken, als er um ein Ärbetli anklopfte, und hatte ihm auch einen warmen Znacht und ein Nest auf dem Bank, und am anderen Tag hatte es ihm noch ettis zweits zu schaffen und dazu ein gutes Wort – und das End war, dass der Melk blieb und schliesslich zu ihm unter die Decke schloff und es »du« und »Bärteli« nannte.

Vom Bärteli lernte der Melk aber als Erstes, nicht weiter darauf zu achten, wenn sie ihm »Schafseggel« nachriefen und ihm den Auswärtigen anhängten und dem Bärteli die Glarner Hur, und als Zweites, dass die säben im Tal die lautesten waren, die das meiste Stroh überoben hatten, und dass man ihnen mit einem bitz Schläui und Frechi das Maul leicht vernaglen konnte, man musste numen die rechte Zeit abpässlen. Und lange musste der Melk nicht warten. Das Bärteli hatte drum seine Kuh amed auf ein stotziges Wiesli oben am Dörfli getrieben, obwohl der Boden dort trocken war und das Gras mehr Fideri als Mutteri, aber die säb Weid war die einzige im Tal, die niemert ausser ihm haben wollte. Dann übernahm es aber der Melk, das Chueli zu gaumen, und musste dabei immer auf die saftige Weid schauen, die numen gad ein Schrittli hinter dem Bärteli seinem Hüttli anfing und dem reichsten Bauern im Dorf gehörte, dem Kappen Fränz. Und der hatte zwar gar nicht genug Veh, zum alles Gras von der Weid fressen, er war aber dafür der grösste Stierengrind im Tal und duldete keine fremde Kuh auf seinem Land.

Nach wohl einem Vierteljahr war es dem Melk aber doch zu stigelisinnig geworden, die Susi jeden Tag durch das ganze Dorf und den Stotz hinauf zu treiben, und hinter dem Hüttli wurde das beste Futter überständig. Und so rupfte er eines Morgens einfach den Zaun abenand und trieb dem Bärteli sein Chueli zum Kappen Fränz auf die Weid und fand, wenn der ettis zu meinen heig, so bekäme er halt von der Susi ihrer Milch ein Tassli und dann würde es dem schon recht sein.

Als der Melk am Abend aber aus dem Holz zurückkam und nach der Susi ging, da lag das arme Chueli ausgeblutet und tot im Gras, und sogar die Haut war ihm noch mit vielen Stichen verstochen und fürs Gerben verdorben, und das Bärteli meinte, da heig er jetzt einen rechten Seich angegattigt, jetzt heig es nämlich nüüt mehr ausser dem leeren Hüttli.

Der Melk in seiner Galle sagte aber numen noch: »Wart!«, und neuslete das Goldstück von der Wassilissa aus dem Sack und ging graduus in den ›Eidgnoss‹, dort hockte der Kappen Fränz jeweils beim Abendschoppen. Und zu ihm ging der Melk und tätschte ihm auf die Schulter, als sig er sein Freund, und zeigte ihm sein Goldstückli und verzellte ihm, das säb bar Gold heig er jetzt gad beim Gerber bekommen für eine einzige gsieblete Kuhhaut. Sertigs glöchlets Leder sig drum auch asenweg selten, dass es mehr wert sig als sonst eine ganze lebige Kuh.

Da machte der Kappen Fränz aber Augen wie Gutterenböden und meinte, wem das Glück well, dem kalbere schiints noch der Sackbock, und konnte sich nichts anderes denken, als dass dem Melk seine Geschichte wahr sig – weil so ein Goldstück trug man ja nicht ummenand und langte es dann nicht an und wohnte lieber beim Bärteli zmittst in den Flöhen und hungerte sich ein Loch in den Bauch. Und nachdem er auf das Goldstückli gebissen hatte, verdisputierte er die Sach mit den anderen Bauern, und am anderen Morgen war das Veh im Dorf bis auf das letzte Chueli verstochen und geschunden, und die Bauern wollten vom Gerber ein Goldstück für jede Haut und bekamen nichts als dem sein Gelächter und endlich einen Hass auf den Melk.

Das Bärteli meinte aber, als er heimkam, er heig tifig gelernt, und gab ihm einen Schmutz, und am Morgen hockten sie vor das Hüttli und sahen zu, wie die Bauern mit den Häuten zum Gerber fuhren und mit langen Gesichtern wieder zurückkamen, und tranken dazu ein Fläschli Weissen, das der Melk nächtig im Spunten vom Kappen Fränz seinem Tisch mitgenommen hatte, als der auf dem Goldstück ummenandbiss.

Danach litt das Bärteli dann jedoch ganz grüüli am Gsüchter und trimächtete und triissete z'Nacht so elend, dass der Melk endlich die Decke nahm und zum Schlafen hinters Hüttli ging. Dort pfuusete er dann dem Herrgott eines bis in den hellen Tag hinein und sah erst, als er zum Zmorged ins Hüttli kam, dass in der Nacht die Bauern ins Hüttli eingebrochen waren und das Bärteli erschlagen hatten und am End glaubten, sie heiged den Melk vertwütscht.

Und danach blieb er den ganzen Tag im Hüttli versteckt

und brieggete um das Bärteli, und als es einnachtete, lief er davon, aus dem Täli hinaus und weiter, bis er zu Zug war.

Dort fand er dann den Sommer derdur eine Anstellung als Handlanger bei einem Schmied und ein Zimmerli nahe am See. Und auch das eint und ander Gschleigg mit Weibern hatte er, aber immer mit gschpässigen, und so mängs erwies sich gar als ein ausgemachtes Räf. Es war aber drum so, dass der Melk, obwohl er als ein schöner Burscht galt, in seinen Augen ettis bekommen hatte, das machte den meisten Meitli Angst, und vor allem den lieben, feinen – ettis so Himmeltrauriges und Schwarzes und fast Gfürchigs, mit einem Burscht mit sertigen Augen konnte eines nicht einfach zum Tanz abmachen und dabei glauben, das gäb dann nüüt als Gigelen und Freud.

Endlich hatte er aber dann ettis mit einem Nixli aus dem Zugersee, das kam nachts zu ihm und tat ihm schön, und mängsmal stieg er auch zu ihm auf den Seegrund durab, wo das Nixli in einem rechten Schloss sein Diheimed hatte, und einen Weil hatte der Melk seine Freud daran, endlich wieder mit einem zu gvätterlen, das kein Mäntsch war und drum auch nicht so dumm und so chöög wie die säben. Nur lief das Nixli eben gern als Spinne über das Wasser oder verwandelte sich in ein Wölkli oder fing in seinem Gwand den Regen auf, und selbst wenn es nur am Melk vorüberging, hörte er es von ihm her rauschen wie von einem Quelleli – und all säb erinnerte ihn an das Nebeli am Sihlseeli und damit an die Wassilissa und an den Berglistüüber, und davon bekam er endlich das Heimweh und mögte nicht mehr reden – und darob wurde dann das Nixli hässig, dass es einenweg am liebsten gesehen hätte, der Melk blübe bei ihm im See und läss sein Zimmerli zu Zug und überhaupt das feste Land und alle Menschen auf ebig hinter sich. Und eines Tages, als der Melk wieder nur auf dem Seeboden lag mit einem Seerösli zwischen den Fingern und wehmütig in den Himmel ob dem Wasser lugte, da meinte es zu ihm: »Los zuä, Melk, so macht das ä kä Sinn.« – Und darauf antwortete der Melk: »Ja, du hesch recht«, und stand auf und ging ans Ufer und stieg nicht wieder ins Wasser.

Im Herbst brauchte ihn der Schmied nicht mehr, und er ging schon einen Weil wieder auf die Fenderi, als er an zwei herzige Hexli geriet, das Marisi und das Mareili, und zwar über einen Chriesibaum in denen ihrem Gärtli. Von dem schneuggete er eines Tages beim Vorbeispazifizottlen so über den Hag hinweg ein Chriesi, und kaum hatte er es verschluckt, da rief ihn ettis ins Haus, das war kein Stimmli, eher ein Plangen, und als er eintrat, hockten da zwei Meitli ganz ohne Kleider und hiessen den Melk bei ihnen absitzen, und danach blieb er gad ganz.

Die beiden Hexli wollten den Melk aber numen um sich haben und sich an ihm freuen – an ihm wie auch an einem roten Sammetbändel, den er eines Tages in seinem Sack gefunden hatte und nicht fortwerfen mögte, obwohl er keine Ahnung hatte, woher der in seine Hose kam, und den er endlich an seinen Hut gebunden hatte, damit er zu ettis gut war. Und so abgefickt und verhudlet, wie der war, gefiel er den beiden Hexli derenweg gut, dass es dem Melk mängsmal fast gschmuuch wurde und er ihn am liebsten doch noch weggeworfen hätte, weil ihm war, es wollten ihn die Hexli am End numen wegen dem blöden Bändel bei sich haben, für den er nichts konnte, und überhaupt nicht wegen ihm selber.

Die meiste Zeit aber war ihm das alles gleichgültig, er lag faul und blutt hinter dem Rosenhag in der Sonne und liess sich Himbeeri und Chriesi ins Maul wachsen, und die Hexli gumpten flink wie die Wiseli um ihn ummen. Und wenn das Mareili schon am Kochen war, flog das Marisi noch gschwind als Vögeli ins Elsass um den Schnittlauch für die Fleischsuppe oder auf Basel um Böllen für das Gemüse, und nachts flogen sie gern alle beide dervon, um neumeds einen Seich anzugattigen oder etterem einen Streich zu spielen.

Weil sie den Melk aber nieneds hin mitnahmen und er auch nichts Rechtes schaffen durfte, so wurde es ihm endlich langweilig, und als es gegen den Herbst zu ging, beschloss er, er well sich ein paar Chueli kaufen, dann heig er den Winter durch ettis zu tun und auch etter, mit dem könne er schnurren – auf alle Fälle besser als mit den beiden Hexli, die doch immer nummen ummengneischteten und nicht ein einziges Mal ruhig absassen und ihm zuloseten, sondern lieber untereinander gigeleten und dem Melk die Rüebli um die Ohren warfen, die er im Gärtli gepflanzt hatte.

Das war die eint Wahrheit. Die ander aber war, dass der Melk auch jetzt noch keine rote Föhnwolke am Himmel sehen konnte, ohne dass es ihm das Wasser aus den Augen trieb, und wenn er an einem frühen Morgen ein Füchsli über die Wiese laufen sah, so gab es ihm einen Zwick in der Brust, dass er meinte, jetzt lange der Tod nach ihm, und er musste absitzen und den Hut ab dem Kopf nehmen und an das sammetig Bändeli fassen, ohne dass er gewusst hätte, was er tat und was das zu bedeuten hatte. Und zu dem säben Zwick dazu kam immer öfter ein Plangen nach ettis, für das es gar keine Worte gab, und das Gefühl, er heig ettis Wichtigs in seinem Leben verpasst oder verdorben und müsste eigentlich alles ander machen, als blutt zwischen dem Mareili und dem Marisi im Hüttli oder in der Sonne zu liegen. Nur was er sollte verdorben haben, das kam ihm ums Verroden nicht z'Sinn, und auch nicht, was er gegen das säb Plangen tun konnte – ausser dass er eben annahm, ihn züch es wohl wieder zum Veh, und mit ein paar Chueli und einer kleinen Käschuchi käme dann alles gut.

Und so stieg er in seine Hosen, als er hörte, zu Schwyz sig Vehmärt, und tat in den Sack, was er an Franken hatte, und machte sich auf den Weg, am Ägerisee vorbei über Steinen und weiter.

Das dreifache Vroni

Je weiter der Melk lief, desto schwerer wurde ihm aber das Schuhnen, und den Schnauf drückte es ihm ab und samüserte in seinen Ohren, und als er sich an den Kopf langte, war der gluetig heiss, dass er schon meinte, er käme nicht bis Schwyz und heimzu auch gad nicht mehr. Und als er endlich doch zu Schwyz angelangt war, da zottlete er auf dem Märt umher, als täg es ihm traumen. Die schönen Chueli und Rinder und die Einjährigen, die stark und busper nach dem Sommer z'Alp ummenandstanden und vergelsteret auf das viele Volk gafften, mögte er gar nicht achten und tschienggete numen den eigeten Füssen nach, als führten die ihn dann schon an den rechten Ort – und zeismal fiel er fast über den Fessisbauern, der gad ettis am Händelen war, und verschrak derenweg, dass er hindertsi umfiel und auf ein Geissli troolete.

Bis der Melk aber wieder stand und als Erstes gmerkte, dass ihm beim Troolen das Grindweh abhanden gekommen war, hatte der Fessisbauer seinen Handel abgeschlossen und kam zu ihm geloffen, aber so, als heig er schon auf ihn gewartet, und langte ihm die Hand und lud ihn auf einen Schoppen, und alles war wie schon einmal, vor langer Zeit, nur dass der Bauer jetzt nicht mehr tun musste, als sig der Melk ein Mann, denn der war afed wirklich einer.

Im ›Adler‹ hockte der Fessisbuur dann recht lang vor dem Melk und wartete, ob der ein Gespräch well angattigen. Der wollte aber alles ander als das, der studierte nämlich wie närsch daran herum, warum er mit dem Fessisbuur überhaupt bekannt war und was an dem seinem Anblick ihn zum einten asenweg verschreckt, im Gleichen aber auch gefreut hatte, und kam auf nichts Schlaues. Und so fing der Fessisbauer schliesslich selber an und meinte, es sig lang seither, da heig der Melk ihn einmal ettis fragen lassen und er heig due nicht wellen antworten.

Hä ja, er mög sich bsinnen, sagte der Melk und wurde ob der Lüge rot und trank einen langen Schluck in der Hoffnung, der Bauer verrate ihm unterdessen, was z'Tüüfels er ihn gefragt heig. Und als well er dem Melk zu Gefallen sein, sagte der Fessisbauer: »Es isch duä weget dim Vatter und dinerä Mueter gsi, und weget em Doktor Tuet.«

Und dann erklärte er dem Melk recht ausgiebig, dass er den Doktor Tuet drum nie besonders hatte mögen leiden, dass der säb drum meinte, er sig ettis Speziells, nur weil er in jungen Jahren ein Muckensäckli Griechisch und einen Hahnenschiss Latein gelernt hatte, und dann heuschte er von den armen Leuten gleich viel wie von einem Heer oder Jenny, das machte ihn auch nicht sümpaatischer.

Sertigs allein, meinte der Fessisbuur, wäre ihm aber niemals ein Grund gewesen, gegen den Tuet zu rüsslen, so wenig wie die Sach mit dem Tüüfel, mit dem der Tuet paktiere. Ihn gech das rein gar nüüt an, ob einer zum Barten ums Verrecken müsse den Grind ab den Schultern nehmen und ins Seifenwasser stellen. Und wenn einer beim auswärts Barten zum Gschpass die Zunge lang und länger aus der Schnurre plampen liess, dass der Barbiergsell sich in der Angst den halben Finger ab der Hand säblete und der Tuet ihn wieder anbüezen musste, war dem Fessisbauern auch das noch nichts, wo er dreinschnurren musste.

Nun hatte aber der Doktor Tuet das Griitli Stucky vom Thon zu Schwanden vor noch nicht langem derenweg schlufig untersucht, dass er es für tot erklärte und auf dem Friedhof verlochen·liess – und danach musste dem Griitli seine Seel jeden Morgen am Eingang zum Kilchli wachen, weil es nämlich noch lebig gewesen war, und jetzt musste das arme Mäntsch an die zwanzig Jahr als Totenseel wandern, so lang hätte es nämlich noch sollen leben, und konnte nicht zum Herrgott und nicht auf die Welt zurück, so dass sie ihm ein Doppeltürli in die Kilchenwand bauen mussten, und zwischen den beiden Türen wartete es jetzt, dass das Himmelstor ihm aufging. Und all das war nur wegen dem Doktor Tuet seinem Gschluf.

Und drum hatte der Fessisbauer endlich beschlossen, dem Melk zu verzellen, was es mit seinen Eltern und mit dem Doktor Tuet auf sich hatte, auch wenn er nichts Schriftliches besass und alles so mängs Jahr zurücklag. Aber irgendeinmal war genug Heu ab dem Boden, und so sollte jetzt der Melk erfahren, was zu wissen sein Recht war.

Der Doktor Tuet hatte nämlich dem Fränz, dem Melk seinem Vatter, mängs zu danken gehabt. Der Fränz hatte nicht numen das Pestweib gebodigt, er hatte danach auch lange Jahre die Kranken gepflegt und mängs wieder gesund gemacht, und wenn säb vor den Leuten vor allem auf dem Doktor Tuet seine Kappe ging, so wusste der Fessisbauer zu verzellen, dass der Tuet vom Toktern due fast gar nichts verstand und das meiste den Fränz tun liess, und dem Fränz war das so recht, allein weil der Tuet ihn dafür seinen Freund nannte, und einen Freund hatte der Fränz davor noch keinen gehabt.

Das Einzige, was der Doktor Tuet zu der säben Zeit nämlich selber konnte, war lateinisch schnurren und mit dem Hörelimaa paktieren, aber mit dem kann man nicht um jeden Kranken händelen, schliesslich ist ein Handel mit dem Tüüfel immer eine gefährliche Sach.

Allein als der Fränz die Pest bekam, da gab er ihm keine Chrüütli, sondern hiess ihn die Beulen abhauen und hinter der Wand verlochen und versprach, er läss den Tüüfel kommen, der nähmt sie mit sich in die Höll und verbrenne sie dort zu Asche, und das täg er dem Fränz sozusagen als Entgelt für seine Hilfe. In Wahrheit war es dem Tuet aber viel zu gefährlich und zu umständlich, wegen dem Fränz seiner Pest den Tüüfel zu bestellen, und er liess es bei dem halben Zauber, und der Fränz wartete vergeblich, dass die gefährlichen Beulen hinter der Wand fortgezaubert würden.

Und das abgeschnitten Gleiche war es dann noch einmal, als dem Fränz sein Anneli anfing spintisieren und kurlige Sachen fragen wegen dem Melk und seinem Brüderli. Das Erste, was der Fränz tat, war nämlich gewesen, dass er dem Doktor Tuet als seinem Freund die Anreisung berichtete, und der erkannte auch natürlich gad, dass das Anneli nur ein bitzeli verhext war, was mit den eichenen Nägeln zu tun hatte, die der Doktor Tuet dem Fränz gegeben hatte, damit er dermit die Pestbeulen hinter die Wand banne, und die wiederum hatte er ihm allein drum gegeben, weil er so fürs Erste darum herumkam, den Tüüfel zu bestellen. Dabei wäre es dem Doktor Tuet mit einem bitz gutem Willen keine grosse Sach gewesen, das Anneli gegen den Zauber zu feien, und das Anneli hätte dernach recht zufrieden mit den Goofen und dem Fränz leben können und nüüt als mängsmal ein kleines Zupfen im Herzen gespürt. Die Tatsach aber war, der Tuet machte fürs Anneli keinen Wank – wegenwerum, das wusste der Fessisbuur auch nicht zu sagen, aber wahrscheinlich war es numen aus der Bequemi heraus.

So einer aber war drum der Doktor Tuet, und damit hatte der Fessisbauer alles verzellt, was er dem Melk hatte verzellen wollen.

Der aber hatte die ganze Zeit still geschwiegen. Schon ebigs hatte er seinen Eltern nicht mehr nachgesonnen gehabt und nicht dem Doktor Tuet, und von all dem, was ihm schon mit dem Bauern seinen ersten Worten wieder z'Sinn kam, war er bald derenweg durenand geraten, dass ihm das Schnaufen schwer wurde und er das Gesicht in beide Hände legen musste.

Als er dann aber hörte, der Doktor Tuet heig seine Eltern auf dem Gewissen, und das am End aus reiner Bequemi und wegen gelogenen Versprechen, da gumpte es ihn an wie ein wütiges Tier, und es wurde ihm chölig vor den Augen und gluetig heiss, und dann stürzte er aus der Beiz, ohne es überhaupt zu merken, und rannte durch die fremde Stadt und hatte im Kopf nichts als wie ein grosses gefährliches Loch.

Und endlich lag er am Ufer der Muota und hielt den Grind im Armloch versteckt und pfnuuzgete und weinte, man hätte meinen können, er müsse von innen heraus verrünnen und verdorren.

Irgendwann hörte der Melk dann auf mit Brieggen und lag numen noch da und losete dem Liseren der Muota neben ihm und dem Rieseln in den Bäumen, als es anfing zu regnen und die Tropfen auf die dürren Blätter fielen, und dem Schlarpfen der nassen Äste im Wind, die anenand rieben, und fühlte sich erst nur unendlich müde. Dann kam ihm aber eine Traurigkeit obsi, die ihm gar nicht so unlieb war, es war nämlich nicht eine, wie wenn die Sonne hinter dem Grat versinkt und das Tal zeismal grau wird und wie tot. Es war mehr eine wehmütige Last auf dem Herzen als wie von einer letzten Umarmung, die aber noch nicht vergangen ist, oder wenn sie vergangen ist, dann noch zu fühlen und noch nicht numen eine Erinnerung – und das war das erste Mal seit langem, dass er wieder ein Gefühl in seiner Brust hatte, das mehr war als numen Abscheu vor der Welt und Leere.

Sobald der Melk dann aber die Augen auftat und sich aufsetzte und z'höckletsen auf die Muota sah, kam immer mehr ein anderes Gefühl und verdeckte die schöne Traurigkeit: ettis wie ein Unzufriedensein, dass er nicht tiefer leiden mögte, als er es tat, und zuerst meinte er, er sig ein eitler Spinöggel. Dann aber gmerkte er, dass der säb Schmerz, den der Fessisbauer in ihm geweckt hatte, eben noch gar nicht die allertraurigste und wichtigste Sach in seinem Leben war, die immer wie lauernd tief in seinem Hinterstübli bschlossen hockte und ihn schon Wochen und Wochen geplagt hatte, wenn er ein rotes Wölkli gschaute oder ein Füchsli, und die immer auf die eine oder andere Art um ihn war und die Meitli sagen liess, er heig aber einen traurigen Blick.

Und daher rührte drum seine Unzufriedenheit: dass all sein Schmerz über den Doktor Tuet und seine Eltern an dem säben ersten, noch schwereren Gefühl nichts geändert hatte und es wohl einen nochmals schlimmeren Schmerz brauchte, dermit sich ettis verrodete. Und endlich war es ihm mit Übersinnen derenweg kompliziert und verworren geworden und seine Gedanken waren schon so weit entfernt von der Sach mit dem Doktor Tuet und seinen erlogenen Versprechen, dass er wegen dem gar nicht mehr gällig sein mögte und sogar meinte, er well sich halt darein schicken und seine Chueli kaufen und heimzu schuhnen zum Mareili und dem Marisi und alt werden mitsamt seinem ersten, schweren, im Hinderstübli verlocheten Gefühl und einmal damit sterben.

Als der Melk aber aufstehen und ins Städtli zurückwollte, da pöpperlete ihm einer auf die Schulter, und als der Melk sich umtrüllte, stand der Hörelimaa neben ihm und meinte, es well ihm scheinen, sie müssten ettis bereden, und setzte sich neben dem Melk ans Ufer der Muota.

Da meinte der Melk zwar, er heig mit niemertem nüüt zu bereden, und stand gad z'Trotz auf und lief zügig aufs Städtli zu, dass dem Hörelimaa nichts übrigblieb, als mit seinen kurzen Beinen neben dem Melk herzuhötterlen und bei allem Chrosen ein Gesicht zu versuchen, als täg er damit abgeschnitten das, was er einenweg heig wellen machen. Nachdem sie so einen Weil geloffen waren und keiner ettis gesagt hatte, packte den Melk aber endlich doch der Gwunder, und er fragte, was er denn gemeint heig, was sie zu bereden hätten, er wisse nämlich von nüüt.

Und da meinte der Hörelimaa, der Melk könne schon sein ganzes Leben lang darob brieggen, dass sertige wie der Tuet ihm ebigs frech um die Nase ummenfurzten. Er könne aber auch anders, es liege allein bei ihm.

»Wiä anderscht?«, fragte der Melk.

Da, meinte der Hörelimaa, gebe es zwei Wege. Den einten zwar heig der Melk sich wohl verdorben, das wäre das Zaubernlernen gewesen. Aber ohne ein Buch war da nicht viel zu lernen, und ob der Melk einen zweiten fand, der ihm so viel Vertrauen schenkte wie due der Stüssi, das wollte der Hörelimaa schon bezweifeln.

»Und dr zweit?«, fragte der Melk.

»So wiä dr Doktor Tuet, numä gschiider«, antwortete der Tüüfel.

Danach sprachen sie nichts mehr. Der Melk lief noch einen bitz gschwinder und studierte an der Sach ummenand. Als endlich die ersten Häuser von Schwyz kamen, sagte er aber kurz und graduus: »Nei!« Und dann ging er dem Märt zu, um seine Chueli auszusuchen, und der Tüüfel lüpfte den Hut und ging den anderen Weg.

Wie der Hörelimaa seinen Hut gezogen hatte, das säb Bild wollte dem Melk aber noch einen Weil nicht aus dem Kopf, und er musste sich recht zwingen, überhaupt auf das Veh zu achten, wegen dem er doch gekommen war. Dann hatte er aber nicht lange gesucht, da kam ein steinalts Wiibli mit drei Kühen auf ihn zu, das wollte gad den Märt verlassen, und von den Chueli sah ein jedes abgeschnitten aus wie seinerzeit das Vroni, klein und rot und mit Bubenzöchterli, und sogar den gwünderigen und einen bitz frechen Blick vom Vroni hatten sie, und natürlich musste der Melk gad alle drei kaufen. Das Wiibli verlangte dann auch wie abgezählt das Sümmli, das er im Sack trug, und gab ihm noch sein Gertli dazu, dermit er die Chueli sicher heimzu treiben könne. Und ganz am Schluss, als es schon die Kühe zum Abschied auf den Hinder getätscht hatte, da gab es dem Melk noch einen Fünfliber wieder und meinte, er sell sich einen rechten Hut davon kaufen, das Wetter sig nass und er täg sich sonst unterwegs noch verkuhlen.

Da erst begriff der Melk, dass er mit barem Grind dastand, und wollte noch das Wiibli bitten, dass es ihm eben den Chueli luge, während er zurück ins Wirtshaus gech, dort hatte er seinen Hut am ehsigsten liegenlassen. Das Wiibli war aber schon nieneds mehr zu sehen, und so musste der Melk mitsamt den Kühen durch die fremde Stadt schuhnen und nach einem Beizli suchen, von dem er den Namen nicht wusste und nicht einmal mehr, wie es ausgesehen hatte. Für einen Weil hoffte er, er treffe vielleicht auf den Fessisbuur und dass der säb ihm den Hut verwahrt heig, aber schliesslich hoffte er gar nichts mehr und hatte wohl eine Stunde damit vertan, ohne Plan durch Schwyz zu laufen, als er beschloss, das sig kein Hut auf der Welt wert, und die Kühe aus der Stadt trieb. Es blieb ihm aber schon wunders weh um den Hut, und nackt kam er sich auch vor, jetzt, da er wusste, dass er nichts auf dem Grind trug. Und dann, als er so auf der Landstrasse ging und die Kühe vor sich hertrieb, fiel ihm zeismal süttig heiss ein, warum er den freundlichen Hörelimaa nicht hatte vergessen können – der hatte ihn nämlich mit seinem eigeten Hut gegrüsst.

Da pfutterete der Melk aber, dass die Chueli meinten, es gelte ihnen, und verwundert hinter sich lugten, was cheibs sie verbrochen hatten. Und dann kamen sie immer mehr ins Pressieren und seggleten bald einfach dervon und fädig der Muota zu, was auch der Melk flamänderte, und endlich rannten sie gar das Bort zur Muota durab und ins Wasser hinein. Und als der Melk am Ufer ankam, war da kein einziges Chueli mehr zu sehen, numen weit unten im Fluss noch drei Strohballen, die in der Strömung schwammen. Und dann flog dem Melk noch das Gertli aus der Hand und hinter den Ballen drein und trieb sie vorwärts den Fluss durab, und dem Melk blieb nichts als Fluchen und Gaffen und ein Fünfliber.

Und am End fing es auch noch an zu regnen und strääzte vom Himmel herab, als seiche der Herrgott selber, und der Melk stand da und liess sich nassschiffen und wusste nicht, was tun und welchen Weg er jetzt nehmen sollte, denn so ohne Chueli und ohne Geld und ohne Hut wollte er auch nicht heimzu. Und mit der Nässe wuchs noch der Ärger in ihm, dass er tatsächlich geglaubt hatte, es lüffen einfach so drei Chueli herum, die alle abgestochen dem Vroni glichen, und dann waren sie noch um derenweg günstiges Geld zu kaufen, und schimpfte sich den hinterletzten Tubel.

Und als er daraufhin nicht weit entfernt ein Gelächter hörte und auf einem Baum das Wiibli hocken sah, das ihm die falschen Chueli verkauft hatte, da wurde der Melk schliesslich wie blind und wollte in seinem Jähzorn numen noch das Wiibli vom Baum rupfen und schränzte ihm so lang am Scheichen, bis er plötzlich ein ganzes Bein in den Händen hielt wie ein ausgerupftes Sauschwänzli und vor Schreck einen Geuss abliess. Dabei hatte das Wiibli aber nicht aufgehört zu lachen, und dann hüpfte es vom Baum herab wie ein Eichhörnli und nahm dem Melk das Bein aus den Händen und höckte es wieder an seinen Platz und war gar nicht mehr das Wiibli vom Märt, sondern wieder der Tüüfel, und dem Melk seinen Hut trug er auch auf den Hörnern.

»So gahts eim, wä mä käs Bändeli mih het, wo eim bschützt«, meinte er.

»Gib mr miinä Huät«, sagte der Melk.

Und der Hörelimaa lachte. »Was gisch mr drfür?«, fragte er.

»Gib mr dr Huät!«, sagte der Melk noch einmal.

Da nahm aber der Hörelimaa den Hut vom Kopf und sah ihn einen Weil an und auch das Bändeli und tat, als studiere er ettis, und dann gab es zeismal ein helles Licht und danach noch ein kleines Flämmli, und dann fiserlete dem Tüüfel numen noch ein bitzeli Asche aus der Hand.

Dem Melk fuhr es aber wie mit einem Messer tüüf ins Herz, das tat so weh, dass es nichts weiter gab als numen noch den säben Schmerz, und dann fiel er um und war wie tot.

Doktor Füster

Als der Melk wieder vertwachte, sass er neben dem Hörelimaa auf einem Karren, vor den war ein schwarzes Rössli gespannt, und als er den Hörelimaa fragte, wohin es gech, da hätte es ihn nicht vertwundert gehabt, wenn der geantwortet hätte, es gech graduus in die Höll hinab. Denn der Melk fühlte gar nichts mehr, keine Schmerzen und keine Wöhli und nicht einmal mehr Angst. Er kam sich numen noch vor als wie ein totes Apparat und wäre mit dem Hörelimaa auch in die Höll, so gleich war ihm alles. Der Hörelimaa sagte aber, sie siged unterwegs auf Altdorf.

»So«, dachte der Melk, »gaht's ebän uf Altdorf, werum au nüd.« Aber sagen tat er nichts, und der Tüüfel musste schon selber fragen, ob es den Melk denn nicht wunder nähmt, was es in Altdorf Besonderes heig.

»Was hets dä?«, fragte der Melk, aber gwünderig tönte es nicht.

Ob der Melk nicht well eine Berühmtheit werden, fragte der Hörelimaa zurück.

»Eine Berühmtheit«, meinte der Melk, »weiss nüd.«

Aber reich wäre er doch bestimmt gern, und mächtig und mit vielen Weibern, forschte der Tüüfel weiter.

»Hä ja, sertigs chu niä schadä«, fand der Melk faul und wollte aber immer noch nicht gewündern.

Der Hörelimaa sagte als Nächstes, der Melk könne sich dann auch gad am Doktor Tuet rächen, und hoffte, das wecke den Melk uuf. Aber der fand nur, er wisse nicht, ob er das überhaupt well, ihm sig jetzt vor allem nach Gschpass z'muet, bis jetzt sig in seinem Leben alles viel zu längwiilig gewesen. Ob der Tüüfel zu Altdorf auch mit Gschpass könne aufwarten.

»Hä ja«, sagte der Tüüfel, »mit Gschpass immer.«

Und der Melk meinte, dann sig es ihm recht, dann käm er mit auf Altdorf. Aber erst nugge er jetzt noch einen Weil.

Als er aber seinen Nugg getan hatte und danach wieder vertwachte, da fand er sich in einem grossen Bett in weisses Linnen gebettet, und das Zimmer war so gross, dass er fast nicht bis an die Wände sehen konnte, und alles war mit Täfer und doppleten Fenstern und Vorhängen so fein wie Nebeli und derenweg feinschmöggig und hell, dass der Melk meinte, entweder sig er jetzt wirklich tot oder dann zum mindesten im Spital. Er war aber beides nicht, sondern, wie der Hörelimaa ihm beim Znacht in einem grossen Salong erklärte, in einem Herrenhaus, das der berühmte Doktor Füster gekauft hatte, der juscht am heutigen Tag auf Altdorf gezüglet war, zum dort Praktizieren. Der säb Doktor Füster war aber der Melk selber, und damit er es glaubte, gab ihm der Tüüfel auch gad ein Doktorpatent in echtem Latein und mit einer sertigen Schwetti Stempel und Siegel darauf, dass es dem Melk noch echter als echt aussah.

Und so fing der Melk halt an tökterlen, und das war nicht schwer. Vor allem musste er wichtig dreinlugen und dann das eint oder ander Gütterli verschreiben, und alles ander machte ihm der Hörelimaa. Der trat als dem Doktor Füster sein

Gehilf auf und machte die Kranken mängsmal gesund und mängsmal auch erst noch ein bitzeli kränker, und mängsmal, wenn es ihn überkam, machte er auch einfach numen einen Gugus mit Blitzli und Räuchli und verschiedenen Gestänkli, und dadermit kamen die Leute noch am besten wieder auf die Beine. Und dann stellte er auch die Rechnung und sackte das Geld ein, und bald hatte der Doktor Füster den Ruf, sauteuer zu sein und nicht der Gesprächigste, eher gar ein bitzeli unheimlich, aber z'Trotz ein guter Tokter, wenn nicht der beste.

Und so kam es schnell einmal, dass die Leute von immer weiter auf Altdorf kamen, um sich vom Melk behandeln zu lassen, und am End kamen sie sogar vom Urnerboden und aus dem Glarnerland, und da schickte der Doktor Tuet eines Tages dem Doktor Füster einen gälligen Brief, in dem er schrieb, er heig nicht im Sinn, seine Kranken an einen zu Uri zu verlieren, der wahrscheinlich gar kein rechter Tokter sig, oder wegenwerum sonst sein Name in keinem Register stäch, und er heisse ihn jetzt ein letztes Mal im Guten, seine Taapen von den glarnerischen Kranken zu nehmen, denn sonst sell es ihn dann nämlich nicht vertwundern, wenn seinen Patienten eine Kuh verkalbere oder ein Geissli an Frittern erfalle.

Da aber der Hörelimaa meinte, ettis dertigs dürfe der Melk sich nicht gefallen lassen, schrieb der Melk halt zurück, ihm sig es recht, wenn der Doktor Tuet die Kranken im Glarnerischen selber gesundpflege. Er heig aber drum gehört, er pflege sie ebenso gut tot oder zum mindesten scheintot, und mit der Pest heig er schiints auch so seine Mühe, von einem heig er zum mindesten Bericht, der sig dem Doktor Tuet noch abgelegen, Jahre nachdem die Pest im Glarnerland gewütet heig. Es täg ihm drum leid, er könne die Kranken, die zu ihm auf Altdorf kämen, aber nicht mit gutem Gewissen zum Doktor Tuet zurückschicken, solang er das Toktern nicht besser verstehe.

Am nächsten Tag starb dem Melk selber einer an der Pest, den hatte er zwei Tage dervor wegen einem gestauchten Knie in Pflege genommen. Und gleich hiess es zu Uri, beim Doktor Füster hole man sich den Schwarzen Tod.

Der Melk war darob sternenhagelverruckt und stellte am Abend den Hörelimaa zur Rede, wie es ächt kam, dass er ihn zuerst hiess, sich mit dem Tuet anzulegen, und dann fuhrwerkte er ihm in seinem eigeten Ruf als Tokter ummenand – denn dass niemand als der Tüüfel einen über Nacht mög an der Pest erfallen lassen, war ihm sofort klar gewesen.

Der Hörelimaa wollte auch gar nichts gradschnurren, er meinte numen, so sig das halt, der Tuet sig ebenso mit ihm im Wort wie der Melk, und wenn der ettis von ihm well und ettis anders derfür büüte, dann miech er das, denn das sig sein Geschäft und nüüt anders. Und dann eröffnete er dem Melk graduus, mit dem seinem Flonerleben sig es jetzt drum einenweg vorbei. Für den Einstand heig er ihm geholfen und seine Patienten auf Kredit geheilt, jetzt aber heisse es Geschäft um Gegengeschäft, so halte er es seit langem mit dem Doktor Tuet, und nicht anders könne er es drum auch mit dem Melk halten.

Der Melk stellte darauf gad klar, er unterschreibe dann im Fall nüüt, und grindelete. Der Hörelimaa lachte aber nur und meinte, asenweg altmödig sig der Brauch auch nicht mehr, ein ganzes Leben dienen für eine lumpige Seel, das sig ihm lang schon zu chrampfig geworden. Heutigentags gech es asenweg: Der Melk verlange ettis vom Tüüfel, und wenn der es gemacht heig, dürfe er noch ettis zweits verlangen. Wenn der Tüüfel das säb auch mög verrichten, dann gehöre der Melk ihm, wenn nicht, sig der Melk ein freier Mann, und das Ganze fange wieder von vorn an. So heiged sie beide ihren Gschpass, und es werde nicht so schnell längwiilig.

Dem Hörelimaa war es nämlich darum zu tun, den Doktor Tuet zu packen, das sagte er dem Melk ganz offen. Der säb nämlich war ihm bislang zu gescheit gewesen und hatte immer wieder ein Pöstli gefunden, das selbst ein Tüüfel nicht bestellen konnte. Und drum rechnete der Hörelimaa auf den Melk, dass der ihm helfe, den Tuet zu bodigen, und aus dem einen Grund und keinem anderen hatte er ihn auch zum Tokter gemacht.

»Und wänn dr Tuet mich bodiget?«, wollte der Melk wissen.

Das aber war dem Hörelimaa dasselbe. »Hauptsach, dr eint stirbt«, meinte er, und danach hiess er den Melk die Sach überdenken und ging aus der Tür.

Am anderen Morgen sagte der Melk dem Tüüfel, er müsse erst den Tuet erproben, bevor er entscheide, ob er sich mit dem well anlegen, und er gebe ihm noch Bescheid.

Und darauf gab er einem Knecht sein Ross und sandte ihn über den Klausen zum Doktor Tuet mit einem Gütterli Rossbrunz und einem Briefli, er heig da ein Fraueli, das er nicht heilen könne. Er wisse nämlich beim besten Willen nicht zu sagen, was dem säben fehle, das Einzig, was er gsäch, sig, dass es numen noch auf allen vieren lüffe. Und ob der Doktor Tuet zu helfen wisse.

Danach ging er aus dem Haus und tätigte ettis, und als er am Abend wieder heimkam, hatte es angefangen zu schneien und hörte nicht auf, bis der Schnee knietief lag, und der Bote war noch immer nicht von Glarus zurück, und der Melk musste noch bis weit in die Nacht warten, bevor sein Knecht verfroren und ohne Ross und mit abgelaufenen Schuhen am Tor pöpperlete und ihm ein Kästli vom Doktor Tuet brachte, in dem sig die Medizin, die der Doktor Tuet für das Fraueli vorschlage.

Der Melk nahm das Kästli gad hinauf ins Arbeitszimmer, darin fand er aber nichts als ein Maul voll Haber und eine Hampfle Heu, und dazu ein Briefli. Er heig nichts Schlimmes finden können, schrieb der Tuet, der Untersuch sig aber keine geringe Arbet und gech drum noch weiter, und dorum heig er das Fraueli auch gad bei sich behalten. Von der Kur, die er zu probieren gedenke, gebe er dem Knecht aber ein Müsterli mit, als Entgelt derfür heusche er jedoch zweihundert Franken und sig dadermit noch unter Tarif. Falls der Doktor Füster das Sümmli aber lieber well stehenlassen als dem Tuet seinen Abschlag auf die Urnerbödeler, die nach dem jüngsten Pestfall zu Altdorf jetzt wieder auf Glarus zum Doktor gingen, so sig ihm das pari, er behalte dann als Honorar einfach das vierbeinig Fraueli bei sich.

Dem Melk war es leid um sein schönes Ross, aber dafür wusste er jetzt, dass der Doktor Tuet nicht nur dem Höreli-maa zu gescheit war – und so hatte er also heute in der Stadt die rechte Sach angattiget. Und noch in der gleichen Nacht hockte er hinter seinen Tisch, nahm ein dickes Buch, das er an dem säben Nachmittag gekauft hatte, und begann zu studieren, wie einer ein richtiger Tokter wird.

Und am Morgen früh schellete es an der Tür, und als der Hörelimaa auftat, kam ihm das kalte Tschuderen: Da stand nämlich eine veritable Schwester auf dem Treppli mit einem Hüübli auf dem Kopf und einer ledrigen Tasche im Arm und vor allem einem grossen Chrüützfix am Hals, und die fragte nach dem Doktor Füster und behauptete, er heig sie bestellt. Und gad darüber aben kam der Melk auch schon gewandet und munter aus seinem Schlafzimmer und sagte zum Hörelimaa, wenn er sich mit dem Tuet well anlegen, so müsse er dervor noch einen bitz vorschaffen, und er well sich dann melden, wenn es an der Zeit sig. Und dann sagte er der Schwester freundlich grüezi und fragte, wie sie genächtigt heig, und liess den Tüüfel einfach stehen und ging ohne ihn und numen mit der Schwester allein die Kranken gogen visitieren.

Die Schwester war ein bitzeli ein Huscheli, aber sonst ein gmögigs Fralein und dazu nicht numen eine gelernte Hebamme, sondern auch in mängs anderem der besser Tokter als ein mänger Studierter. Und dazu war sie noch stets mit allen eine Freundliche, sogar mit ihm, wo er doch ein grüüli maulfauler und ungmögiger geworden war, und schliesslich war sie asenweg bescheiden, dass sie sich von allen numen immer Schwester nennen liess und der Melk in den ersten Tagen nicht einmal ihren rechten Namen wusste. Als er sie dann aber nach wohl einer Woche doch noch danach fragte, sah er sie zum ersten Mal gigelen, und dann meinte sie, das sig ja auch nüüt Wichtigs, sie sig aber Hebammen Margrits Fritzes Babett und von Schwyz her.

Schon am ersten Abend blieben sie die halbe Nacht über bei einem alten Manndli, das sterben wollte und es lange Zeit nicht konnte, und als es endlich tot war und sie dernach im

Schnee durch die leere Stadt liefen, da hatte der Melk mängs zu fragen und zu losen und blieb immer wieder stehen und zeichnete Sachen in den Schnee, die die Schwester ihm erklären musste, und so brauchten sie noch einmal zwei Stunden, bis sie im Haus waren, und so ging es jetzt jeden Tag.

Und spät in der Nacht ging der Melk dann noch hinter seine Bücher und las nach, was die Schwester ihm verzellt hatte, und nach der ersten Woche konnte er schon erkennen, wenn etter die Krätze, den Grindkopf oder Sgrofela hatte, und wusste, was dagegen am ehsigsten half, in der zweiten wusste er es auch vom Kropf und von den Pocken und den Blattern und dem Wundfieber, und nach einem halben Jahr kannte er gar all die Regeln zum Aderlassen auswendig, oder doch fast alle: wie der Mond sein musste und wie das Wetter, und in welcher Art das Alter dreinwerkte. Und dass man gegen die Wassersucht in die Daumenvene schneiden musste und gegen die Gelbsucht in den mittleren Finger, und am grossen Zeechen half es für die Augen und zum Kinderkriegen. Und gegen zu viel und gegen schlechtes Blut musste er in den Ellbogen schneiden, aber im Winter in den linken und im Sommer in den rechten. Und jeden Morgen hörte die Schwester, die er lange schon Babettli nennen durfte, ihn ab und sagte nie ettis dazu, dass er ein Tokter sein wollte und so vieles noch nicht wusste.

Es gab aber auch Dinge, in denen kannte der Melk sich schon aus, da waren die Menschen nicht anders als das Veh, und noch einmal anderes hatte er einfach im Gespür, das liess sich gar nicht lernen. So brauchte er zum Beispiel bald numen das Bisi von einem Kranken zwischen den Fingern zu verreiben und ein bitzeli daran zu schmöggen und konnte schon sagen, ob es an Lunge, Magen, Milz, Gedärm oder hohlem Leib fehlte, und er erkannte den Schwindel, die Lungen-, Dörr- und Wassersucht und das ein-, zwei-, drei- und viertägige Fieber und mängsmal sogar Schwermütigkeit in den Gliedern.

Und wusste er nicht gad, wie etterem zu helfen war, so studierte er und untersuchte und fragte Apotheker und Chrüüterwiibli um ihren Rat und bestellte Bücher zum Thema und Instrumente zum Untersuchen, so dass er nach nicht einem Jahr schon zwei Zimmer numen mit Schriften gefüllt hatte und einem Arztbesteck von vielen hundert Messern und Schablöffeli und Knochensägen und Mastdarmhaltern und Ohrspiegeli und Meisseln und mit Maschineli für das und für säb, und die Schwester musste ihm nicht mehr numen zeigen, wie es anzugattigen sig, dass ein Verband nicht süderete und nicht lugg wurde, sondern ihm auch eines vorschnäfelen und sägen und brennen – und was es halt brauchte, um etter wieder gesund zu machen. Und was auch das Babettli nicht wusste, darüber studierten sie gemeinsam, bis sie ettis gefunden hatten.

Wenn sie aber zu einem Fall ums Verroden nichts Gescheites geschrieben fanden und keine Medizin, so hockte der Melk z'Nacht hinter seinen Tisch und schrieb seine eigeten Gedanken nieder und entwickelte Theorien über den Einsatz von Eierchüechli mit Nussöl und Austerenschalen gegen die Tollwut und über die Prüfung von Leichen auf den Scheintod mit Schröpfköpfen und heissem Brot, das der Leiche unter die Nase zu binden sig, und so mängs Berichtli vom Dokor Füster seinen Versuchen wurde dernach im »Hinkenden Boten« zu Basel gedruckt.

Und numen noch ganz selten und wenn gar nichts anderes helfen wollte, rief der Melk auch den Hörelimaa und hiess ihn mit anpacken oder ihm für einen Kranken ein Chrüütli bringen.

Obwohl der Melk sich aber mit rechtem Fleiss ins Toktern einarbeitete, geschah es auch oft, dass er alles hocken liess und gar nichts schaffte, sondern über Stunden und dann auch über ganze Tage und Nächte nur in seinem Zimmer blieb, in die Bäume vor dem Fenster lugte und nichts tat, als dass er in seinem Inneren nach einem Gefühl suchte.

Denn seit der Tüüfel ihm den Hut und damit auch das sammetig Bändeli verzeuslet hatte, war es im Melk wie tot geblieben, er mögte nichts gern haben, und so recht gällig wurde er auch nicht mehr. So konnte er den Doktor Tuet nicht hassen, hatte der jetzt seine Eltern auf dem Gewissen oder auch nicht, aus dem gleichen Grund aber war er auch nicht der schlechteste Tokter, denn weil er kein Gefühl mehr in sich hatte, grauste es ihm auch vor nichts, und noch vor einem überkarreten Bein oder einem eitrigen und offenen Ranzen stand er so ohne Wank, als sig es numen gad ein Schnittli. Und weil er schliesslich auch vor nichts mehr Angst hatte, so wagte er sich an Operationen, bei denen jeder andere gemeint hätte, das könne numen letz herauskommen, das miech er nicht, und dachte sich nichts dabei.

Das Toktern war ihm aber auch darum lieber geworden als alles ander, weil es das Einzige und Letzte war, bei dem er nicht ständig denken musste, es fehle ihm ettis und er sig eigentlich gar kein richtigs lebendigs Mäntsch mehr – und trotzdem hätte er alles Toktern jederzeit aufgegeben für ein einziges kleines Gefühl, und einenweg war ihm alles, was er hatte, nichts gegen den Gedanken, er könnte einmal wieder ettis fühlen. Dafür fand er bei seinen Forschungen aber kein Rezept und noch nicht einmal eine Theorie.

Und wenn er sich in sein Zimmer bschloss und Löcher in die Luft gaffte und zusah, wie es draussen tagete und wieder einnachtete und wie die Jahreszeiten wechselten, so konnte er nicht einmal traurig sein, dass er nichts fühlte – es war nichts anderes mehr als wie ein leeres Loch in ihm und der Gedanke, es gebe für ihn eigentlich keinen rechten Grund mehr zu leben.

Das missglückt Hummeli

Der Hörelimaa musste aber zusehen, wie der Melk das Toktern lernte, und ihm dabei noch helfen, obwohl er mehr als einmal reklamierte und meinte, er heig den Melk aber auf die Dauer nicht Tokter werden lassen, damit er die Leute vom Sterben abhalte.

Solange ihm der Melk aber Pöstli wusste, die auch ein Tüüfel nicht verrichten kann, war der gebunden und musste ihm dienen – und im Erfinden von sertigen Pöstli war der Melk nicht eben faul: Da sollte ihm der Hörelimaa schwarze Wolle weiss waschen und von einer Sau Wolle scheren oder dann mit Tannzapfen einfeuern und Eisenweggen lind kochen und Sagmehl in ein Heugarn fassen und Milch von einer keuschen Jumpferen besorgen und einen Zopf von Chrottenhaaren und Holz von einer Kanzel, von der herab war noch nie gelogen worden. Und all säb wusste der Hörelimaa nicht zu machen, und mängs sterbenskrankes Mäntsch wurde im Gleichen wieder gesund.

Der Hörelimaa in seiner Galle, dass er sich mit dem Melk derart verinvestiert heig, versuchte drum endlich, dem Melk das Leben als Doktor Füster zu vertleiden. Und das eint war, dass er ihm in seine Träume fuhrwerkte und dem Melk scheintote Meitli und den pesttoten Vatter und eine behexte, Fridli verrupfende Mueter ins Bett schickte und alles ander, was in ihm endlich einen Hass auf den Doktor Tuet erwecken sollte, so dass der Melk bald eine jede Nacht z'schreietsen vertwachte und endlich schon fast gar nicht mehr schlief, sondern numen noch über seinen Büchern und am Schreiben war, dabei aber der immer besser Tokter wurde und es am End gar lernte, tagsüber beim Essen eines zu pfüüselen oder zwischen den Krankenbesuchen auf der Strasse im Laufen und gar zmittst im Schnurren mit dem Babettli, und antworten konnte er ihm trotzdem noch.

Und so versuchte der Tüüfel noch ettis anders: Er ging nämlich selber gogen toktern. Dabei kurierte er aber in seiner eigeten Art und händelete mit Rimedi Diabolitzi und verschrieb gegen Gsüchter nicht wie der Melk ein längwiiligs Eschenbaumteeli und Eibischsirup, sondern Schwefelräucherungen und die Spanisch Flüüge, und wenn ein Weibervolk ins Kreissen kam, so langte er mit beiden Armen bis über die Ellenbögen hinein und rupfte den Goof an den Ohren heraus, und wenn schon getauft werden musste, verschrieb er speziell im Winter gern, dass es noch am Tag der Geburt geschehen musste und ennet dem See und veraussen und mit einem ganzen Kübel Eiswasser. Und seine liebsten Medikamente waren verstampfte Waldschneckli in Sirup gegen den Pfnüsel und Gämsiblut gegen das Trümmligwerden und Neunhemperkraut gegen das Schwängern und Schmalz aus dem Rücken von Hingerichteten. Das Schmalz besorgte ihm der Scharfrichter, und er liess es dann aus und brauchte es für fast alles. All diese Remedi verschrieb er aber im Namen vom Doktor Füster.

Und bald wurde der Geiger Hans Jöri noch spät in der Nacht zu einer Gesellschaft gerufen, damit er zum Tanz aufspiele, und verzellte dernach, als er dort angekommen sig, da heig der Doktor Füster veraussen gestanden und ihm noch vor der Tür befohlen, er dürfe dann machen, was er well, numen in keinem Fall die Schnurre abenand. Im Sääli sig dann aber eine rechte Saufeten und Vögleten gewesen und der Füster immer der Vorderst, und der Jöri wollte dem Tüüfel ein Ohr abgefiedlet haben und die ganze Zeit nicht ein Wort gagset, ausser als es schon tagete: Da heig er mit einem Schnäpsli auf den Füster getrunken und ihm Gesundheit gewünscht. Und gad heig er ettis gespürt wie einen unflätigen Gwatsch – und danach fand man ihn auf dem Altdorfer Galgen hocken, und statt dem Becher hielt er einen Rinderfuss und statt seiner Fiedel eine tote Katz am Schwanz. Und bevor noch eine Leiter gefunden war, um ihn vom Galgen zu lüpfen, fiel er schon vom Stängeli als wie ein verfrornigs Vögeli und brach das Becken abenand.

Und von einer Schattdorfer Holzersfrau wurde verzellt, sie heig vom Doktor Füster ein Sälbeli gegen das Halsweh gschenkt bekommen, vor lauter Dankbarkeit heig sie aber ein Kreuz geschlagen und da heig es das Töpfli noch in ihrer Hand verjagt, und gad sig ihr der Doktor Füster an den Hals gegumpt und heig ihn abgeschnürt, bis dem Fraueli der Schnauf ausging, und dann heig er die Leiche in einen Mehlsack geschoppet und auf dem z'höckletsen sig er dann die wilde Reuss durab gefahren.

Und nicht lang danach wusste man von einem Kranken im Gross Ei, der säb war dem Doktor Füster nach langer Pflege am End doch gestorben. Als die Leiche aber aufgebahrt im Stübli lag, da stellte ein fröhlicher Nachbar, der Gusti Kamer, die Leiche hinter der Stubentür ab und lag selber unter das Tuch und wollte damit den Trauerbesuch verschrecken, und das tat er dann auch und segglete mit dem wehenden Liilachen über dem Grind den Trauernden nach vom Gross Ei über das Nussbäumli bis auf Bürglen und wieder zurück. Das säb hatte mit dem Doktor Füster noch nicht viel zu tun, hinter dem Gusti her sig aber, verzellten die Leute, die Leiche selber expresst und heig ihn noch das ganze Gitschital hinaufgejagt – dort jedenfalls heig man die Leiche endlich in einem Tobel gefunden und vom Kamer Gusti gad noch ein blutiges Häufli Haut und Haar. Danach heig man die Leiche für drei Tage in den Kerchel gelegt, für den Fall, sie sig noch gar nicht tot – dort sig sie dann aber gehörig verwest.

Und ein Dampfschiffer von Sisikon säblete seinem Bub zmittst auf dem Urner See die Ohren ab und meinte, der Doktor Füster heig ihn das geraten, der Bub sig drum den ganzen Winter an den Ohren so ein Gfröörlig gewesen.

Und so verzellte man noch vieles, wie das säb von der Attinghauserin Kathi Vogt, der der Doktor Füster den Mann ins Bad auf Wallis schickte, weil sein Herz zu gleichmässig pöpperle, und dernach stieg der Tokter z'Nacht der Attinghauserin in die Schlafkammer nach und verübte seinen unnatürlichen Willen an ihr, und am anderen Tag war nicht einmal das Geld mehr echt, das er ihr zwischen die Brüste geschoppet hatte, sondern in ihren Fingern numen noch Laub. Oder es hiess, dass man den Füster mängsmal z'Nacht über den Friedhof gsäch schuhnen, und hinter ihm her liefen die Leichname der Hingerichteten mit roten Striemen am Hals oder den abgehauenen Grinden im Armloch. Und ein Buurli, das um ein Kraut gegen den Schiisser zum Doktor

Füster gegangen war, berichtete danach, er sig vom Tokter in den Keller geführt worden, und dort heig der säb ihm ein Fass pläpplet voll mit Mäusen ohne Beine gezeigt und gemeint, wenn er die einmal täg beinlen und danach laufen lassen, so käme die Pest über Uri. Und dernach heig er noch ein anderes Fass gelüpft, unter dem säben siged um ein Talglicht ganz viele arme Seelen gehockt und heiged sich am Feuer gewärmt, und der Doktor Füster heig numen gemeint, das wären alles einmal seine Patienten gewesen und das Buurli hocke dann einmal auch da unter dem Fass.

Was aber der Hörelimaa im Namen vom Doktor Füster auch boosgete, der Melk schaffte noch einmal so viel Gutes und verbrachte die Tage und die Nächte bei seinen Kranken, als well er über dem Chrampfen vergessen, was noch an seinem Namen hangte. Und daneben schrieb er noch an einem doppleten Untersuch zwischen Vollblütigkeit mit Stockungen im Unterleib und Blutarmut mit Nervösi und an einem abschliessenden Urteil über Bäder und Milchkuren, das der »Hinkende Bote« bei ihm bestellt hatte, und immer war das Babettli neben ihm zu finden und werkte gad als viel als er.

Bis es im dritten Winter in einer Nacht mitten auf der Strasse ohnmächtig umfiel und der Melk es heimzu schleiggen musste und verwundert feststellte, dass ettis wie ein Gefühl in ihm hochkam.

Die nächsten Tage hockte er fast immer beim Babettli am Bett und untersuchte es und pflegte es, und als es wieder zu sich kam, da fütterte er es mit Suppe und verschiedenen Breili oder las ihm vor, was der »Hinkende Bote« von ihnen gedruckt hatte. Und mehr als einmal bekam er vom Babettli

Schimpfis, dass er für ines die Patienten vernachlässige, und antwortete darauf ein ums ander Mal, ohne ines mög er einenweg nichts ausrichten, und das fand das Babettli dann einen rechten Mist verzapft und meinte, der Melk sig schon lang der besser Tokter als wie alle anderen, bei denen es zuvor geschafft heig. Und wenn es dann in der Erschöpfung und im Fieber endlich für ein Momentli eingeschlafen war, hockte sich der Melk über die Schriften und suchte nach einem Weg, das Babettli zu heilen.

Den Hörelimaa hatte er schon viele Wochen nicht mehr bestellt, und das hatte den einen Grund, dass er eben wirklich schon ein recht guter Tokter geworden war. Zum anderen hatte er aber gehofft, asenweg würde es dem Hörelimaa irgendeinmal zu langweilig werden und er läss ihn in Frieden. Als er aber nach vielen durchstudierten Nächten noch immer nichts finden konnte, was dem Babettli fehlte, und nichts, was ihm hätte helfen können, da fing er endlich an darüber nachzudenken, ob er jetzt nicht noch ein allerletztes Mal den Tüüfel sell rufen – und im gleichen Augenblick kam auch schon der Hörelimaa in die Tür und meinte höhnisch, der Melk möge noch lang suchen, an was es dem Babettli ermangle, in seinen Büchern werde er derzu nichts finden. Es leide nämlich allein daran, dass es dem Melk als Schwester schaffe und dadermit dem Tüüfel im Weg sig.

Als der Melk das aber hörte, musste er nicht mehr werweissen, ob nicht ein kleines Gefühl wieder in ihm sig, da schoss es ihm in die Brust wie angestochen und er wurde mit einem Schlag derenweg gällig, dass er den Hörelimaa nicht einmal mehr ansehen durfte, sonst wäre er ihm graduus ans Gurgeli gegumpt. Drum lugte er dann zum Fenster hinaus in den Schnee, der jetzt das dritte Jahr vor seinen Augen in die säben Bäume fiel, und versuchte, den Hörelimaa nicht mehr zu beachten, sondern sich numen zu beruhigen und seine Gedanken zu büschelen.

Als der Melk aber so lange nichts sagte, glaubte der Hörelimaa nichts anderes, als der sig ein stierer Grind und well gad z'Trotz nicht mehr mit ihm schnurren, und so hockte er endlich vor ihn auf das Fenstersims und meinte, so freundlich er konnte, er well ja nicht einmal, dass der Melk sich wieder ein Ärbetli ausdenke – ihm lange es schon, wenn er es wieder mit dem Doktor Tuet aufnähmt, dann würde das Babettli gad wieder gesunden. Der Tuet verzell drum schon überall ummenand, wie er den Füster zu Altdorf gebodiget und ihm sein Ross gestohlen heig, und sig noch der grösser Teiggaff als früher, und wenn er ihn nicht endlich in die Höll durabnähmt, so miech der ihn noch stigelisinnig.

Der Melk sah aber dem Hörelimaa ins Gesicht und sagte: »Dr Tuet chu mr nüüt, mit dem hän i nüüt z'schaffä. Ich gibä dr aber ettis uuf, und wänn d das chusch, dä chusch mi ha. Aber drfür machsch mr ds Babettli gsund.« Und dabei fühlte er eine unendliche Müedi und Mutlosigkeit, dass er sich gar nicht zutraute, noch einmal ein Ärbetli zu finden, das der Tüüfel nicht verrichten mög, und dachte bei sich nur noch: »Jä nu, so heissts itz dängg mit em Tüüfel zur Höll farä, wänn ds Babettli nüd sell sterbä.« Währenddem sagte aber der Tüüfel, der Melk sig eben wirklich ein Stierengrind, er wüss wohl, dass er darauf eingehen müsse, so sig die Abmachung, aber passen täg es ihm dann überhaupt nicht und warum gopfertoori der Melk lieber seine eigete Seel aufs Spiel setze als dem Doktor Tuet seine.

Darauf meinte der Melk, das müsse er ihm ja nicht im Ernst erklären, wenn er dem Tüüfel helfe, den Tuet zu holen, heig er doch vor dem Herrgott seine Seel nicht minder verwirkt. Aber vor allem heig er jetzt genug auf sein Gewissen geladen, er mög einfach nicht mehr. Und drum sig das, was er den Hörelimaa jetzt schaffen heisse, das letzte Ärbetli, das er ihm aufgebe. Danach well er nüüt mehr mit ihm zu tun haben, da könne der Tüüfel ihm noch ebig nachenhöselen.

»Sigs wes well«, sagte der Hörelimaa. Dann könne der Melk aber gleich aufhören mit Toktern, dann ligge ihm dann ab jetzt ein jeder Kranker ab.

Dann höre er eben, meinte der Melk, das sig ihm dann auch noch lieber, als weiter so zu leben wie jetzt.

Und darauf wusste der Hörelimaa nichts mehr zu sagen. Und so gab der Melk ihm endlich das Ärbetli auf: Der Tüüfel sell ihm nämlich ein Hummeli erschaffen, aber ein richtiges, lebiges.

Danach ging er zum Babettli und sagte ihm, es werde jetzt bald wieder gesund, er müsse aber fort und werde nicht mehr auf Altdorf kommen.

Und das Babettli nahm seinen Taapen und lugte ihn ernst an und sagte, es könne ring sterben, der Tod miech ihm keine Angst. Was er da aber getan heig, das sig ganz und gar nicht recht, und es bitte ihn recht von Herzen, das rückgängig zu machen. Der Melk aber meinte, er heig nüüt, was er müsse ungeschehen machen. Und dann langte er dem Babettli noch einmal an die Stirn, als well er ihm das Fieber nehmen, und stand auf und ging hinaus.

Als er durch die Chuchi kam, stand der Hörelimaa am

Schüttstein und chüechlete fleissig mit der einen Hand in der anderen und gvätterlete ettis. Der Melk ging aber an ihm vorbei, als sig er allein im Haus, und graduus in sein Zimmer und bschloss die Tür.

Dann hockte er hinter seinen Tisch und sah aus dem Fenster und wusste, was auch geschah, er hockte hier zum letzten Mal. Und dann dachte er daran zurück, wie es zwei Jahre dervor nicht anders geschneit hatte, due, als sein Knecht ohne Ross von Glarus zurückkam und er beschloss, mit dem Doktor Tuet in Frieden zu leben, und dadermit aber den Krieg mit dem Hörelimaa angattigte. Und wie due, als er dem Doktor Tuet seinen Streich übersonnen hatte, wurde der Melk mit einem jeden Flöckli, das vom Himmel fiel, ruhiger, und bald dachte er nicht mehr an den Hörelimaa und nicht daran, was auf ihn zukommen mochte, und dachte endlich gar nichts mehr und hatte numen eine stille Freud an dem schönen Schnee und seiner Weisse ohne Mosen und Makel.

Und dann, als er so ganz und gar ruhig geworden war und nichts mehr erwartete in dieser Welt, entdeckte er, dass hinter all dem Gfogg ein Vogel in einem Baum im Garten hockte, und fast schien es ihm, der luge ihn an und warte auf ettis, und er müsste ihn von neumeds her kennen. Woher und wegenwerum, dazu kam ihm dann aber nichts z'Sinn, und endlich fielen die Flocken so dicht, dass er gar nicht mehr recht bis zu dem säben Baum sehen konnte. Und so stand er schliesslich auf und bschloss die Tür auf und liess sie offen stehen und wartete auf den Tüüfel.

Der kam auch bald ganz gfreut und höhnisch herein mit dem hohlen Taapen vor dem Ranzen, und dem Melk schoss es durch den Kopf, er heig es ihm am End doch zu einfach gemacht. Das war aber auch schon alles, was er dachte, und danach ging er dem Tüüfel entgegen und sagte: »So zeig!«, und dachte nur bei sich noch einen kurzen Augenblick, ob es dann ächt werde weh tun.

Dann hielt der Hörelimaa ihm den hohlen Taapen unter die Nase, und wirklich sah der Melk darin ettis Chliises, Zabligs, Schwarzes liggen so wie ein Chäferli und in den haarigen Hautfalten ummenand würmlen. Nachdem er die zablig Sach von näher gschaut hatte, sah er aber zum Hörelimaa auf und meinte: »Flüügä muess es dä natürli au chännä.«

Da stutzte der Hörelimaa für ein Momentli und meinte danach entschuldigend, vielleicht sig es noch nicht ganz fertig. Und dann sah er das zablig Tierli scharf an und befahl ihm: »Also flüüg!«

Und da wurde aus dem Tierli statt einem Hummeli eine Flüüge, die surrete dreimal durch das Zimmer und hockte schliesslich auf dem Hörelimaa ab, dort, wo er am meisten stank. Und der Hörelimaa langte sich den Grind und pfutterte ob seiner elenden Dümmi und meinte, Frieden werde der Melk drum jetzt aber trotzdem nicht haben vor ihm, und segglete z'fluchetsen aus dem Zimmer.

Der Melk öffnete aber das Fenster und stand lange da und atmete tief die frische Schneeluft ein und dachte numen, so sig es also doch noch nicht vorbei, und meinte nicht den Hörelimaa, sondern das Leben.

Und während er zusah, wie es nadisnaa einnachtete, und ans Abschiednehmen dachte und daran, dass er jetzt dängg wieder ettis Neues müsse anfangen, da hörte es fast ganz auf zu schneien, und er sah im Baum noch immer den säben Vogel hocken und sah jetzt auch, dass der ettis am Schaffen war – und zeismal erkannte er den Vogel von der Wassilissa. Der hatte aber im gleichen Augenblick nach all den Jahren endlich sein Hempli fertig gelismet und verstätete noch eben einen letzten Faden. Und dann schüttelte er den Schnee von den Federn und sah den Melk noch ein letztes Mal an, und danach liess er das Hempli am Ast hängen und flog dervon.

Der Melk aber musste numen gschwind an dem Zimmer vorbeischleichen, in dem das Babettli seiner Gesundheit entgegenschlief, und im Garten das Hempli holen und es überziehen – und danach geschah es genau, wie die Wassilissa gesagt hatte: Der Melk war für den Tüüfel und für alle vergessen und verschwunden, und es war, als heig es zu Altdorf niemals einen Doktor Füster gegeben.

Der Melk will sterben und kommt ans Meer

Lange lief der Melk durch den tiefen Schnee, die Tobel und Flanken hinauf dem Gotthard zu, mit keinem anderen Ziel, als hinter die Berge zu kommen und weg von allem, und gleichzeitig war ihm so frei und leicht z'muet wie noch nie dervor und doch ganz himmeltraurig, weil so gar nienet niemert ihm warten tat und nach ihm plangen wollte. Und schliesslich hatte er dann auch jeden Weg verloren und stapfte numen blind über die Firne, und der Himmel war verhangen bis über die Felsen hinab und eigentlich schon gar kein Himmel mehr, sondern numen noch eine graue Wand, und der Melk wusste nicht mehr, auf welcher Seite vom Gotthard er war und ob er nicht im Versehen schon lang ins Wallis geraten sig. Und am End hockte er in den Schnee und losete ebig im Nebel nach einem Kilchenglöckli oder einer Stimm.

Und dann fand er, so sig es ihm eigentlich gad recht: In der Wiissi wollte er einschlafen und nümmen vertwachen. Dass hinter dem Berg ettis anders war als Nebel und Leeri und Wiissi, glaubte er jetzt einenweg nicht mehr, und die Nebelwand sah ihm ganz so aus, als sig dahinter die Welt zu Ende. Und so lag er endlich tatsächlich ab und sah hinauf in das weite neblig Nüüt und losete weiter, aber auf kein

Stimmli mehr, sondern numen noch seinem eigeten Schnauf und dem Liseren vom Schnee, als er an seiner Wärme zerschmolz. Und schliesslich machte er die Augen zu und hatte das Gefühl, all säb heig er vor ganz langem schon einmal gemacht, in einem anderen Leben – und mit dem säben Gedanken kam ihm auch ettis Wohligs, das sich über ihn legte als wie eine Decke, und danach wurde sein Atem immer ruhiger und leiser, und am End schlief er ein.

Als er ganz langsam und schwer wieder vertwachte und meinte, er heig jetzt bestimmt die Ebigkeit verschlafen, da fühlte er nadisnaa, dass schon die längste Zeit eine warme Hand ihm über das Gesicht strich, und weiche Lippli küssten ihm die Eismöggli ab den Wimpern und lisereten fremde Worte über ihn, und all säb war so schön und friedlich, dass er lange Zeit gar nicht die Augen auftun wollte in der Angst, am End schlafe er noch und dernach sig alles verschwunden und vorbei.

Dann blinzelte er aber doch mit einem Aug hinaus, und da kauerte an seiner Seite ein wunderschönes, bächnasses Milädi, das war nur ganz dünn angezogen, das dünne Stöffli aber war so fürnehm, wie der Melk noch keines gesehen hatte, und im Haar hatte es viele goldige Bändeli und um den Hals bunte Chrälleli, und es lugte ihn so lieb an, dass der Melk zuerst meinte, ob das jetzt am End sein Müeti sig.

Als das Milädi aber sah, dass der Melk aufgewacht war, da sagte es in einem so gschpässigen Tüütsch, wie es der Venediger hatte, jetzt wäre er ihm fast verfroren im Schnee und es sig schon noch froh, heig es ihn noch einmal aufwecken können.

Und darauf hockte der Melk auf und meinte, das sig lieb,

numen heig es der ganzen Mühe nicht gelohnt, ihm warte einenweg niemert mehr. Davon abgsehen sig ihm aber wohl und auch nicht kalt, da könne das Milädi beruhigt sein – es selber müsse doch aber sicher bald verfrüüren, so nüütelig, wie es angezogen sig.

Da lächelte aber das Milädi ein ganz trauriges und zartes Lächeln und meinte, verfrüüren könne es nicht mehr, es sig drum schon tot. Sein Körper ligge nicht weit hinter dem Hang zu Mailand, von dort komme es jetzt her auf dem Weg in die Ebigkeit. Dem Melk heig es gad noch seine letzte Wärme gegeben, jetzt werde es dann immer kälter und bald schon vergehen, der Nebel stäch auch schon ganz tief und täg es sicher bald holen. Es sig aber schön, heig es den Melk noch gefunden und ihn vom Tod erretten können.

Der Melk fand das aber eine traurige Sach und fragte, ob er ihm nicht doch ettis könne tun. Da lächelte das Milädi endlich wieder und meinte, das heig er schon, indem er am Leben geblieben sig. Er sell noch mängsmal an ines denken, das würde es freuen. Zu Milano sig es nämlich kein sehr Beliebtes gewesen, daderfür sig es zu reich und vielleicht auch zu geizig gewesen, und bis auf seine Eltern trauere niemand um ines, und die siged alt und würden selber bald sterben. Dass der Melk aber keines heig, das ihm warte und an ihn denke, das könne so im Fall nicht wahr sein, das well es noch gesagt haben. Es hätte ihn nämlich gar nicht gefunden, wäre es nicht von etterem geführt worden, der den Melk brauche und nach ihm plange.

Und dann hiess das Milädi den Melk zeismal aufstehen und gehen, denn es spürte die Kälte kommen und wollte beim Eingehen in die Ebigkeit gern allein sein. Vorher wies es ihm aber noch den Weg, den er zu gehen heig, und langte ihm die Hand, die war da schon ganz bleich und eisig. Und dann musste der Melk versprechen, dass er sich nicht mehr umtrülle, bis er den nächsten Büchel hinter sich heig, und als er die ersten Schritte getan hatte, kam auch bereits der Nebel herab und lag glii so dicht über dem Firn, dass er das Milädi gar nicht mehr hätte sehen können, und wenn er sich umgetrüllt hätte.

Danach war er nicht länger als ein kleines Stündli geloffen, da hatte er den Nebel hinter sich gelassen und sah vom Berg herab über ein Land hinweg, das war tätschgrün und ebigs weit und erst hügelig und danach immer flacher und am Schluss sogar glatt wie ein See, und so blieb es, bis es zuhinterst hinten mit dem Himmel zämenlief, und nicht ein einziger Berg stand dort noch. Zuerst mögte der Melk gar nicht glauben, was er da sah, dann nahm er sich aber vor, jetzt schuhne er bis dort ans End, das müsse er jetzt wissen, was dort sig, wo der Himmel bis auf den Boden kam, und litzte die Ärmel hinderen und machte sich auf den Weg.

Und während er so der Ebene zulief, dachte er darüber nach, was das Milädi ihm verzellt hatte, und gwünderte, wer das ächt sig, der nach ihm plange und es zu ihm geschickt hatte, und kam erst auf das Babettli und danach auf den Stüssi, aber zum Schluss fand er dann doch numen, das sig nüüt als eine freundliche List gewesen, mit dem das Milädi ihm heig wellen Mut machen zum Leben.

Und das war nämlich das Gschpässigste an der Sach: Seit er mit geschlossenen Augen dem Milädi seine Hand auf dem Gesicht gespürt hatte und ihm sein Stimmli in der säben kurligen Sprache über ihm geschwebt war als wie ein Schleier und es einfach numen lieb zu ihm gewesen war, seither mögte der Melk wieder vorwärtsschauen und nachsinnen, was aus ihm noch könnte werden und was er als Nächstes well angattigen, und er bemerkte auch wieder, wenn die Sonne schien, und hatte Freude an den Blumen und Wolken und Summervögeln.

Und mit dem Vorwärtslugen kam auch die Erinnerung an das, was einmal gewesen war, ans Glarnerland und an den Sommer auf Dräckloch und den Alpvogt und das Tunscheli und daran, wie der Balzli das Mendrisch überlistet hatte, und über die säb Sach kam er zum Schangschagg mit seinem grünen Grind und hätte gern gewusst, ob der ächt noch immer erst mit den Zeechen im Tödigletscher eingefroren war und mit den anderen Sennen auf die Erlösung wartete – und so kam ihm mit dem Wandern nadisnaa alles wieder z'Sinn, das mit dem Stüssi und dem Zauberbuch und dem Venediger, und wie er das Vroni der Wassilissa verkauft hatte – und als er einen Weil geneuslet hatte, da fand er sogar tief in seinem Sack noch das Goldstückli, das ihm die Wassilissa für den Stüssi gegeben hatte.

Und dann kam ihm zeismal wie ein kleines Licht die Erinnerung, dass da doch einmal ettis mit einem Füchsli gewesen war, das er so grüüli gern gehabt hatte, dass er ihm einmal einen ganzen Nachmittag nachweinte, zmittst im Schnee beim Heuabfahren – und gad erinnerte er sich auch, dass er von dem doch einen roten Bändel gehabt hatte, und das musste am End abgeschnitten der Bändel sein, den ihm zu Schwyz der Hörelimaa verzeuslet hatte. Und schliesslich kam ihm auch die Erinnerung an das Vreneli wieder, zuerst an sein Ummenhöselen und sein freches Maul und sein Gegigel, und dernach an alles ander, an die gemeinsame Heuet und an das Küssli beim Gschpängschterli-Gschauen zu Silvester und an die brünnigen Gletscher und wie es ihm hatte das Zaubern lernen wollen, und endlich fielen ihm gar die Blüemli wieder ein, die es ihm gebislet hatte, und wie es ihn hatte verleiten wollen, dass er das Blüemlibislen selber probiere – und darüber kam ihm dann z'Sinn, dass er dem Vreneli auch nicht ein einziges kleines Mal seinen Kuhreiher gejodlet hatte.

Als er aber eben daran dachte, wie er nach der Geschichte mit der Wassilissa vergebis die Gletscher nach dem Vreneli oder auch numen einem Käschesssi abgelaufen war und danach im Schnee das erste Mal hatte sterben wollen, und wie das Vreneli due als Schrättli zu ihm gelegen war und ihn geheissen hatte, ab jetzt für ines mit zu leben, und als der Melk sich gad ein paar Trändli vom Backen putzte und werweisste, wie um ds Gotts willen er das heig vergessen können, da rief etter in einer Schwiilüüti: »Melkiore! Melkiore, il mio amiko della Chamer Alp!« – und glii dernach drückte ihn der Venediger an seinen Bart und schmüüselete ihn ab und meinte, er heig jetzt aber schon noch eine Chogenfreud, ihn hier zu Venedig zu sehen.

Und da bemerkte der Melk erst, dass er in seinem Sinnen bereits bis hinab ins Flache und ans Meer geloffen war und am End bis in die Stadt hinein, in der der Venediger wohnte. Der aber häklete ihn unter und führte ihn in einen richtigen Palast und sagte, jetzt sig der Melk sein Gast und müsse verzellen.

Es war dann aber vor allem der Venediger, der die

Schnurre abenand tat, der zeigte dem Melk nämlich sein Venedig von hinten und von vorn und der längenweg und in der Breite und dachte, da könne der Melk ettis lernen. Und der fand das alles zwar sackgrüüsig mit überall dem gfürchigen Meer, das gar nieneds wollte hören, und dem Gestank und dem Fisch, den er ständig fressen musste, und den finöggeligen und gschlecketen Häusern, die die erstbeste Laui gad würde z'hudlenfetzen machen. Er sagte aber numen höfeli, das sig alles recht intressant, und dem Venediger kam nicht einmal z'Sinn, der Melk finde seine Stadt nicht die schönste von der Welt.

An den Abenden hockten sie dann zämen auf einem Balkon über dem Wasser, von dem herab aus der Melk am ersten Tag gemeint hatte, es käme eine Überschwemmung und sie müssten versegglen. Und auch jetzt noch schien es dem Melk, das ganze Haus gwackle mit den Wellen, und hielt sich an der Wand fest, während der Venediger ihn ausfragte und sich freute, dass der Melk jetzt ein Mann war, und dann wieder selber verzellte – und nicht numen über sein Venedig, sondern auch mängs über das Glarnerland.

Er war nämlich noch immer fast jedes Jahr einmal oder zweimal am Strahlen. Der neue Bogglauibuur und Senn auf der Chamer Alp sig drum ein Gmögiger, meinte er, und läss ihn im Alphüttli wohnen, ohne viel zu fragen, und fered war sogar der Stüssi mit ihm z'Berg gekommen. Und gad versicherte er dem Melk auch, den Stüssi heig ihm sein Verschwinden von der Alp due dann im Fall nicht hässig gemacht, numen Schiss heig er um ihn gehabt und sich ebige Vorwürfe gemacht, dass er den Bub so ohne Aufsicht gelassen hatte. Es war due aber auch ums Verroden nicht anders gegangen, und der Melk sollte ja nicht glauben, der Stüssi heig ihn leichtfertig allein beim Veh gelassen. Es hatte nämlich nicht Geringeres gegolten, als Venedig den Österreichern zu nehmen und es wieder italienisch zu machen, eine grosse politische Sach also, und die säb war ohne den Stüssi nicht zu machen gewesen.

»Und itzed, isch es itäliänisch?«, fragte der Melk.

Das sig es wohl, antwortete der Venediger in einer verlegenen Stölzi. Die Revolution sig zwar noch nicht so weit wie beim Melk daheim in der Schweiz, sie heiged drum immer noch einen König. Aber wenigstens sig afed der Kaiser weg, und italienisch schnurre die Regierung jetzt auch.

Das hatte der Melk nicht gewusst, dass es noch Länder gab mit richtigen Königen wie im Märli, aber der Venediger sagte, politisieren täged sie dann später, er sig nämlich mit dem Stüssi noch nicht fertig. Der war, nachdem der Melk verschwunden war, ab auf Amerika, dort half er jetzt gad noch die Sklaven befreien, er hatte aber dem Melk ettis dagelassen. Und während der Venediger aufstand und in der Stube ummenandneuslete, da verzellte er, der Stüssi heig drum immer gewusst, dass der Melk eines Tages nach Venedig käme, und läss ausrichten, es täg ihm leid, dass er dem Melk beim Zaubernlernen nicht besser hatte mögen helfen, mit dem Ergebnis, dass es ihm dängg mehr Ärger als Freud gebracht heig. Und dann kam der Venediger auf den Balkon zurück und gab dem Melk dem Stüssi sein Zauberbuch und richtete aus, das sig jetzt seines, und der Stüssi wünsche ihm dermit viel Glück.

Da wurde der Melk erst rot im Gesicht und meinte, den Ärger heig ja vor allem der Stüssi gehabt, sogar das Vroni heig er ihm verscherblet, das wüss der Stüssi noch gar nicht. Und dann grüblete er das Goldstückli hervor und gab es dem Venediger, dermit er es dann bei Gelegenheit dem Stüssi gäbt, danach gab er ihm aber das Zauberbuch gad dazu und meinte, er well das drum lieber nicht behalten, er würde doch numen wieder ettis boosgen. Und zudem könne er jetzt einen bitz tökterlen, das lange ihm. Und so trug der Venediger das Buch halt wieder in die Stube und legte es mit dem Goldstückli in eine Lade.

Als er aber zurückkam, war er ernst geworden und sagte, das wisse er, dass der Melk tökterle, und in dem Zusammenhang gebe es ettis, das müsse der Melk wissen, es gech aber um den Doktor Tuet.

Da erschrak der Melk schon und meinte wunders, was der Tuet jetzt noch in seinem Leben verloren heig. Dann berichtete der Venediger ihm aber nichts anderes, als dass er vor nicht mänger Woche beim Tuet zu Besuch gewesen war, sie hatten in einem Wiesli ob Ennetbühls ein seltenes medizinisches Pflänzli gesucht. Auf dem Heimweg trafen sie aber den Pöstler, und der hatte ein Briefli für den Doktor Tuet, von wem, das wusste der Venediger nicht zu sagen, und als der Tuet das säb gelesen hatte, fing er plötzlich ganz ungattlig an pfutteren und sagte über den Melk alles Wüste. Es hatte ihm aber etter geschrieben, dass drum ein Doktor Füster, mit dem der Tuet ein ebigs Gestrütt gehabt hatte, in Wahrheit eben der Melk gewesen sig. Und das mögte der Doktor Tuet dann gar nicht verbutzen und schimpfte den Melk einen Undankbaren und einen Hosenschiisser, und als sie über den Friedhof kamen, war er immer noch zmittst am Grindelen und tschuttete drum in seiner Gälligen auch einen Totenschädel dervon, der ihm von einem offenen Grab vor die Füsse troolet war, und rief ihm nach, er sell numen am anderen Tag zu ihm in den Zmittag kommen. Das nahm der Tod aber persönlich, und er kam dann auch und nahm den Doktor Tuet nach dem Zmittag gad mit.

Als er fertig verzellt hatte, erkundigte der Venediger sich ein bitzeli schüüch, ob der Melk jetzt ächt traurig sig oder ob es eher eine gute Nachricht sig, in dem Fall miech er nämlich ein Fläschli auf und sie täged eines tütschen. Da lachte der Melk und meinte, er sig schon froh, dass er den Tuet nicht mehr im Nacken heig und dadermit dängg auch den Hörelimaa los sig. Aber dass jetzt am End doch er die Schuld heig am Tuet seinem Tod, und er heig doch alles versucht, dermit es nicht derzu käme, das mög ihn jetzt doch gad ein bitzeli.

Der Venediger wusste ihm danach aber mängs Gescheites über den Tod zu sagen und über die Schuld und das schlechte Gewissen, und so schnurreten sie ausgemacht filosofisch bis tief in die Nacht hinein. Und bevor der Venediger fand, jetzt sollten sie dann langsam gogen pfuusen, es sig schon bald wieder heller Tag, da tütschten sie endlich doch noch eines, und der Venediger wollte, dass der Melk ihm künftig Dario sage, wie es der Stüssi tat.

Der Glärnisch brünnt, und mängs wird wieder gut

Der Melk hatte sich gad ans Fischessen gewöhnt und fing an, die italienische Medizin zu studieren, da sagte ihm eines Abends nach dem Znacht der Venediger, er müsse verreisen, und wahrscheinlich auf länger. Er well aber nicht unhöflich sein, und der Melk könne im Haus bleiben und tökterlen, solange er well, er wär dann numen halt allein.

Da wurde es dem Melk einen bitz weh ums Herz, vor allem, weil der Dario ihn gar nicht fragen wollte, ob er nicht mit ihm täg kommen. Er sagte dann aber nichts, sondern meinte numen, es sig schon recht, er heig auch schon ans Abreisen gedacht, ihn züche es nämlich wieder in die Berge.

Und das fand der Venediger dann nicht die dümmste Idee und meinte, in dem Fall well er dem Melk aber noch ettis geben, und dann stieg er vor dem Melk eine Stiege durab und immer weiter, dass der Melk meinte, sie müssten schon lang im Wasser sein. Und endlich kamen sie in einen Keller, in dem lag eine grosse Beige mit Silberstückli und eine kleinere mit Gold, und der Venediger nahm einen Sack von einem Gestell und füllte ihn fast bis zur Hälfte mit Gold, und danach reichte er ihn dem Melk und meinte, das sig seines, das heig er für den Karfunkel gelöst, den der Melk ihm seinerzeit auf der Chamer Alp anvertraut heig.

Dem Melk war das aber viel zu viel, er meinte, eine Hampfle Silber täg es für ihn schon lang, alles, was mehr sig, bringe ihm doch kein Gfell, und der Venediger fand, das müsse der Melk selber wissen, und leerte halt den Sack wieder aus und füllte ihn mit Silber und gab ihn dem Melk und sagte, jetzt heig der Melk aber noch ettis zugut, dass er auch ja daran denke, falls er einmal in Not sig.

Als es an dem säben Abend ans Schlafen ging, schmüüselete der Venediger ihn wieder ab und klopfte ihm schwer auf die Schulter, denn er wollte noch in der Nacht abreisen. Bevor er den Melk allein liess, sagte er aber noch: »Legg hütt z'Nacht dr Sack under diinä Chopf, dä vertwachsch morä morged gad diheimed und muäsch nüd dr ganz lang Weg beindlä.«

Der Melk dachte bei sich zuerst, dass er gar kein Diheimed heig, an dem er vertwachen könne. Aber nachdem er einen Weil im Dunkeln gelegen und durch die verschlossene Tür hindurch gehört hatte, wie der Venediger noch im Haus ummenandlief und seine War packte, da dachte er, am End vertwache er dann halt wieder hier im Bett, dann well er aber gad bleiben und dem Dario warten und ihm bei seiner Rückkehr sagen, das sig jetzt sein Diheimed, hier sig er drum due vertwachet, und dann könne der Dario auch gar nüüt mehr sagen und nähmt ihn vielleicht sogar mit, wenn er das nächste Mal auf Reisen gech. Und als er das gedacht hatte, trüllte er den Kopf zur Wand und schoppte den Sack als Kissen darunter und schlief ein.

Danach träumte er wieder vom Vatter und von der Mueter und auch vom Fridli, als er noch ganz und nicht verrupft war. Anders als bei den Träumen, die ihm der Hörelimaa zu Schwyz ans Bett geschickt hatte, war diesmal aber nüüt Grüüsigs daran und nüüt Gfürchigs – er sah numen alle drei, wie sie einmal gewesen waren und wie er sie schon lange vergessen gehabt hatte, und dann sah er gar noch sich selber als kleinen Pfüderi, und sie assen alle zusammen z'Abed, und danach spielten sie noch veraussen mit einem Eidechsli.

Und dann war zeismal der Traum vorbei und brandschwarze Nacht, der Melk fühlte es zänntummen blasen und tun, und abwechselnd wurde es eine Gletschkälte und süttig heiss. Dann blieb es wieder ein Ziitli dunkel und still um ihn, endlich hörte er aber Stimmen, die ein bitzeli entfernt von ihm ettis zu bereden hatten, und wie ihn dünkte, waren es dem Venediger und dem Stüssi seine. Und die ganze Zeit über war ihm, als heig er kein Nest mehr unter sich und keinen Boden, sondern schwebe in der Luft, ausser einmal, da wurde er neumeds abgelegt in ettis Stachligs wie gschnittenes Korn und wieder aufgelüpft, und danach schmöggte es anders, als wie in einem Herdöpfelsack, und war ruuch anzulangen, und danach hörte er etter schnaufen und dann gar nichts mehr.

Als der Melk vertwachte, lag er hoch in den Bergen unter dem Gipfel vom Schlafstein im harten Schnee, schaute graduus auf den Glärnischgletscher und den Guppenfirn und fror.

»Ho«, dachte er, »da obä isch also mis Diheimed?« Dann setzte er sich auf und legte die Arme um die Knie, und einmal tääpelete er noch nach dem Geldsack, ob der noch da sig, und schoppte ihn in die Lücke zwischen seinen Beinen und dem Fudi, und dann sah er nach der Sonne und stellte fest, dass es hoher Tag und Frühling war.

Danach blieb er aber einfach numen noch so sitzen und gschaute den Glärnisch und die Föhnwolken, die sich am Tödi türmten und danach in Fetzen über das Tal geblasen wurden bis weit ins Gasterland durab, und der Luft blies ihm um den Grind und machte ihn trümmlig, und nichts, aber auch gar nichts Lebiges wollte sich ihm zeigen. Und so wurde er von Stund zu Stund trauriger und mögte sich nicht überwinden, auf Glarus aben zu schuhnen, und dachte mehr als einmal daran, überhaupt ganz neumeds anderscht hinzulaufen, ins Sanktgallische oder ins Bündnerische, aber auch das brachte er nicht über sich.

Das Einzige, was er fertigbrachte, war, gegen Abend ein Stück den Hang durab zu klettern, wo der Wind nicht asenweg ruuch tat, und von dort sah er auf die Häuser von Glarus und sah die Lichter, die bald eines nach dem anderen angezündet wurden. Aber das ging ihn alles nichts mehr an, und darum lugte er bald wieder hoch darüber hinweg auf den Glärnisch, der noch immer verschneit war bis fast auf den Talboden hinab und grau und tötelig im flammigen Föhnhimmel stand. Und dann bemerkte er, wie den vordersten Spitz vom Guppenfirn ein feines Glimmen überkam, nicht viel mehr als wie ein gwündernasigs Gügslen nach den gluetigen Wolken – und das war derenweg schön zum Gschauen und gleichzeitig von einer sertigen Trüürigi, dass der Melk nicht einmal mehr ein Trändli brieggen konnte, sondern numen noch leer schluckte und wie ein Stein im Hang hockte und nur immer wieder dachte, warum in ds Gotts Namen er ausgerechnet hierhin heig zurückmüssen.

Und als es schon lang Nacht und der Himmel chölig war, da sah der Melk zeismal, dass das Glueten gar nicht vom

Gletscher her kam, sondern dass zu Glarus der Stall vom Graagen Fidel brannte und dann gad auch sein Schöpfli. Statt aber ins Tal zu laufen und das Feuer zu melden, tat der Melk keinen Wank und wollte nichts als numen gschauen, wie der Wind die Fünkli durch das Tal trug und ein Dach nach dem anderen anzündete, und wie die Leute z'jääbletsen aus den Häusern gebeinlet kamen und Kübel und die Spritze holten. Und bald läuteten die Kilchenglocken im Unterland, und der Föhn blies dem Melk die Asche unter die Nase, und ganz Glarus brünnte in hohen Flammen – und bei all dem spürte der Melk eine gschpässige Freud, so als müsse das alles so sein und um keinen bitz anders, und das Einzige, was er noch dachte, war, dass es schon noch schad sig, gsäch das Vreneli das nicht, und dass er sich das End von der Welt nicht derenweg vorgestellt hatte.

Er war noch ganz verträumt am Gschauen, als zeismal ettis an seinem Kopf anfing knäberlen und ihm den Hals abschleckte. Als er sich aber mit einem rechten Schreck im Ranzen umtrüllte, da stand hinter ihm ein Gämsi und sah ihn gwünderig an, und das säb Gämsi hatte einen Bändel aus rotem Sammet um. Und dann kam auch gad das Vreneli den stotzigen Hang derauf gestägeret und fiel neben dem Melk in den Schnee und musste erst einmal verschnaufen und meinte, nachdem es ein paarmal tief geatmet hatte, das sig es sich drum auch nicht mehr gewöhnt, jetzt heig es derenweg lang unter säb blödem Käschessi gehockt, es heig fast das Laufen verlernt gehabt.

Der Melk aber merkte gar nicht mehr, dass das Gämsi noch immer an ihm schleckte, und gaffte numen auf das

Vreneli, als sig es ein Gschpängschtli, und erst nach einem rechten Weil fragte er: »Wo chunntsch dä du au numä her?«

Das Vreneli kam aber express den Glärnisch durab, wo es drei Jahre dervor auf dem Weg zu seinem Gärtli der Sturm unter dem Käschessi eingeschneit gehabt hatte, wobei es dazu gad sagen musste, es würde es im Fall nicht wundern, wenn etter das Gfogg über ines gezaubert hätte und auch das Chessi mit einem Zeichen festgenaglet, der Hexer vom Fralein Heer oder etter. Jedenfalls aber hatte es nicht mehr darunter hervorgekonnt und sich überhaupt nicht mehr verroden – bis nächtig, als der Brand die Berge z'glueten machte und oben am Glärnisch der halbe Firn abschmolz und dadermit auch die Schneedecke auf seinem Rosengärtli, und da hatte es endlich das Chessi vom Grind lüpfen können.

Als es aber am Schluss meinte, der Melk heig es aber auch lang genug warten lassen, da verlor der endlich ein Trändli und sagte ganz verzweifelt, er heig doch nüüt gewusst davon, und dabei hatte es das Vreneli gar nicht so richtig ernst gemeint gehabt.

Danach war es an ihm zu verzellen, und das dauerte viel länger als beim Vreneli, und als es tagete, war er noch nicht einmal beim Mareili und dem Marisi angelangt – wobei er um die auch einen Weil herumgeschnurrt hatte, nach dem, was er mit ihnen so gemacht hatte. Und dann kam die Sonne über den Grat, und da wollte das Vreneli erst einen bitz sonnenbädelen, daderzu höselete es zuoberst auf den Gipfel, und dort rupfte es sich das ganz Gwand ab dem Leib im Übermut und machte noch einen Blüemlibrunnen und hatte eine meineidige Freud, dass es das säb noch harenbrachte, und glii dernach trooleten sie beide über das Schneefeld und hatten einander fest gern.

Und als sie endlich faul auf dem Firn lagen, der wieder süüfzgete und brünnig war, und den Blick nicht vonenand lassen konnten, da fragte der Melk, was es denn jetzt denke anzugattigen, weil ihm stäch drum der Gluscht nach Buurnen, und ob das Vreneli glaube, der Fessisbauer sig ihm noch gesonnen. Da hockte das Vreneli aber fadengrad auf und meinte, also es sig jetzt lang genug auf dem Füdlen verhocket, es well auf die Fenderi, auf Amerika oder zum mindesten für einen Weil ins Tüütsch gogen bädelen.

»Aha – !«, sagte darauf der Melk misstrauisch. »Das setted mr aber übersinnä.«

Und das Vreneli lachte numen und sagte: »Ja, dänn übersinn du«, und sprang davon und las sein Gwand zusammen.

Als der Melk ihm aber endlich nach war, da stand es steil am Hang auf einem Stein und sah ernst ins Tal durab, auf die rauchenden schwarzen Trümmer zu Glarus, und tschuderete einen bitz. Und nach einem Ziitli süüfzgete es noch ein tiefes letztes Mal, danach langte es aber den Melk um den Leib und fragte: »Und, hesch es übersunnä?«

Und der antwortete lieb: »Ich machä dängg, was du witt.«

»So, und wegä werum?«, wollte das Vreneli wissen und blitzte ihn fröhlich an.

Da musste der Melk aber gad studieren, wie es das jetzt wohl meine. »Du bisch mr dängg das Liäbscht, Vreneli«, sagte er endlich gschamig und war nicht sicher, ob das als Antwort genügte.

Und das Vreneli meinte z'gigletsen: »Ja säg! Du mir dängg au, drum mach i glich, was ich will!« Und damit sprang es schon juuchzend z'Tal mit dem Gämsi hinterdrein, und erst auf dem nächsten Bödeli hielt es gschwind an und rief dem Melk zu: »Ich heissä übrigens itzed Vriinä, nümmä Vreneli, ich bin ä käs chliises Meitäli mih! Und itz chumm!«

Der Melk lief aber langsamer und dachte darüber nach, dass er schon ebig nicht mehr gejuuchzt und nicht gejodlet hatte – wenn er es recht besann, seit er das Vreneli das letzte Mal gesehen hatte.

Die Vriinä war noch ein Stückli mit dem Gämsi um die Wette gegumpt. Dann wartete sie aber dem Melk und hakte ihm ein, und nachdem sie einen Weil so zämen geloffen waren, meinte sie ganz verträumt: »Und itz muäsch mr dänn äntli ämaalä dinä Chuäreiher jodlä.«

Kleines Quatember-Wörterbuch der Helvetismen und Sennereiausdrücke

(– und nicht etwa ein Dialektwörterbuch! Die Begriffe sind hier so wiedergegeben, wie sie im Buch verwendet werden – das heisst, in einer dem Standarddeutschen angenäherten und somit kunstsprachlichen Variante.)

A

Ääli	*ein Ääli machen* = streicheln, liebkosen
aaper	schneefrei
aatääpelen	angrapschen
ab	*ab gehen* = wegrennen, abhauen; *er isch ab* = er ist abgehauen
Abegg	Hauklotz
aben	hinab, herab
abenand	*das Maul abenand tun* = sprechen
abgefickt	abgewetzt
abschmüselen	abknutschen
abschönen	die Weiden aufräumen
abtun	töten, notschlachten
ächt	wohl
afed	mittlerweile, bisher
Allerweltsfisigugg	Hansdampf
Allmend	Gemeindewiese
allpott	immer wieder, andauernd
Alpbestossung	das Vieh zu Beginn der Alpzeit auf die Alp treiben
Alpgeteilschaft	Alpgenossenschaft
Älplerfamilie	Gesamtheit der auf der Alp Arbeitenden
Alpvogt	gewählter Vorstand einer Alpgenossenschaft
Alpwerk	gemeinsame Instandstellung der Alp
Alpzimmer	Gesamtheit der Alpgebäude

altmödig	altmodisch
amed	jeweils
anenand	aneinander
angattigen	etw. anfangen, einfädeln
Angst und Noth	Ort im alten Glarus vor dem Brand
Anken	Butter
anmächelig	appetitlich, verlockend
Anreisung	(eigentlich *Aareisig*) Bescherung oder einfach Angelegenheit
appartig	hübsch
asenweg	so
aus einem Floh heraus	aus einer sonderbaren Anwandlung

B

bächnass	triefend nass
Balchen	Fensterloch ohne Scheibe
bambelen	hängen
Bersiäneli	nach seinem Kleid aus einem Stoff mit orientalischem Muster, dem Persienne, der in Glarus gedruckt wurde. Vom Bersiäneli erzählt man im Glarnerland so manches, unter anderem muss verbrennen, was immer es anfasst.
barten	sich rasieren
Batzen	Bis 1852 galt ein Glarner Gulden 15 Batzen. Mit der Gründung der Helvetischen Republik wurde der Schweizer Franken eingeführt, danach wurde die Bezeichnung Batzen für 10-Rappen-Stücke gebraucht. Heute bezeichnet sie eine beliebige Geldmünze.
beinlen	rennen, trippeln
Beiz	Wirtshaus
beschnurren	besprechen
bespienzlen	s. *spienzlen*
betääpelen	s. *aatääpelen*
Betze	Galgen zum Aufhängen des Käsekessels
bheggen	stecken (*bheggen lassen* = eingeschlagen stecken lassen)

Bhüeti *ohne Bhüeti* = ohne Gruss (*Bhüät di Gott* = Gott behüte dich)
biberen schlottern, zittern
Biner hölzerne Trinkschale
Biorä (franz. biorey) Gebse
Bisi Pipi
bislen pinkeln
bisseguet (*bis so guät* = sei so gut) bitte schön
bitz, bitzeli bisschen
Blaascht Platzregen, auch: Blödsinn
blabe Milch entrahmte Milch (blaue Milch)
Blätschge auch Blackte; grossblättriger Ampfer, auf der Alp ist er ein Zeichen für überdüngte und übernutzte Weiden.
blochen rasen
blübe (eigentlich *blübi*) bleibe (Konj. 1)
blutt nackt
Bockswurzel Bibernelle; hilft gegen Verschleimungen aller Art, Durchfall und Asthma
Bödeli Talboden; auch einfach: Platz
Böden Sohlen
bodigen fertigmachen
Böllen Zwiebeln
boosgen *etw. boosgen* = etw. anstellen
Bort Abhang
Boz Geist
Brachet Juni
Brecher Rührholz zum Käsen
breichen erreichen, erwischen
Brente auf dem Rücken getragener Milchbehälter
brichten berichten
brieggen weinen
Brittli Fensterläden
brösmelen krümeln
Brosmen Krümel
Bruch Käsemasse nach der Scheidung der Milch
brünnig flammend
Brunz Urin (*einen Brunz machen* = urinieren)
brünzlen pinkeln
Brüüt gestrichenes Brot

bsinnen über etw. nachdenken (*sich bsinnen* = sich erinnern)
bsunders speziell, anders
Bubenzöchterli (von *zöchten* = verlocken), »Knabenwinkerchen«, Stirn- oder Schläfenlocken
bubig kindisch einfach
Büchel Hügel
Büez Arbeit
büezen nähen, allg. arbeiten
Bugg Anhöhe, auch: Beule
Bürdeli Bündel
busper knackig, attraktiv, *anmächelig*
buurlimunter putzmunter
büüte (eigentlich *büüti*) biete (Konj. 1)

C

Chacheli s. *Kacheli*
Chäferli Käferchen
Chämi Kamin
Chammblüemli (auch Schabenkraut oder Bränderli) Männertreu
Chassis (franz.) Gefäss, in dem die Farbe für den Druck ausgestrichen wird
chätschen kauen
Cheib Kerl (ursprünglich Kadaver)
cheibs *was cheibs sie verbrochen hätten* = was sie bloss verbrochen hätten, was Schlimmes sie verbrochen hätten
chienen jammern, meckern
Chilbi Kirchweih
Chlapf Knall
Chlepfe geschmiedete oder gelötete Weidschelle aus Blech
chlepfen knallen
Chlüises Kleines
Chlummeri *den Chlummeri haben* = erforene Finger haben
chogen (bekräftigend) *chogen schön* = sehr schön

chölig schwarz wie Kohle
chöög heikel
Chrälleli Perlen
Chrämli Keks
chrampfen (hart) arbeiten
chräsmen klettern, kriechen
Chriesi Kirschen
chrosen keuchen, auch: rasseln
Chrott Kröte (*Chrott im Hals* = Frosch im Hals)
Chrusel Locke, Krause
Chrüüter Kräuterschnaps
Chrüützfix Kruzifix
Chuchi Küche
chüechlen kleinräumig hantieren (von Küchlein backen)
Chueli Kühlein

D

Dachli auch Figler genannt: einfache Hütte an einem Berghang, die dazu dient, das Wildheu bis zum Winter zu lagern
daderfür dafür
dadermit damit
daderzu dazu
dängg vermutlich, gewiss; auch: selbstverständlich
Dengelstock Stock, der in die Erde gesteckt und beim Dengeln der Sense als Ersatz für einen Amboss benutzt wird
derdur hindurch; auch: dadurch
derenweg so, derart (*derenweg lang* = so lange)
dervor zuvor, davor
dicken gerinnen (Milch), fest werden (Rahm, Butter); schwanger werden
diggemal manchmal, ab und zu
Dingeler *wüster Dingeler* = übler Gesell
Dittitolgg Puppe (von *Ditti* = Puppe, und *Tolgg* = Puppe, Popanz)
dorum darum

dsunderobsi durcheinander; *etw. dsunderobsi tun* = vermischen
due damals
durab hinab
durenand durcheinander

E

ebig, ebigs ewig; (bekräftigend) *ebig schön* = unendlich schön
ehsigsten *am ehsigsten* = am ehesten
eigete eigene
Einbeiniger Melkschemel
einenweg sowieso
elend (bekräftigend) *elend schön* = unendlich schön
enand einander
Englisch Gruss Ave Maria
ennet auf der anderen Seite von
ergalten keine Milch mehr geben (man spricht von einer galten, leeren oder trockenen Kuh)
erliggen hier: sterben (auch im Sinn von begreifen gebraucht)
erwellen erhitzen, aufkochen
etter jemand
ettis etwas
express eben, geradewegs; aber auch: genau (*express äso* = genauso); in anderem Sprachgebrauch ausserdem: absichtlich
expressen eilen

F

fädig auf geradem Weg
Fänz gekochtes Alpgericht aus Butter, Mehl und *Schotte*
Faselettli Taschentuch (von ital. fazzoletto)
fenderen (eigentlich *fänderä*) *umherfenderen* = durch die Gegend streichen, ständig auf der Reise sein

fered im Vorjahr, letztes Jahr
Fideri eisenhutblättriger Hahnenfuss; nicht sehr nahrhaftes Weidegras
figlen sauber putzen
Finoggel »zartes Pflänzchen«
finöggelig fein, verzärtelt
Firn Schneefeld aus bleibendem Schnee
fiserlen fein regnen, stieben, rinnen
flamänderen meckern
Flären Fleck
flonern nichts tun, faulenzen
foggen schneien (heftig)
Fotöi (franz. fauteuil) Polstersessel
Frauenmänteli Frauenmantel; Futter- und Zauberpflanze
fremdfötzelig *fremder Fötzel* = Fremder, Auswärtiger (im Gegensatz zum *Hiesigen*). Die Fremde beginnt in den Bergen schon nach wenigen Kilometern, für viele beispielsweise ausgangs Tal, wo die Weiden flacher sind und die Kühe kein Geläut mehr tragen.
Fudi Popo
füdlenblutt splitternackt
fuhrig nahrhaft
Fünfliber Fünffrankenstück
fürsi vorwärts
fürtige für welche; *was immer fürtige* = was immer für welche
Futz Votze
füürzündgüggelrot (*Güggel* = Hahn) hochrot; eigentlich: rot wie der Feuerhahn

G

gad gerade, gleich
Gaden Stall, (Heu-)Speicher, auch Schlafkammer
Gagg, Gagel Kacke, Kothaufen
gagsen radebrechen, mühsam aussprechen (abwertend)
Galle *eine Galle sein* = wütend sein
gällig wütend

Galöri	Trottel
Ganen	Stock
gattlig	ansehnlich, edel
gaumen	hüten
Gebse	flaches hölzernes Gefäss, in das die Milch gegeben wird, damit sie den Rahm abscheidet
gech	gehe (Konj. 1)
Geissenblatere	Ziegenblase
Gelle	Mundwerk; *mit einer Gelle* (wobei »einer« betont ist) = laut, vorlaut
Gellerettli	(franz. Quelle heure est-il?) Uhr
gelstern	*gelsterte ummenand* = irrte umher, lief ziellos umher
Gelte	Wanne
gesprengt	eilig, gehetzt
Gestrütt	je nachdem chaotische Eile oder Zankerei
Geuss	Schrei
Gewiechs	Gequietsche
Gfell	Glück
Gfogg	Schneefall
Gheu	Durcheinander
Gieren	Quietschen
gigelen	kichern
Gingg	Tritt
gischplen	hampeln
Gitzi	Zicklein
Glarnertüütsch	gibt es nicht, Wortschatz und Aussprache verschieben sich teilweise von Dorf zu Dorf. Damit der Melk, die Vriinä, der Stüssi und der Balzli nicht alle unterschiedlich sprechen, verwendet dieses Buch ein einheitliches »Kunstglarnerdeutsch«, das sich weitgehend an den Dialekten des Glarner Hinterlandes (zwischen Schwanden und Linthal) orientiert.

Glarus Alpenkanton zwischen Ost- und Innerschweiz (eigentlich nur ein einziges leicht verzweigtes Tal) mit heute knapp 40 000 Menschen, davon entfallen ca. 6000 auf den gleichnamigen Hauptort. Der Talboden liegt auf rund 500 Metern über Meer und ist selten breiter als einen Kilometer, dahinter geht es oft nahezu senkrecht himmelwärts bis auf 3614 Meter (Tödi). Glarus ist eine der frühestindustrialisierten Gegenden Europas, gleichzeitig herrscht hier eine archaische und weitgehend anarchische Bauernkultur. Meistgenannte Eckpfeiler seiner Geschichte sind daher auch die zweitletzte Hexenverbrennung Europas und der erste Schweizer Farbrikstreik, als historisch bedeutsamste Exportgüter gelten Textilien, die Gelehrten Glarean und Aegidius Tschudi, dazu Söldner und Auswanderer. Ausserdem schrieb zuhinterst im Tal, in einem kleinen Hotel zwischen Chamerstock und Limmerensee, noch hinter dem Bogglaui Hof und nicht weit von der Gnüüsswand, Karl Kraus den Epilog zu *Die letzten Tage der Menschheit*.
Gleck Lecksalz fürs Vieh, oft mit Mehl vermischt
gleitig eilig
glii bald
Glünggi verschlagene Person
Gluscht Lust, Appetit
gluschten gelüsten
gmögig nett, sympathisch
gneischtig zappelig
Gnuusch Durcheinander
gogen (entspricht dem engl. to) *er ging gogen schlittlen* = er ging Schlitten fahren
goldig auch golden
Goof Kind, Balg
Gopfertoori Verflixt noch mal!
Görps Rülpser

grab	faulig, moderig
graduus	geradewegs, auch: geradeheraus
Gräppli	Steigeisen
Greiss	Sagengestalt
Grind	Kopf (meist abwertend)
grindelen	trotzen
grüüli	furchtbar
grüüsig	hässlich, widerlich, ungeniessbar
gsäch	sehe (Konj. 1)
gschamig	verschämt
Gschleigg	illegitime Geschlechtsbeziehung
Gschluf	Nachlässigkeit, Schlendrian
gschmurelet	geschrumpft
gschmuuch	ungeheuer
Gschpändli	Gespänlein, Spielgefährte
Gschpängschtli	Gespenst
gschpässig	sonderbar
gschplüüssen	schliessen, abschliessen
gschprächlen	schwatzen, plaudern
Gstrütt	s. *Gestrütt*
Gsüchter	Gicht
gsunntiget	in Sonntagskleidung
güggslen	linsen, kiebitzen; auch: hervorschauen
Gugus	Quatsch
Gülle	Jauche
gumpen	springen, hüpfen
Gunggel	Penis (derb)
Günte	Pfütze
Gupf	Gipfel
Güpfli	Hügelchen
Gutsch	Schwall
Gutteren	Flasche
guutzlen	Kekse backen (von *Guetzli* = Kekse)
gvätterlen	an etwas herummachen
gweissget	(eigentlich *gwiisget*) geweisst, weiss getüncht
Gwunder	Neugierde
Gwünder	neugieriger Mensch
gwünderen	neugierig sein
gwündernasig	neugierig

H

haapen	kriechen
Hag	Hecke, Zaun
Hahnenschiss	ein bisschen (pejorativ)
Halbeli	halber Liter Wein
Hampfle	Handvoll
händelen	verhandeln, aushandeln
Hans wie Heiri	egal
hantli	sofort
haren	heran
harenbringen	fertigbringen
härzig	niedlich
hässig	wütend
heben	halten
Hegel	Messer
heglen	schneiden
heig	habe (Konj. 1)
Helgeli	Heiligenbild, kleines Bild
Hempli	(eigentlich *Hämpli*) Hemd
Herdöpfel	(von Erdäpfel) Kartoffeln
Heubabe	mit Heu ausgestopfte Stoffpuppe
Heuburde	Heuballen
Heuerlig	Jauchzer
heuschen	heischen, verlangen
hinderen bügen	viel essen
hindertsi	rückwärts
hirnen	angestrengt nachdenken
hocken, höcklen	sitzen
Hoger	Hügel
Holzscheit	Stück Brennholz
Horämelchi	Hornmelker, Teufel
Hörelimaa	Teufel
hören	aufhören
Hosenpfüdi	Kleinkind
Hudlen	Lumpen
Hudlenbabe	Puppe aus Stoffresten
hühnern	streifen, sich absichtslos bewegen
Hundshoden	Herbstzeitlose
Hung	Honig
Hungblumen	Wiesenklee; Futterpflanze

huren- Bekräftigungsaffix
Hurengalöri Dreckskerl
Huscheli von *verhuschelet* = zerzaust, vernachlässigt oder unbedeutend

I

ines es (Akk., nur für Personen)
itz, itzed jetzt

J

jääblen jammern
Järb hölzerner Formreif für die Käsemasse
Jass Kartenspiel
jümpferlig jungfräulich

K

Kacheli Schüssel, Trinkgefäss
Karfunkel Granat (andernorts auch für Rubin, generell ein roter Edelstein mit magischen Kräften)
Käsbrecher auch *Käsrührer:* oft ein entrindetes Tännchen
Käschessi kupferner Käsekessel
Käsharfe Instrument, mit dem während des Käsens die Bruchmasse im Kessel zerschnitten wird
Kässtadel Steinhütte, in der die Käse während des Reifens lagern
Kästeilet Veteilung der Alperzeugnisse unter die Vieheigner gemäss dem Milchertrag von deren Vieh
Katzenschwänze hier: alpiner Schachtelhalm; mit Wein gegen Asthma, Durchfall, Weissfluss und Probleme beim Wasserlassen
Kilche Kirche
klägelen petzen
Knaulgras Knäuelgras; Futterpflanze
Knoden Knuff
Korallenbeere (Nertera granadensis) bannt den Tod

Kuhreiher Eintreibelied der Sennen und Kuhhirten, ursprünglich Lockruf für das Vieh, aber auch blosses Kunststück
Küntli (franz. compte) Rechnung
kurlig sonderbar, auch: auf witzige Weise eigenartig

L

Lab Produkt aus getrocknetem Kälbermagen, das bei der Käseherstellung zur Gerinnung der Milch führt
Laferi Quatschmaul
lampen hängen
längenweg (eigentlich *dr längäwäg*) *der längenweg* = längs
Lanzig Frühling
läss lasse (Konj. 1)
Lätsch *einen Lätsch machen* = ein langes Gesicht machen
Läubi Dummkopf, Quatschmaul
Laui Lawine
Lebtig (eigentlich *Läbtig*) *seiner Lebtig* = zeit seines Lebens
Ledi Gesamtheit der Sennereigerätschaften
ledrig ledern
Leiterli *das Leiterli machen* = mit verschränkten Händen eine Stufe bilden
lernen *jemandem etwas lernen* = jmd. etw. beibringen
letz falsch; *etwas geht letz* = etwas geht daneben, misslingt
Liesch Alpenlieschgras; süsses Futtergras
Liilachen Bettlaken
liislig leise
liseren flüstern
lismen stricken
litzen *hinderen litzen* = zurückschlagen
losen zuhören, lauschen
losprätschen heftig losgehen

lötig vollwertig
lüffe laufe (Konj. 1)
Luft der Luft = der Wind; die Luft = die Luft
lugen sehen, schauen
lugg locker

M

Mädi Mädchen
magerlächt mager
Mahd das Mähen
mängs manches
Märli Märchen
Maul Mund
maulörgelen Mundharmonika spielen
Meerenge Ort im alten Glarus vor dem grossen Dorfbrand
Mehlspatzen Mehlspeise ähnlich wie Spätzle (schweiz. *Chnöpfli*), allerdings in Milch gekocht
mehrbesser höhergestellt (abschätzig gebraucht)
meineid, meineidig sehr, gross, riesen- (generelles Steigerungswort)
Meitli Mädchen
Melketen das Melken
miech mache (Konj. 1)
Milädi (engl. milady) Dame
Milchmues Brei aus Milch und Mehl
Milchtrichter Gerät, um die Milch umzuschütten, wird auch als Schalltrichter verwendet, um den Alpsegen abzusingen
mögen vermögen, können (*si mög das alleigä* = sie schafft das allein)
Möggli Klumpen, Bröcklein

Molke Restflüssigkeit nach Käseherstellung, Ausgangsprodukt für Ziger. Auf vielen Alpen wird die Molke auch Sirte genannt, auf anderen Alpen bezeichnet Sirte die Flüssigkeit, die nach dem Zigern übrigbleibt (s. *Schotte*). Der Begriff Molke wiederum wird auch übergreifend für alle flüssigen Restbestände bei der Käseherstellung gebraucht.

Mose Fleck

Muckensäckli ein bisschen (pejorativ)

Mümpfeli Süssigkeit

Mungg Murmeltier

Muni (Zucht-)Stier

Mutteri wertvolles Futtergras (Alpenliebstock, Alpenbärwurz)

N

nächtig am Abend davor

nadisnaa allmählich

nähmt nehme (Konj. 1)

närsch verrückt

neumeds an einem Ort, irgendwo

neumeds anderscht woanders

neuslen wühlen, kramen

Nidel Rahm

nidsi nieder, herab

nie nüüt nichts

nieneds (eigentlich *niäneds*) nirgends

Nugg Schläfchen

numen nur

nüüt nichts

nüütelig unzureichend, unscheinbar

O

obsi hinauf

Öpfelbeggeli süsse Glarner Blätterteig-Spezialität

ordeli ordentlich

P

Pflotsch Matsch
pflotschnass triefend nass
Pflümli Pflaumenschnaps
Pfnüsel Schnupfen
pfnuuzgen schluchzen
Pfüderi Kleinkind
pfurren sausen
pfutteren schimpfen
Pfuus Atem; *ausser Pfuus* = ausser Atem
pfuusen, pfüselen schlafen
plampen (schlaff) hängen
Plangen Sehnen
Plangge Weidabschnitt
pläpplet *pläpplet voll* = randvoll, gestopft voll
plättlet gekachelt
pluderen plaudern (wortreich)
pöpperlen klopfen
Possli kleiner Knopf
Pöstler Postbote
Pöstli Aufgabe
Preesi Aufschneider (von *preesnen* = angeben)
Pressant Eile
pröblen probieren
Pulstere Pestwurz; gegen Pest und andere ansteckende Krankheiten wie Diphterie und Grippe, ausserdem als Kühlmittel bei offenen Wunden, Gichtknoten und Insektenstichen

Q

Quatember Als Quatembertage werden je drei Buss- und Fastentage zu Beginn der vier Jahreszeiten bezeichnet.

R

Räf Rückentraggestell; auch: mühsame, angriffslustige Person

Rafauslen gewimperte Alpenrose; harntreibend, gegen Augen-, Ohren- und Zahnweh, im Waschwasser gegen Gesichtsrose
Rangg Kurve
Ranzen Bauch
Ranzenpfeifen Bauchweh
reisen parat machen, packen
Rimedi Diabolitzi (küchenlat.: rimedii diabolici) Teufelsmedizin
ring leicht
röötsch rot, rötlich
ruben, rübelen ausruhen
rübisstübis ganz und gar (lat. rupis stupis = mit Wurzel und Stock)
Ruesstili Estrich; *ein Gesicht wie eine abeküte Ruesstili machen* = ein langes Gesicht machen
rugelen rollen, kullern
Rus Runse: Rinne eines Wildbachs, auch Halde einer Gerölllawine
rüsslen schimpfen, meckern, lästern
ruuch rauh

S

säb *die säb* = jene
säblen schneiden
Sack Tasche, auch Hosentasche
säderen sausen
Sägetsen Sense
schaffig arbeitsam
Scheichen Füsse (derb)
schellen läuten
schiffen regnen
schiints (von: *schiint's* = scheint es) angeblich
Schiisser Durchfall
Schiss Angst
schlarpfen die Füsse nachziehen
Schlarpfen Sandalen
Schleck Zuckerlecken

schletzen	zuknallen, zuschlagen
schlittlen	Schlitten fahren
schloff	schlüpfte (Imp.)
Schlötterlig	*Schlötterlig anhängen* = beschimpfen
schlufig	unsorgfältig, schlampig
schlüüfen	schlüpfen
schmöggen	riechen
Schmöggiwasser	Parfüm
Schmutz	Kuss
Schnäfel	Schnitte, Abschnitt, Schnitz
Schnauf	(eigentlich *Schnuuf*) Atem
schnetzlen	*es schnetzlet ihn* = er stürzt, rutscht aus
schneuggen	naschen
Schnudergoof	Rotznase
Schnuderhudlen	Schnupftuch
Schnurre	Maul
schnurren	reden, auch quasseln
Schnurri	Quatschmaul
Schöni	*eine meineide Schöni* = wunderschön
Schöpfli	Geräteschuppen
schoppen	stopfen, schieben
Schotte	wässrig-grünliche Restflüssigkeit nach der Käse- und Zigerproduktion; wird auch als Sirte bezeichnet (s. dazu *Molke*)
Schpuuse	(ital. sposa) Verlobte
Schrättli	Geist
schuhnen	gehen
Schupf	Stoss
Schwetti	Schwall, Menge
Schwiilüüti	in einer Schwiilüüti = mordslaut
segglen	rennen (eher derb)
Seich	Mist, Quatsch (eigentlich Urin)
seichen	pinkeln
sell	solle (Konj. 1)
sellenweg	so, solcherart (s. auch *derenweg*)
Senn	Käser und Leiter des Alpbetriebs
Senntenbauer	Bauer, der eine Alp zur Bewirtschaftung übernimmt und sein eigenes Vieh mitnimmt
Sentiment	nostalgische Anwandlung
Seragg	(von franz. sérac, auch séré) Ziger

Siech Kerl (auch positiv gebraucht)
sig sei (Konj. 1)
silbrig silbern
Sonderbund Konservativer Zusammenschluss der katholischen Kantone (denen u.a. Uri und Schwyz angehörten), die sich gegen eine Bundesreform und die Umformung des losen Schweizer Bündnisses in einen Bundesstaat wehrten. Wurde 1847 von den liberalen eidgenössischen Truppen (darunter 2000 Glarnern) mit Waffengewalt zerschlagen.
Spargimenter *ohne Spargimenter* = ohne Umstände; *jetzt mach keine Spargimenter* = hör auf, so dumm zu tun
spazifizottlen spazieren
speuzen spucken
spicken *es spicke ihn aus der Anstellung* = er verliere die Stelle (*gespickt werden* = gefeuert werden)
spienzlen heimlich beobachten
Spiss Splitter, Spreissel, Spriesse
spuderen spucken
Spunten ordinäres Wirtshaus
staaklen stochern
Stafel Weidstufe einer Alp mit Alpgebäuden
stägeren steigen, klettern
stigelisinnig irr vor Ärger oder Schmerz, blöd
stiglezen stolzieren
Stoss Masseinheit für den Futterbedarf einer Kuh während der Alpzeit
Stotz steiler Abhang
stotzig steil
strääzen in Strömen regnen
Strahl Kristallspitze
strahlen im Gebirge Kristalle sammeln
Strenzen Meisterwurz; vorbeugend gegen ansteckende Krankheiten wie Grippe, Typhus, Cholera, ausserdem gegen »Fallend Weh«, innere Blutungen und Vergiftungen

strodlen	strudelnd kochen, hier: sich ergiessen
strub	wild, durcheinander; auch: sonderbar, undurchsichtig
Strüttihund	Antreiber oder gehetzter Mensch
Stumpen	Zigarre
stürchlen	stolpern
Stutz	ein Franken
süderen	nässen, durchnässen
Summervogel	Schmetterling
Süssmelchteren	Wiesengeissbart; die Blüten helfen als Tee aufgebrüht gegen Rheumatismus, Gicht, Wassersucht und Kindbettfieber, die Wurzeln gegen Weissfluss und innere Blutungen.
süttig	siedend heiss
süüferli	sorgfältig, vorsichtig
Suufi	anderer Ausdruck für *Schotte,* aber auch Name eines flüssigen Nahrungsmittels aus Schotte, der Ziger beigemischt wurde
Suufsunntig	Sommer-Alpfest
süüfzgen	seufzen
Süüre	Pickel, auch Furunkel

T

tääpelen	grapschen
Taapen	Hände (derb)
Tääpli	Spuren, Abdrücke
Tablar	Tablett
Täfer	Täfelung
täg	tue (Konj. 1)
Tapi	(franz. tapis) Teppich
Tatsch	Dazu wird ein Teig aus Mehl und Wasser in eine Pfanne mit heisser Butter gegossen und unter Kratzen zu Körnern geröstet.
tätschgrün	knallgrün
täubelen	toben, einen Wutanfall haben
Teiggaff	hochmütiger oder eitler Geck
tifig	schnell, flink
Tobel	Schlucht

Toggeli Geist
Tolggen Fleck
törf dürfe (Konj. 1)
Totz Kopf, auch: Dummkopf (ursprünglich Holzscheit)
Trämel Baumstamm
Trangschgaiee (franz. tranche-caillé) Käseharfe zum Zerkleinern der ausgeschiedenen Käsemasse in Würfel
Treichel gegossene Kuhglocke als Prunkschelle für die Alpfahrt. Eigentlich aus dem Emmental stammt der Brauch, den zwölf milchstärksten Kühen zum Alpaufzug klanglich aufeinander abgestimmte Glocken umzuhängen (das Treichelgeläut).
trüssen stöhnen
Tril Heulager oder Schlafbühne im Dach der Sennenhütte
trimächten stöhnen, jammern
troolen rollen, kollern
Trüggli *wie aus dem Trüggli* = gepflegt, gut gekleidet
Trümmligwerden Schwindel
Trüürigi Traurigkeit
tschienggen lustlos oder mühevoll laufen
tschienggig lahm, hinkend
tschöchelen zu Haufen zusammenrechen
Tschoopen Jacke
Tschüder Kopf
tschuderen schaudern
Tschutt Tritt
Tubel Trottel
tünklen tunken
Tunscheli Sagengestalt (von *Tunsch* = Tolpatsch)
Türkenmues mit Milch zubereitetes Maismus (*Türgg* = Mais)
Türkenribel Maismus wird in der Pfanne unter Kratzen zu Körnern geröstet.
Turner drehbarer Pfosten mit Galgen als Aufhängung des Käsekessels (vgl. *Betze*)

tütschen	*eines tütschen* = Alkohol trinken (mit Anstossen, *tütschen*)
tütterlen	trinken; *eines tütterlen* = Alkohol trinken
tuuch, tuucht	niedergeschlagen
Tuusigsiech	Tausendsassa
tüüsselen	leise gehen
Tüütsch	Deutsch; *das Tüütsch* = Deutschland

U

übersinnen	überdenken
überständig	*überständiges Gras* = zu hoch gewachsenes, hart gewordenes Gras, das bereits hätte abgeweidet oder gemäht sein sollen
überstelzig	überdreht
umlitzen	umknicken
ummenand	umher
umtrüllen	umdrehen

V

Vehbub	Hirte
veraussen	draussen
verbärmstig	erbarmungsvoll, auch: um Erbarmen heischend
verbrösmelen	zerkrümeln
verbutzen	ertragen; *es verbutzt mich* = es zerreisst mich (aber auch: *ich kann das nicht verbutzen* = ich ertrage das nicht, ich kann das nicht ausstehen)
verfrüüren	erfrieren
vergaglet	mit Kot beschmutzt
vergebis	vergeblich
vergelstert	verwirrt, entgeistert
vergiignet	vergeigt
verguuschtig	neidisch
verhöselen	aus Angst wegrennen (vor allem für Kinder gebraucht)
verkeit	eingestürzt, zusammengestürzt
verluften	auslüften

vernüüten	niedermachen, schlechtmachen
verpfnüslet	verschnupft
verräblen	krepieren
verroden	*sich verroden* = sich bewegen, von der Stelle rühren; *ums Verroden* = unbedingt (mit Negation = partout nicht)
verruckt	wütend
Verrückti	Wut
vertlehnen	ausleihen
vertleiden	verleiden
vertruggen	zerdrücken
vertschlipfen	ausrutschen
vertwütscht	erwischt
voorig	übrig

W

Wank	*keinen Wank tun* = sich nicht rühren
wegenwerum	(eigentlich *wegä werum*) warum
Weibervolk	Frauenzimmer
weidli	geschwind, hurtig
wellen	wollen
welsch	je nachdem italienisch, französisch oder einfach nur fremdländisch
Welschland	französischsprachige Schweiz
werweissen	grübeln
Wildheuplangge	meist schwer zugängliche Magerwiese
Wildi	obere Regionen der Berge, zu denen kein Vieh mehr vordringt
Wildmanndli	heidnische Ureinwohner der Alpen
Wittlig	Witwer
wüss	wisse (Konj. 1)

Z

z'Abed	Abendessen
z'fiserletsen	s. *fiserlen*
z'gmuet	zumute
z'hudlenfetzen	vollständig kaputt
z'schlag	zurande

z'ständletsen im Stehen
zämen zusammen
zämentütschen zusammenstossen
zänntummen ringsumher, überall
zeismal, zeinersmal plötzlich
Zeit *das Zeit* = die Uhr
zetten Heu zum Trocknen ausbreiten
Ziger Der Begriff Ziger (oder Zieger) wird in der Schweiz für drei verschiedene Produkte verwendet: einerseits für einen aus Magermilch und Buttermilch hergestellten Sauerkäse, dann als Kurzform für Kräuter- oder Schabziger (s. dazu *Zigerbrüüt*), hier aber für Schottenziger. Schottenziger wird nach dem Labkäsen in einer zweiten, siedenden Scheidung aus der *Schotte* gewonnen, zur Gerinnung wird entweder Milchessig (eine Mischung aus Schotte, Milch und evtl. Blackten) oder Etscher (mit Brot vergorene Schotte) verwendet. Auf Alpen und Höfen, auf denen nicht gekäst wird, stellt man Ziger oft auch direkt aus der abgerahmten (blaben) Milch her.
Zigerbrüüt Glarner Spezialität, Brot mit Schabziger. Schabziger wird aus gesalzenem Ziger und Gewürzklee hergestellt, zu Kegelstümpfen gepresst und getrocknet. Für die Zigerbrüüt wird er gerieben und mit Butter vermischt.
Zmittag Mittagessen
Zmorged Frühstück
Znacht Abendessen
Znüni Morgenjause
Zockel Holzsandalen
Zubub Mädchen für alles
züche ziehe (Konj. 1)
zuechen *zuechen sitzen* = sich an den (gedeckten) Tisch setzen, sich zu einer Runde hinzusetzen

Züglete	Alpfahrt (auch generell Umzug)
Zusenn	die rechte Hand des Sennen
Zvieri	Nachmittagsjause

Übersetzung der Dialektpassagen

S. 20 *»Mach säb, und machs höfäli!«*
»Mach das, und mach es ordentlich!«

»Das isch dis Beggäli ...«
»Das ist deine Tasse, und dort in der Ecke kannst du schlafen.«

S. 21 *»Ninnt mich numä wunder ...«*
»Ich frage mich nur, wozu das Vreneli noch bezahlt wird!«

S. 35 *»Hä nuch nüd gnuäg kha«, sagte sie ...*
»Ich habe noch nicht genug«, sagte die gar nicht grob, eher schüchtern, und fasste dem Buben an den Hosenschlitz. Der Melk sagte aber: »Jetzt lass den Blödsinn!«, gab dem Tunscheli einen Knuff und drehte sich der Wand zu. »Geh zum Senn, wenn du vögeln willst, ich kann das nicht.«

S. 39 *»Spinntsch du, was witt du ...«*
»Spinnst du, was willst du mit dem Feuerhaken? Wenn du in der Nase bohren willst, dann nimm den Finger.«

S. 44 *»Ho? Das wett i aber au gsih!« ...*
Der Senn sagte aber nur: »So? Das will ich aber auch sehen!«, stand auf, ging in die Hütte und rief den Dittitolgg vom Boden herab und meinte zu ihm: »Du, der Melk erzählt, du könnest ein Taschentuch melken, das würde ich gern selbst sehen.«

»Das isch der Lisä ...«
»Das war die Milch von der Lisä. Ich kann das aber mit jeder Kuh.«

»Oh«, ..., »wännt witt, ich chu nuch mih usäholä.« ...
»Oh«, sagte das Tunscheli darauf, »wenn du willst, ich kriege da noch mehr heraus.« Und dann melkte es weiter, noch einen halben Eimer voll. »Die Lisä ist eben eine gute Kuh«, sagte es dann, »jetzt muss ich aber langsam aufhören, sonst geht es ihr schlecht.«
Der Senn wollte davon jedoch nichts wissen. »Lass sehen, wie viel das Vieh hergibt«, befahl er, und das Tunscheli melkte weiter. Als der Eimer schon fast überlief, sagte es nochmals: »Jetzt muss ich dann aber wirklich aufhören!« Doch was das Tunscheli da trieb, war dem Stecken This bares Gold. »Weiter, nur weiter!«, rief er daher. »Es tut auch nichts, wenn die Kuh Schaden nimmt.«

S. 46 *»Schmöggsch, wes digget?«*
»Riechst du, wie die Luft dick wird?«

S. 52 *»Wännd ä Furz chasch ...«*
»Wenn du einen Furz durch das Griffloch dieser Gebse ziehen und ihn verknoten kannst, lasse ich dich mit dem Melk allein, sonst nicht.«

»Wart«, sagte der Balzli ...
»Warte«, sagte der Balzli schliesslich erbarmungsvoll, »ich gebe dir etwas Suufi mit Käselab, das gibt fettere Fürze.«

S. 53 *»Das will i mit ...«*
»Was da der Teufel zu befehlen hat, will ich mit eigenen Augen sehen!«

S. 54 *»Tischet isch ...«*
»Gedeckt ist bereits, fehlt nur noch der, der dort im Bett liegt!«

»Ich hä nüüt iibrogget ...«
»Ich hab nichts eingebrockt und brocke nichts aus.«

»Ich hä nüüt ufäträit ...«
»Ich hab nichts heraufgetragen und trage auch nichts hinab.«

S. 55 *»Eis wird schu das recht si«, heig er…*
»Eines wird schon das rechte sein«, habe er zum Hornmelker gesagt, »und den Armen gebe ich selber zurück, was ihnen zusteht!«

»Gsihsch dettä…«
»Siehst du dort den Zeinenfurggel über dem Bächifirn? Da habe ich schon öfters einen Fuchs vorbeilaufen sehen, gerade über eurem Stafel hindurch.«
Einen Fuchs hatte der Melk auf seinem Stafel noch nicht gesehen und sagte daher verwundert: »Ach was!«

S. 56 *»Ja, und em Fessisbuur sis…«*
»Ja, und das Vreneli vom Fessisbauern habe ich auch erst kürzlich dort umhergeistern sehen.«

»So«, …, »ja, das kännän ich au.«
»So«, sagte der Melk aber nur, »ja, das kenne ich auch.«

»Bisch zrugg?«
»Bist du zurück?«

»Heb du numän…«
»Hab du nur ein bisschen Angst, das ist schon recht. Gesunde Angst hat schon mehr Menschen gerettet als falscher Mut aus der Dummheit heraus.«

S. 59 *»Das muss itz ebä sii.«*
»Das muss jetzt eben sein.«

»Se bong.«
(franz.) »Es ist gut.«

S. 60 *»Ja, mir händs gsih.«*
»Ja, wir haben es gesehen.«

S. 62 *»Wänn schu, dänn nimäni…«*
»Wenn schon, dann nehme ich vom weissen, den bin ich gewohnt.«

S. 68 *»Dr Schangschagg hebet …«*
»Der Jean-Jacques steckt seinen Pimmel sein Leben lang in kein Loch mehr.«

»Ja, ettis schu, aber nüüt …«
»Ja, etwas schon, aber nichts Rechtes«, meinte der Melk. »Jedenfalls«, sagte der Stecken This, »hat die Ziege eben dieses Greiss geboren, das ist also das Kind vom Jean-Jacques.«

S. 71 *»Buäb, luäg du, dass du …«*
»Bub, sieh zu, dass du bald wieder ins Tal kommst.«

S. 76 *»Melk, ich bis, ds Vreneli!«*
»Melk, ich bin's, das Vreneli!«

S. 77 *»Ich bi dängg …«*
»Ich bin doch das Vreneli vom Fessisbauern, wir haben im Winter zusammen in der Druckerei gearbeitet.«

»Was machsch dä du …«
»Was machst du denn hier in diesem Haus?«

S. 79 *»Das isch nüüt.«*
»Das ist nichts.«

»Guät«, …, »dä gilts!« …
»Gut«, sagte das Vreneli, »abgemacht!«, und reichte ihm die Hand.

S. 80 *»Was isch dä das …«*
»Was soll denn das Sonderbares sein? Bist du vornehm geworden?«

S. 81 *»Purr sa ong ne me päi pa.«*
(franz.) »Dafür bezahlt man mich nicht.«

… *»pur samüsee.«*
(franz.) … »um sich zu vergnügen.«

S. 82 *»Das schu, aber weisch …«*
»Das schon, aber weisst du, ich habe ja noch mein Hexlein, das auf das Vieh aufpassen kann.«

S. 83 *»Mach numä wiiter …«*
»Mach einfach weiter, ich ruhe noch kurz aus. Danach helfe ich dir.«

S. 89 *»Itz hüätets ds Veh …«*
»Jetzt hütet es das Vieh wie letztes Jahr und begnügt sich damit, dass es den Balzli nach seinem Tod bekommt – und das wird bald genug sein.«

S. 92 *»Mätnong se tro …«*
(franz.) »Jetzt reicht es, das ist kein Leben mehr!«

»Wart du numä …«
»Warte nur, es kommt noch schlimmer.«

S. 93 *»Itz wart duch eifach ab!«*
»Jetzt wart doch ab!«

»Ich lahs la gah!«
(Urner Dialekt) »Ich lasse los!«

»Gopfertoori, itz wart …«
»Verflixt noch mal, jetzt warte doch noch etwas!«

»Du hesch ds Vreneli gsih?« …
»Du hast das Vreneli gesehen?«, fragte der Balzli fast verärgert zurück. »Wann denn?«

S. 94 *»Ja, aber was für einä dä?« …*
»Ja, aber was für einen denn?«, fragte der Melk nochmals. Aber da grollte es wieder am Vorder Gassenstock, und wieder rief das Stimmchen elendstraurig: »Du, ich muss aber doch loslassen!«, und der Balzli rief ungeduldig zurück: »Jetzt warte gefälligst, wenn ich es dir sage!«

S. 95 *… »Itz müess i aber la gah!« …*
Als da aber der Vorder Gassenstock wieder rief: »Jetzt muss ich aber loslassen!«, und den Balzli mitten im Wort unterbrach, da rief der so wütend zurück, wie das Stimmchen verzweifelt gewesen war: »Ja, dann lass doch los!«

»Also ich bis nüd gsii!«
»Also ich war das nicht!«

S. 99 *»Itz spring und mach …«*
»Jetzt lauf und mach, worauf du Lust hast.«

S. 103 *»Ich suächä ds Vreneli«, antwortete er …*
»Ich suche das Vreneli«, antwortete er, und wieder sass ihm ein Frosch im Hals, »ist es zu Hause?«

S. 104 *»Mach nuch ds Loch zuä!«*
»Mach noch die Tür zu!«

»So, du bisch also …«
»So, du bist also das Kind vom Fränz?«

»Los, Melk, wännd …«
»Hör zu, Melk, wenn du die Vriinä gern hast, dann lauf ihr nicht hinterher. Die kommt und geht und kann es nicht leiden, wenn jemand sie festhalten will. Mit ihrer Mutter war es genauso. Das will aber nicht heissen, dass sie dich vergessen hätte, sie kommt schon von selbst, wenn sie dich sehen will.« Und nach einer Weile sagte er noch, etwas besorgt, wie es dem Melk schien: »Sie hat eben auch immer viel zu tun.«

S. 105 *»Ich bin im Thomas …«*
»Ich stecke in Thomas Dittlis Salzsack!«

S. 109 *»Bii dir diheimed.«*
»Bei dir zu Hause.«

S. 119 *»Und dä ha dr nuch wellä …«*
»Und dann wollte ich dir noch sagen, dass ich dem Vreneli schon mal einen Kuss gegeben habe.«

S. 120 *»So? Ja, ich häs schu dänggt.«*
»So? Ja, das dachte ich mir schon.«

»Das hänn i für dich.«
»Das hier ist für dich.«

»Dangg dr, hä!«
»Danke!«

S. 122 *»Es guäts Nüüs dä nuch!«*
»Ein gutes Neujahr dann noch!«

S. 123 *»Ich hä ds letscht Mal …«*
»Letztes Mal habe ich ein bisschen geheimnisvoll getan, weil ich eben nichts ausplaudern wollte, was auch die Vriinä etwas angeht.«
»Ist schon recht«, meinte der Melk verständig und hatte keine Ahnung, wovon der Fessisbauer sprach.
»Als ich ihr von deinem Besuch erzählte, meinte die Vriinä dann aber, ich könne darüber gern sprechen, sie selber würde es nicht tun, aber vielleicht sei es gar nicht so dumm, wenn du Bescheid weisst.«
»Ich? Warum gerade ich?«
»Weil sie dich gern hat natürlich!«
Der Melk wurde gleich rot und schwitzte im Nacken und musste nach dem Schoppen greifen. »Ja«, fragte er, nachdem er den halben Schoppen getrunken hatte, »und worum geht es?«

S. 126 *»So, und itz weisch …«*
»So, und jetzt weisst du, warum ich dir gesagt habe, eine wie die Vriinä darf man nicht zu halten versuchen.«

S. 128 *»Ich hä gar nüd gwüsst …«*
»Ich wusste gar nicht, dass dein Koch vom Dräckloch auch schon tot ist.«

S. 129 *»Aber sicher wett i! Aber …«*
»Aber natürlich will ich! Aber deshalb müssen wir trotzdem erst melken.«

S. 130 *»Itz müämr numä nuch wartä.«*
»Jetzt brauchen wir nur noch zu warten.«

»Ninntsch dänn eifach, gell …«
»Du bedienst dich einfach, ja? Da steht auch Wasser.«

S. 135 *»Chrüützgopfertami …«*
(ziemlich derber Fluch)

S. 140 *»Ja guät, dä gümmer …«*
»Schön, dann ziehen wir doch auf die Alp.«

S. 149 *»Dänn isch es dängg …«*
»Dann wird es wohl langsam Zeit, dass du lernst, richtig hinzusehen.«

S. 150 *»Gsihsch, drum hä dr ja …«*
»Eben deshalb habe ich dir ja damals an Kirchweih auch das Band angezogen. Wenn du das trägst, geht kein Zauber von dir hinaus, und es kommt keiner zu dir herein – ausser von dem, der es dir angezogen hat.«

S. 154 *»Ämal luägä, öb du …«*
»Mal sehen, ob du so etwas erträgst. Und dann, wenn du wirklich gegen den Hexer antreten willst –«

S. 156 *»Solang gmulchän isch …«*
»Solange zuverlässig gemelkt wird und gebuttert und geholzt und geputzt, erledige du deinen Kram und ich meinen, und wenn du etwas willst, dann sag es.«

S. 158 *»Itz tuä du numä brünzlä …«*
»Jetzt kannst du gern pinkeln, du Saukerl!«

»Ich hä duch dänggt …«
»Dachte ich mir doch, es braucht nur gehörig eins in den Hintern!«

S. 165 *»Ich hä nä dä nuch …«*
»Ich habe ihn dann im Ful Fad oben in eine Spalte geworfen«, sagte es zum Schluss, und nach einer kleinen Weile erschauernd: »Eklig war es.«

S. 166 *»Ab hütt chusch dr …«*
»Von heute an kannst du auf dich selber aufpassen, Balzli!«

S. 172 *»Lüzifer, vor Raphael …«*
(Zauberspruch)

S. 177 *»Exgüsi!«*
»Entschuldigung!«

»Hesch dä wider zauberet?«
»Hast du denn wieder gezaubert?«

S. 178 *»Jesses, müänd diä …«*
»Himmel, müssen die weit gelaufen sein!«

»Ja nei!«, …, »nuch hinder …«
»Ach sag!«, staunte der Melk, »noch hinter Deutschland?«

S. 181 *»Abgschnittän äso …«*
»Genauso ging das auch die anderen Tage.«

S. 182 *»Das isch Kunscht?«, fragte …*
»Das ist Kunst?«, fragte der Melk ganz erstaunt. »Also eine Blume pinkeln kann ich auch!«

»Ja, bimenä Buäb …«
»Ja, bei einem Buben ist es auch keine Kunst«, sagte das Vreneli nicht mehr ganz so glücklich, »ihr habt ja auch ein Schwänzchen!«

»Sell ich dir nüd liäber ...«
»Soll ich dir nicht lieber etwas vorjodeln? Ich habe dir noch nie meinen Kuhreiher vorgejodelt.«

S. 186 *»Aso uf üüserer Alp ...«*
»Also auf unserer Alp haben wir dann keine Blackten und kein überständiges Gras, nicht wahr?«

S. 187 *»Hä ja, üüs ghört ...«*
»Natürlich, uns gehört dann sowieso die schönste Alp im Tal!«

S. 207 *»Tuä nüd verschreggä ...«*
»Erschrick nicht, Melk, ich will dir nur etwas von deinem Leben abküssen.«

S. 209 *»Du, Vatter, ich glaubä ...«*
»Du, Vater, ich glaube, der Melk ist der Richtige.«

»Also, dä bring nä dä!«
»Also bring ihn!«

S. 210 *»Au Möggli essä ...«*
»Auch Brocken essen, nicht immer nur Milch!«

S. 212 *»Und dänn isch es ...«*
»Und dann sprang es wie eine Gämse den Berg hinunter und auf die andere Talseite«, erzählte der Fessisbauer und hielt den Kopf zwischen den Händen. »Kurz danach wurde es in Schwändi zum letzten Mal gesehen, da stieg es gerade zur Enneteckenhütte hinauf, immer noch mit dem Käsekessel über dem Kopf.«

S. 220 *»Los zuä, Melk ...«*
»Hör zu, Melk, so macht das keinen Sinn.«

S. 224 *»Es isch duä weget ...«*
»Es ging damals um deine Eltern und den Doktor Tuet.«

S. 230 *»Wiä anderscht?«*
»Wie anders?«

»Und dr zweit?«
»Und der zweite?«

»So wiä dr Doktor Tuet …«
»So wie der Doktor Tuet, nur klüger.«

S. 233 *»So gahts eim …«*
»So geht es, wenn man kein Band mehr hat, das einen beschützt«, meinte er.
»Gib mir meinen Hut«, sagte der Melk.
Und der Teufel lachte. »Was gibst du mir dafür?«, fragte er.
»Gib mir den Hut!«, sagte der Melk nochmals.

S. 234 *»So« … »gaht's ebän uf …«*
»Schön«, dachte der Melk, »dann fahren wir eben nach Altdorf, warum nicht.«

»Was hets dä?«
»Was gibt es denn?«

… »weiss nüd.«
… »weiss nicht.«

»Hä ja, sertigs chu …«
»Natürlich, so was kann nie schaden.«

S. 235 *»Hä ja«, …, »mit Gschpass …«*
»Natürlich«, sagte der Tüüfel, »mit Vergnügungen immer.«

S. 238 *»Und wänn dr Tuet …«*
»Und wenn der Tuet mich erledigt?«

»Hauptsach, dr eint stirbt.«
»Hauptsache, einer von euch stirbt.«

S. 251 *»Dr Tuet chu mr nüüt …«*
»Der Tuet kann mir nichts anhaben, mit dem habe ich nichts zu schaffen. Ich gebe dir aber etwas auf, und wenn du das kannst, dann kannst du mich haben. Aber dafür machst du mir das Babettli gesund.«

»Jä nu, so heissts itz …«
»Na ja, dann heisst es jetzt wohl mit dem Teufel zur Hölle fahren, wenn das Babettli nicht sterben soll.«

S. 252 *»Sigs wes well.«*
»Wie auch immer.«

S. 254 *»Flüügä muess es dä …«*
»Fliegen muss es dann natürlich auch können.«

»Also flüüg!«
»Dann flieg!«

S. 261 *»Melkiore! Melkiore, il mio …«*
(ital.) »Melk! Melk, mein Freund von der Chamer Alp!«

S. 263 *»Und itzed, isch es …«*
»Und jetzt, ist es italienisch?«

S. 267 *»Legg hütt z'Nacht dr Sack …«*
»Leg heute Nacht den Sack unter deinen Kopf, dann wachst du morgen früh zu Hause auf und musst nicht den ganzen langen Weg laufen.«

S. 268 *»Ho«, dachte er, »da obä …«*
»So«, dachte er, »hier oben ist also mein Zuhause?«

S. 271 *»Wo chunntsch dä …«*
»Wo kommst denn du jetzt her?«

S. 272 *»Das setted mr …«*
»Das will aber überdacht sein.«

»Ja, dänn übersinn du.«
»Ja, dann überdenk du mal.«

»Und, hesch es übersunnä?«
»Und, hast du darüber nachgedacht?«

»Ich machä dängg …«
»Ich mache natürlich, was du willst.«

»So, und wegä werum?«
»So, und warum?«

»Du bisch mr dängg …«
»Du bist mir doch das Liebste, Vreneli.«

»Ja säg! Du mir dängg au …«
»Was du nicht sagst! Du mir auch, aber ich mache trotzdem, was ich will!«

S. 273 *»Ich heissä übrigens itzed …«*
»Ich heisse jetzt übrigens Vriinä, nicht mehr Vreneli, ich bin kein kleines Mädchen mehr! Und jetzt komm!«

»Und itz muäsch mr …«
»Und jetzt musst du mir endlich deinen Kuhreiher vorjodeln.«

Bitte beachten Sie
auch die folgenden Seiten

Tim Krohn

Vrenelis Gärtli

Roman

Das Vreneli ist nicht wie andere Kinder. Schon über seine Eltern kursieren im Tal die seltsamsten Gerüchte, und als die Mutter früh stirbt, heißt es, der Vater habe mit bösen Mächten paktiert. Das Vreneli soll fort von ihm und auf die Schule, doch lernt es lieber das zwielichtige Handwerk des Zauberns und streicht in Gestalt eines roten Füchsleins über die zerklüfteten Berge und Gletscher. Nachdem es die Tochter eines reichen Fabrikanten aus der Gefangenschaft eines Hexers gerettet hat, verfolgt der es mit Wut und Ausdauer. Bald darauf trifft das Vreneli den Waisenknaben Melk, einen jungen Sennen, ein Quatemberkind wie sie – und spürt ein Sehnen, das sie bis dahin nicht gekannt hat. Doch bringt der Fluch des Hexers auch den Melk in Gefahr…

»In einer faszinierenden schwiizerdüütsch-hochdeutschen Kunstsprache erzählt Tim Krohn seine wilden, anrührenden und ›meineidig schönen‹ Geschichten.«
BücherPick, Zürich

»Ein würdiger Nachfolger der *Quatemberkinder*. Mehr noch: Er zeigt die dort im Kern angelegten Begabungen in voller Blüte.«
Daniel Arnet / SonntagsZeitung, Zürich

»Ein von Erzählkunst und Sprachwitz sprühender Roman.« *Roman Bucheli / Neue Zürcher Zeitung*

Tim Krohn
Irinas Buch der leichtfertigen Liebe
Roman

Eigentlich will die in Paris lebende Russin Dunja ihrem Mann ein Fax nach Moskau schicken – dass es bei seiner Ex-Geliebten Ewa in Schweden landen wird, kann sie nicht wissen. Das fehlgeleitete Fax bringt Turbulenz ins Leben und die Phantasie der jetzigen und einstigen Liebenden. Als Ewa sich entschließt, nach Paris zu fliegen, löst dies einen Wirbel von Missverständnissen aus. Und je mehr die Beteiligten die Verhältnisse in den Griff zu bekommen versuchen, desto größer wird die Verwirrung. Wieder einmal zeigt sich, dass die Welt mehr Vorstellung als Wille ist, dass Erotik vor allem im Kopf entsteht – und dass die Liebe ein zauberhaftes, kompliziertes Ding ist.

»Irina Jurijewna ist Tim Krohns bester Trick oder vielleicht tatsächlich sein Glück. Denn wie auch immer: Sie, die Exilrussin, rehabilitiert das inflationäre Wortgebinde vom Fräuleinwunder. *Irinas Buch* ist eine Charme-Bombe.« *Literaturen, Berlin*

Urs Widmer
Herr Adamson

Roman

Es ist Freitag, der 22. Mai 2032. Einen Tag nach seinem vierundneunzigsten Geburtstag sitzt ein Mann in einem üppig blühenden Garten – es ist der Paradiesgarten seiner Kindheit –, neben sich einen Rekorder, und spricht seine Geschichte mit Herrn Adamson auf Band. Er erzählt sie uns, aber vor allem Annie, seiner Enkelin. Und er wartet – auf ebendiesen Herrn Adamson, den er seit seinem achten Lebensjahr nicht mehr gesehen hat. Es war eine seltsame Begegnung. Ein Blick in Bereiche, die den Lebenden sonst verborgen bleiben.
Ein grandioses Buch, das mit seiner Vitalität und Lebensfreude zu bannen weiß, was der Skandal eines jeden Lebens ist: der Tod.

»*Herr Adamson* ist ein Versuch, den Schrecken des Todes im Schreiben magisch zu bannen und auf die Urangst eine versöhnliche Antwort zu finden. Urs Widmer hat ein Buch geschrieben, das wahrscheinlich sein privatestes ist. Vor allem aber ist es sein kühnster, verrücktester, riskantester und wohl auch bester Roman.« *Pia Reinacher / Die Weltwoche, Zürich*

»Ein raffiniert erzähltes, nachdenkliches und reifes Buch über den Tod. Ein Buch ohne Schlusspunkt.«
Michael Bauer / Focus, München

»Einer der verblüffendsten und erfolgreichsten Schweizer Schriftsteller der Generation nach Frisch und Dürrenmatt.« *Frankfurter Allgemeine Zeitung*

Martin Suter

Der Koch

Roman

Maravan, 33, tamilischer Asylbewerber, arbeitet als Hilfskraft in einem Zürcher Sternelokal, tief unter seinem Niveau. Denn Maravan ist ein begnadeter, leidenschaftlicher Koch. In Sri Lanka hatte ihn seine Großtante in die Kochkunst eingeweiht, nicht zuletzt in die Geheimnisse der aphrodisischen Küche. Als er gefeuert wird, ermutigt ihn seine Kollegin Andrea zu einem Deal der besonderen Art: einem gemeinsamen Catering für Liebesmenüs. Anfangs kochen sie für Paare, die eine Sexualtherapeutin vermittelt. Doch der Erfolg von *Love Food* spricht sich herum, und eine viel zahlungskräftigere Klientel bekundet Interesse: Männer aus Politik und Wirtschaft – und deren Grauzonen. Maravan hat Sorge, das Geschäft könne »unanständig« werden. Und das wird es. Doch er benötigt das Geld dringend, um seine Familie in Sri Lanka am Leben zu erhalten.

»Martin Suter erzählt umstandslos, geschliffen, nie affektiert, handwerklich so brillant, dass Neider es als konventionell abqualifizieren müssen.«
Julian Schütt / Die Weltwoche, Zürich

»Martin Suter erreicht mit seinen Romanen ein Riesenpublikum. Er schreibt aufregende, gut und nahezu filmisch gebaute Geschichten; er fängt seine Leser mit schlanken, raffinierten Plots.«
Wolfgang Höbel / Der Spiegel, Hamburg

Auch als Diogenes Hörbuch erschienen,
gelesen von Heikko Deutschmann

Christoph Poschenrieder
Die Welt ist im Kopf

Roman

Zu gern würde Schopenhauer sehen, wie Philosophen und Literaten auf seine Ideen reagieren – wie Hegel seinen Thron räumt und der alte Goethe ihm, dem erst 30-Jährigen, Anerkennung zollt. Doch sein bahnbrechendes Werk erscheint verspätet. Und so verlässt Schopenhauer im Spätsommer 1818 Dresden in Richtung Italien ohne sein Buch in der Tasche – noch als ein Niemand. Schon auf der Reise fällt er der Metternich'schen Geheimpolizei auf: Goethes Empfehlungskarte an Lord Byron – Dichter und Skandalfigur europäischer Dimension – macht Schopenhauer verdächtig und im österreichisch besetzten Venetien unerwünscht. Doch einmal in Venedig, lässt sich Schopenhauer nicht vertreiben – erst recht nicht, als er Teresa kennenlernt. Denn Teresa zeigt dem jungen Philosophen, dass er einen Punkt seiner Weltsicht noch einmal überprüfen muss: sein Konzept der Liebe.

Christoph Poschenrieders Schopenhauer ist anders, als man ihn sich gemeinhin vorstellt: Wohl sieht er die Welt durch die Brille seiner Philosophie, doch die ist, genau wie er selbst, überraschend sinnlich und lebendig.